i

imaginist

想象另一种可能

理
想
国

imaginist

苏格兰"书城"威格敦小镇，西莱斯特·诺希（Celeste Noche）摄影

"书店"（The Book Shop），西莱斯特·诺希摄影

"书店"（The Book Shop）内景，西莱斯特·诺希摄影

The Book Shop 永久店员"船长"，西莱斯特·诺希摄影

目 录

一月

> 他碰书时充满敬畏，好比一位牧师在打开布道坛上的《圣经》。那天早上，我把那本书的皮面擦得如丝绸般亮洁，帕姆弗斯顿先生的指尖停在上面，仿佛蝴蝶落在一朵最美的花上。触碰到书的那一刻，他好像发出了满足的嘀嘀声。来客不禁在翻书前扶了扶眼镜。我们可以看到，帕姆弗斯顿先生的快乐是有感染力的。
>
> 奥古斯塔斯·缪尔，《书商约翰·巴克斯特私语录》
>
> （伦敦：梅休因出版社，1942）

当奥古斯塔斯·缪尔以游戏笔墨写下约翰·巴克斯特日记的时候，不知道他是否真的意识到这无疑是二手书买卖，兴许也是书籍收藏中最妙的部分：发现和经手珍贵而重要的东西。我曾有一套弗朗西斯·格罗斯的两卷本《苏格兰古迹考》，对买下它的人来说，这是能想象到的最重要的一部书。[*]格罗斯和

---

[*] 格罗斯（Francis Grose，1731—1791），苏格兰古文物收藏家、词典编纂者，也长于绘画。《苏格兰古迹考》（*Antiquities of Scotland*）是其代表作，在为写作准备材料的实地考察过程中，格罗斯结识了苏格兰大诗人罗伯特·彭斯。彭斯建议他在书中收入阿洛韦教堂（Alloway Kirk），作为交换，格罗斯要求诗人为此书写一篇传奇故事，彭斯在交稿时不仅提供了散文版本，还附上了韵文版本，后者便是《汤姆·奥桑特》（*Tam o'Shanter*）。——译者注（本书脚注若无特别说明，均为译者注）

罗伯特·彭斯相识于 1789 年，并结为好友。格罗斯当时正为撰写《苏格兰古迹考》做研究，遂请彭斯给一幅阿洛韦教堂的插图配一则神异故事，于是诞生了或许是彭斯最好的诗，《汤姆·奥桑特》。虽说该诗先在另外两处发表，格罗斯的《苏格兰古迹考》却是刊载它的第一本书。此书市价不算高昂（最近一套卖了 340 镑），但对彭斯迷来说很是重要，部分原因在于，若不是受格罗斯之托，彭斯很可能根本不会写《汤姆·奥桑特》。买走书的客人是听朋友说我们店里有一套后专程从艾尔*赶来的。付完钱后他才告诉我此书同罗伯特·彭斯的联系，不然我也许到今天对此还一无所知呢。身处我的位置，说来也挺哭笑不得的，尽管每天都被书环绕，我对它们的大部分了解却来源于顾客——跟我第一反应要避免交谈的是同一批人。

缪尔描述的帕姆弗斯顿对待书的方式至今尚未绝迹：经常同书打交道的人，拿起书来明显不一样，打开书的时候，会托住硬封，确保订口接缝处不断裂，从书架上抽书的时候，会确保堵头布没有承受太大压力。一旦你和珍本书待上一段时间，碰到乱来的人立刻就能看出来。

经手将重要文化或者科学知识介绍给这个世界的书籍所带来的快乐，不可否认是从事这一行业最奢侈的享受。就算不是绝无仅有，也很少有别的营生能够提供如此丰富的机会让你纵情享乐。所以，每天早晨一起床，我想到的并不是又要重复一遍单调乏味的工作，而是期待着有机缘手捧一本初次把某一个改变历史进程的思想带给人类的书，不管那是一本 1791 年的《人

---

* Ayr，英国苏格兰西南部港市。

权论》，1887 年的英译本《资本论》，抑或达尔文初版于 1859 年的《物种起源》的早期版本。卖书的意义就在于此。

1 月 1 日，星期四

网店订单：[*]

找到的书：

  新年，关门一天。

  睡了个懒觉，我骑车去朋友卡勒姆家参加他一年一度的新年午餐派对。下午 3 点出发的，到天明才回来。在包厢里生了火，开读纳撒尼尔·韦斯特[†]的《寂寞芳心小姐》。几周前，一位客人推荐了这本书，也从我这里买了几种我读过后很喜欢的书。

1 月 2 日，星期五

网店订单：关闭

找到的书：

  上午大扫除，临近黄昏，同卡勒姆和他女友佩特拉在风

---

[*] 此处原文空缺。后不再注。

[†] Nathanael West（1903—1940），美国"迷惘一代"代表小说家，*Miss Lonelyhearts* 是他出版于 1933 年的代表作。

雨中沿着里格湾的海滩散了一小会儿步。佩特拉是奥地利人，有一对十来岁的双胞胎女儿。她好像永远疯疯癫癫的，简直无法想象她是如何在不嗑药的情况下做到这一点的。不过，她也是个大怪咖，所以能完美融入威格敦的人文景观。下车走回店里的时候，一群野鹅正飞过威格敦上空，去小城所在山脚下的盐沼过夜。它们数以千计，组成堪称完美的 V 字形队列，在寒冷、潮湿的仲冬渐渐浓厚的夜色里飞翔，这景象这声音永远令人感动。

1月3日，星期六

网店订单：10

找到的书：10

　　回归正常营业时间。之前一周都是上午 10 点开门，而非往常的 9 点。天色阴沉，不过好歹风停雨歇。节日将尽的一大标志是客流量急剧下滑，但今天店里空落落的感觉有所缓解，因为来的第一位客人是杰夫·米德。杰夫是附近柯尔金纳教区的苏格兰教会*牧师，而把他的公众形象总结得最到位的人大概要数我朋友费恩。费恩有次对我说："杰夫主持葬礼比主持婚礼更自在。"不过，这句话没有道出他真正

---

* Church of Scotland，或称苏格兰长老会，是基督教在苏格兰的国家教会，也是长老宗与加尔文宗共融的宗派。

的性格:受过正规神学教育的他顽皮、风趣,而且非常聪明。他快退休了,是个身材魁梧、相貌堂堂的男子。我 2001 年买下书店不久,有天他来随便看看。当时我买了一具真人大小的骷髅模型,准备挂到天花板上(我也不知道为什么要这么做,可如今它依然悬在那儿拉小提琴)。我将它暂时安置在火炉旁的一张扶手椅上,还往它的白骨爪里塞了一本道金斯 * 的《上帝的迷思》。我听到书店深处传来一阵狂笑,片刻之后,杰夫走出来宣布:"等我到了那一天,希望也是这样子走的。"

11 点,有个女人从艾尔打来电话。她有书要卖,希望我下星期过去看一眼。

今天上午的新闻说某地一家书店里有四名男子被抓走,因为他们散播批评政府的文学作品。卖书搞不好是桩危险的生意,所幸在威格敦,危险仅限于经济层面。

不可思议,今天十个订单里的书全部找到了,堪称奇迹。其中大部分是最近上新的,都是圣诞节前一个男的拿来的四箱书里的东西。

我朋友玛丽,一个古董商,拿来了一箱钓鱼主题版画和一只獾标本。标本我放店里了,标价 100 镑。

午饭时间,卡勒姆和佩特拉来了,问我下午 4 点去不去贝尔泰书店的威士忌品酒会。我说我看店里忙不忙再定。到 3 点30 分,店里已经一个钟头没人来了,我正考虑提早打烊去安

---

* Richard Dawkins(生于 1941 年),英国皇家学院院士、牛津大学教授、科普作家、生物学家、著名的无神论者。*The God Delusion* 是他出版于 2006年的作品,作者这里的叙述"买下书店不久"似不太准确。

德鲁的威士忌品酒会，这时进来了十来个二三十岁的客人。他们都买书了。

流水：136.50 镑
顾客人数：10

1 月 5 日，星期一

网店订单：7
找到的书：7

又是一个阴天，我又一次如有神助地成功找出了所有订单里的书。

"历史性报纸"*的帕特里克来取圣诞节期间积压的海外订货。国内包裹我们走皇家邮政，但海外订单的话，用"历史性报纸"签约合作的快递公司比较便宜，所以我们走驮运[†]。

佩特拉来问我她能否在楼上的大房间里开肚皮舞课。吃不准她能招到几个学生，不过我对她说，每星期五上午欢迎她使用那个房间。

---

* 关于"历史性报纸"（Historic Newspapers），《书店日记》（2014 年 7 月 23 日条）中有简单说明，抄录于此："历史性报纸"是一家本地的公司，会把旧报纸送到世界各地，他们和 DHL 物流签订了非常优惠的合同，所以一切国际件我们都通过他们来寄送。

† "驮运"的原文为 piggy-back，指用火车平板车装运卡车挂车或集装箱的运输方式。

有位客人问我要名片，可我没找着。上一次有人问我要名片准是一年多前的事情了。在一个"超连接"*的世界里，这种想法老派得简直有点迷人。我刚买下店时，顾客——尤其是别的书商——临走常会留下名片，如今没人再这样做，名片就像乔治时代和维多利亚时代的拜帖那样被淘汰了。

一对德国夫妇进店逛了一个小时。女的买了本戴维·塞西尔†的简·奥斯丁传。她一边付钱，一边说："终于见到你了，真好。"这话乍听有点奇怪，随后她解释道，他们来威格敦正是因为读了我伴侣安娜的书，她那本书部分内容写到了威格敦（和我）。他们走了没多久，来了个穿橙色连体工装的男人，他上星期买过安娜的《关于火箭，你该了解的三件事》，读到书里提及《白鲸》，便再度光顾，也买了一本。

汤姆跑来讨论安娜构思的项目——"作家之屋"。安娜想创办一家公司，买下广场上的一处房产加以改造，做成一个创意空间，开设课程教写作、阅读和艺术，配合"春日狂欢"（当地的一个艺术节，每年六月举办）开展活动。他想在我店里开会，来场"头脑风暴"，问我应该请谁，我就说了几个名字。会议定在图书节期间用作"作家休憩处"接待客人的大房间召开。时间为下星期五晚上，食物和酒水他已安排妥当。

流水：87.50 镑

顾客人数：13

---

* "超连接"的原文为 hyper-connectivity。

† Lord David Cecil (1902—1986)，英国文学评论家、传记作家。文中所说的简·奥斯丁传全名 *A Portrait of Jane Austen*，出版于 1978 年。

1月6日，星期二

网店订单：3

找到的书：3

今天的三个订单都是关于铁路的书。

又是风雨交加的一天，不过下午雨势稍缓。入冬后好像净下大雨了，风还刮得凶猛。印象中，结冰的日子一天都没有过。

收到一封邮件：

> 发件人：××××××××
>
> 主题：世界需要我的书
>
> 正文：
>
> 我想向你宣传我的书。
>
> 我写了一本书，可以教会人们个性的奥秘，从而确保你选定的人成为你的终身伴侣，同时消除欺骗、控制和耍花招的需求，避免情感伤害，消灭自杀丧命的风险。

今天的第一位客人是一个老太太，她想用店里的电话打给忘记来诊所接她的儿媳。第二位客人是个正在变秃的马尾辫男子，他每拿起一本书都要对着价格"啧啧"几声。

我在地窖里发现一块黑板，用一个旧相框把它装了起来。看上去着实不赖。我决定每天写点好玩的东西上去，不过这番努力注定失败，也许几个星期——有时候几个月——过去，我也想不出俏皮话来。我偷了个懒，从一本名叫《著名临终遗言》

的书里摘了一句诺埃尔·考沃德[*]的话："晚安宝贝们，明天见。"

下午 4 点，我妈来串门，一刻不停地说了一个半钟头。话题包括"作家之屋"的想法和她找到的潜在资金来源（这个她重复了至少六遍），她朋友的朋友在迪赛德[†]的城堡快要被泛滥的河水冲走（重复了四遍），还有把"打开的书"[‡]弄得一团糟的租客（"卑鄙无耻"）。不是最近的房客，两个西班牙女人，而是另一对（重复了四遍）。

她离开（乐呵呵地丢下一句"得走了，再见宝贝儿"）二十分钟后，我望了望窗外，看到她那辆伤痕累累的大众汽车恶劣地停在公交车站上，而她正和人聊得热火朝天。半个钟头后我打烊时，她还在那儿，谁走大运撞上她，她就跟谁大聊特聊。

流水：125.49 镑

顾客人数：11

---

[*] Noel Coward（1899—1973），英国演员、剧作家、作曲家、导演，凭借影片《效忠祖国》（*In Which We Serve*）获得 1943 年奥斯卡荣誉奖。

[†] Deeside，位于英国阿伯丁郡（Aberdeenshire），建有许多乡村城堡。

[‡] "打开的书"（The Open Book）是安娜的主意。她知道不会只有她一个人爱做经营书店的白日梦，于是说服我父母在威格敦镇中心买了一家店面，做成 airbnb，谁都可以租下来体验开一个星期书店。后面整整三年都预约满了，吸引了世界各地的游客来参观。——作者原注

1月7日，星期三

网店订单：1

找到的书：0

早上拉开窗帘，感觉都有几个月了，第一次看到出太阳的迹象。

今天开工后的第一个小时我是这样度过的：在一个客人的香水味里慢慢窒息。我只能说，这香水大概是某个"北韩"生化学家在一座秘密地堡里制造的，当作一种奇臭无比的神经毒素来熏人。金家人太坏了。[*]

来了个订单，又卖掉一本铁路类书籍。这种书永远是最难找的。铁路书爱好者肯定也把自己家的书架弄得乱七八糟。

上午11点左右，来了一个估计稍比我年长一点的女人。我看她有点面熟，所以当她拿着一堆小说——都是我读过觉得喜欢的——来付账的时候，我问她为何与她似曾相识。原来她以前也常去邓弗里斯那家我不时光顾的拍卖行，我们回忆起了各色人物和围绕拍卖会难免会出现的可疑活动。又聊到她在洛克科里夫（离这儿约35英里）有家茶室，不禁抱怨顾客难搞，个体户尤其难做，而且人们总是希望在适合他们的时间，你的店得开着，却不管你觉得时间是否合适。我俩都对乡下社区的人情债深恶痛绝。看起来，她跟我一样痛恨给任何事制订计划。

---

[*] 此句原文为 Kim Jong extremely ill，似乎是在用谐音调侃 Kim Jong-il 这个名字。

她刚读完《凡人之心》*，我最爱的书之一。

开始整理剩下的两箱圣诞节前买入的书。放店里不好卖，但都有条形码，品相全新——完美适合 FBA†，于是我扫码提交审核，把书装箱，等人来"提货"。有些平装本价格高得出人意料，不过自从有了网络销售，事情就成了这样——预估一本书的价值比以前难。

下午我跟一位顾客争得热火朝天，我说梅格雷‡是个小说里的法国侦探，对方非说是个比利时超现实主义画家。吵完我给那个艾尔的女人打电话推迟了原定于明天去她家看书的行程。她听上去大松一口气，显然是还没有过一遍自己的藏书，把想留下的跟想处理掉的区分开来。

流水：65.49 镑

顾客人数：3

---

* *Any Human Heart*，William Boyd 出版于 2002 年的作品。

† FBA（全名 Fulfilled by Amazon）是亚马逊提供的服务：书商可以把货存进亚马逊的仓库（被委婉地称作"订单履行中心"）。一旦有顾客下单，就由中心直接打包、配送这些商品。虽然它解决了店里放书空间不足的问题——正如亚马逊提供给第三方卖家的每项服务那样——付出的代价却总会让你快要怀疑这么做是否值得。他们的"收费"会不可避免地成倍增长，不断爬升，直到你的利润空间小到令人窒息。但会给你留一口气。寄生虫还是希望它们的宿主能活着。——作者原注

‡ Maigret 是比利时作家乔治·西默农（Georges Simenon，1903—1989）"梅格雷探案"系列的主角，确实是一位法国侦探。顾客所说的"比利时超现实主义画家"应该是 Rene Magritte（1898—1967）。

1月8日，星期四

网店订单：3

找到的书：2

又是阳光明媚的一天。鉴于今年冬天到目前为止的天气状况，连续两天出太阳就感觉创纪录了。今天订走一本叫《阿拉伯世界的少数族裔》*的书。得寄给黎巴嫩的一位神父。

下午我妈来了，唠叨了半小时"打开的书"店门上的门环，说上面长了一层白色霉菌。至于这有什么大不了的，她又为何觉得应该让我知道，我是想不通。她消失了五分钟，回来时身边多了艾丽西娅。她是个中国台湾女人，正在当一个星期"打开的书"的店主。我们得知艾丽西娅并非她的真名，她选这个名字是因为在欧洲用起来比较便利。她眼下在西班牙念书，享受过西班牙的温暖气候和美味佳肴，她觉得来威格敦换换口味也很不错。

流水：42 镑

顾客人数：3

---

* *Minorities in the Arab World*，英国黎巴嫩裔学者 Albert Hourani（1915—1993）出版于 1947 年的作品。

1月9日，星期五

网店订单：5

找到的书：5

暴雨卷土重来。妮基这种潮人嘛，照例是要迟到的。就连她的黑色滑雪服也挡不住雨——她像一头愤怒的海豹一样猛推开门，把风雨关在外面。店里曾有两个全职员工，一个兼职员工，妮基是剩下的独苗。她是个挺好的朋友，尽管我们在很多事情上观点不同。她是"耶和华见证人"成员。我不信教。她快五十了，有两个成年的儿子。她一直都很搞笑。她一心扑在书店上，非常能干。她觉得我是书店走向成功的绊脚石，从来不听我的指示，而是选择把自己当成老板来做事。

上午9点30分，我打开了大房间的小暖炉，搬来音响给佩特拉上肚皮舞课用。我答应让她用书店楼上的大房间，老太太们每星期二的艺术课也是在那里上的。令人惊讶的是，还真来了两个人。楼上一响起富有节奏感的嘭嘭声，我立马拿了邮件向邮局走去（就在路对面）。威廉站在柜台后面，他的性格跟今天的天气堪称绝配。他招呼我的方式是——他对所有人都一样——完全不理我，喃喃自语着他多么鄙视威格敦和威格敦的一切。

10点30分左右，佩特拉和她的学员热舞正酣，伊莎贝尔（每星期一次，她来店里处理账目）刚好过来做账。听到楼上的嘭嘭巨响，她当即愣在原地，一脸惊恐。我解释道楼上的人是在跳舞，而不是在放纵欲望，这时她才明显松了一口气。看我已经被独自困在店里三个星期，走不开，她主动说可以帮我把收银台里的现金拿去银行。

雨下不停，也不停地从漏水的橱窗滴在圣诞节的陈列品上（成了奇惨无比的一场展示），它现在看起来就像一件乏味、潮湿的冬季插花艺术品。

来了三个猎书人。其中一个相中了一张裱了框的大幅维多利亚时代版画《在康涅马拉钓鱼》，标价 40 镑，问我："我不想当厚脸皮，不过呢，最低多少？"我说给 35 镑他可以拿走。他买下了那张，还买了三张我从古董商朋友玛丽手里进的罗宾·艾德*签名版画。可惜，没人对我从她那里买的獾标本表现出丝毫兴趣，只有孩子们被它深深吸引。

晚上我去了酒吧，同行的有艾丽西娅（中国台湾）、吉娜（新西兰）、艾露易丝（澳大利亚）和佩特拉（奥地利）。一桌人里只有我一个苏格兰人。她们都在本地各种酒吧和咖啡馆打工。

流水：132.99 镑
顾客人数：5

---

* Robin Ade，画家、作家，以画鲑鱼、鳟鱼等鱼类著称。

1 月 10 日，星期六

网店订单：4

找到的书：3

寒冷、阴沉的一天。妮基 9 点 08 分才来，抱怨说都是天气害她迟到。10 点又下雨了，雨水滴落进橱窗里的水桶，奏起那熟悉的交响乐章。

往桶里装木柴的时候，我听到池塘传来蛙鸣——去年秋天以来还是头一遭。

去邮局的路上，我看到了埃里克。这位威格敦的佛教徒穿着他的橙色僧袍——原本阴沉的天气里有了一抹色彩，令人心生欢喜。不清楚他是什么时候搬来的，但吸引他来的是威格敦对所有人展现出的那种亲切的冷漠，不管他们在一个苏格兰乡下小城显得多么格格不入。

妮基花一整天把根本不用重新整理的东西重新整理了一遍。

午饭后，我拆下了橱窗上的圣诞节装饰物。左边的橱窗里还是到处都有小水坑。

今天的黑板上写了：

避免社交之法：手里永远拿一本书。

今天店里顾客很少，而且大部分人午饭前就走了。下午 2 点来了一家人，我满心希望他们中至少有一个人能买点什么，结果十分钟后全都两手空空离开了。直到打烊也再没来过客人。

流水：34.49 镑

顾客人数：4

1月12日，星期一

网店订单：10

找到的书：10

阴沉、寒冷的一天，不过挺干燥。

很开心，今天早上我找到了订单里的所有书。其中有本德语原版《我的奋斗》，出版时希特勒尚在世呢。书里有题赠，还夹存一张明信片——我完全不懂德语，不知道上面写了什么。不过书还是卖了90镑，买家在德国。

上午10点前共来过五位顾客，所有人都买了书。有一位买了三根"文身控异教徒"桑迪做的手杖。我店里常客不多，他是其中之一。他住在斯特兰拉尔附近，号称苏格兰文身"一哥"。他也是个狂热（而且天赋异禀）的手杖匠人。我俩之间实行物物交换，他给我手杖，我给他书，然后在店里卖他的手杖。得联系桑迪了，让他再送点手杖来。

我去邮局送件，威廉恰好从屋内幽暗的深处钻出来抽烟。他表现出前所未有的礼貌与和气，不仅为我撑住打开的门，还过分到说了句"早上好，肖恩"。不是他病了就是我病了。

流水：72.50 镑

顾客人数：5

1 月 13 日，星期二

网店订单：2

找到的书：2

阴沉、寒冷的一天。上午 10 点下起雨来。

中午，一群七十多岁的老人来到店里，要找埃里克·安博勒、乔弗里·豪斯霍尔德和埃里克·林克雷特 * 的书。其中一位走到柜台前，问我："你回答问题吗？"他买了一本威尔弗雷德·塞西杰 † 的传记，此书来自我去年收购的边境区 ‡ 一户人家的藏书。他们都对书店赞不绝口，但有点失望，店里没有任何他们想要的作家的书。这倒不是因为我从来没遇到这些书；是从来没有人——直到今天——要买，所以就算我收书时

---

* 这里提到的分别是：Eric Ambler（1909—1998），英国间谍小说作家；Geoffrey Household（1900—1988），英国小说家、编剧；Eric Linklater（1899—1974），苏格兰诗人、历史小说作家。

† Wilfred Thesiger（1910—2003），英国探险家、游记作家。他的传记应该是 Alexander Maitland 出版于 2011 年的《威尔弗雷德·塞西杰：伟大探险家的一生》（*Wilfred Thesiger: The Life of the Great Explorer*）。

‡ Borders，苏格兰一行政区，与英格兰接界。

看到了，也不会买进。

去邮局的路上我撞见了几个法国猎书人，他们以前常来住我父母开的小度假村。我们站在店门外的人行道上聊了一小会儿。我的法语相当不熟练，但还是勉强聊了五分钟。昨天早晨，他们在盐沼上打到三只野鹅。至少我觉得他们是这么说的。

流水：17.30 镑

顾客人数：3

1 月 14 日，星期三

网店订单：1

找到的书：1

晴朗、寒冷的早晨。今年第一次看到窗户上结冰。

上午 9 点 30 分，安迪（窗户清洁工）来收钱。以前是托尼来擦窗的，一周一次，几年前他把生意盘给了安迪。安迪来得没那么规律。我接手书店前在店里打工的女人——乔伊斯——说话尖酸刻薄，把人都得罪光了，好像只有我是例外。她以前管托尼叫"窗户污染工"，这种话就像她对人生的大部分看法一样，是不公正的。

乔伊斯——嘴上说自己是无神论者——有次告诉我，她确信这座房子里住着一个幽灵，她好几次在楼梯底部的过道上感觉到他也在。她向我保证他是个善良的幽灵，连名字都给他起好了：乔治。我至今没有见到表明此鬼存在的任何证据，怀疑她是骗我玩的。

今天的唯一一单是一册厚重的大开本，叫《沙克尔顿极地航海记》*，是近年出的新版，品相完美。书卖了3镑，运费却要13镑，不过订单是亚马逊的，我们只好承担损失。

11点30分，伊莎贝尔来做账。

中午，那个戴牛仔帽、爱喘着大气翻看色情书的老头现身了。他大概6英尺高，穿一条带褶皱的黑色尼龙裤和一件绗缝夹克，今天没有戴那顶他最爱的牛仔帽，而是戴了一个平顶帽。他每次来，前十分钟总会毫无说服力地假装对柜台前的古董书感兴趣，临了却必然在色情书那边流连至少一个钟头。每隔几秒钟，一定会传来他粗重的呼气声、咕哝声、吸气声或者跑调的口哨声，提醒我时间的流逝。他还会用手指在拿起的书封面上敲打。今天他告诉我，天气不好，他被迫"在山顶上"弃车而去，最后是搭车来的威格敦。他本来要去见装订师克里斯蒂安（在4英里外），但没有车显然去不成。听他长篇大论了半天，我终于明白他是要借电话打给克里斯蒂安，通知他自己去不了了。他还不会用他那部新买的手机，我便把座机借他用了，结果他跟克里斯蒂安聊了至少二十分钟，全程还咔嗒咔嗒按着水笔。正当我以为这一连串令人无能为力的棘手问题告一段落之时，他把电话掉在了地上，放在柜台上的大包小包也不拿，出门喝咖啡去了。他的性格略带傲慢，夹杂着虚假的友

---

* *Shackleton's Voyages*，英国探险家 Ernest Shackleton（1874—1922）的文集。此处所说的应该是出版于 2002 年的版本。

好，两相结合，给人这样的印象：他觉得我想当他的朋友，我很幸运，因为他愿意考虑考虑。

喝完咖啡回来，他开始闹腾地乱翻古董书，还问我要了纸抄下其中一本的书名带回家，估计是想去网上买吧。他什么也没买就离开了。

2点15分，接到一个电话：

来电者：你家有没有关于"一战"的书？
我：嗯，有好几百本呢。
来电者：尺寸够大吗？

流水：46.50镑
顾客人数：5

1月15日，星期四

网店订单：4
找到的书：4

晴朗、清爽的一个冬日，池塘结冰了。

今天有个订单是一本名叫《苏格兰的城堡》的书。这本我买来是新书，在架子上放了几年都没卖出去。定价是35镑。新书大概断货了，二手书——现在比以往任何时候都稀罕——就价格大涨。今天这本卖了75镑。

9 点 30 分，艾丽西娅从"打开的书"跑来店里，问我借自行车去费恩家，于是我根据她的身量把一辆车调校了一下。8 英里路，她逆着风骑了一个半小时才到达。

11 点，"文身控异教徒"桑迪来了，要向我订一本麦克塔格特[*]的《苏格兰盖勒韦百科全书》送他朋友莉齐，下星期二是她生日。要收藏关于盖勒韦[†]的书，麦克塔格特这部作品是少数几种必备书之一。此书初版于 1824 年，但几乎是立即就被出版社召回了，因为身为盖勒韦农家子弟的麦克塔格特涉嫌诽谤一位当地权贵。我从没见过初版，所幸它还不至于绝迹，足以让出版商先后在 1876 年和 1981 年推出重印本。此书是盖勒韦方言的宝贵记录，多亏两家有远见的出版商出手挽救才幸免于湮没。书里有大量乔治时代的本地方言词语和表达，极其精彩，许多到今天还在使用。下面一例我之前从来没接触过，但在此书出版的时代，显然是常见用语：

CUTTY-GLIES[‡]：矮胖女人，极度迷恋男性，擅长挤眉弄眼；所以称之为 cutty-glies。可怜的姑娘，她经常受到天性的深深折磨：这一类女子身材矮小，相貌平平，似乎难以摆脱某种该死的法则，注定沦为娼妓。

---

[*] John Mactaggart（1791—1830），苏格兰百科全书编纂者、诗人。

[†] 肖恩的"书店"所在的小镇威格敦位于苏格兰盖勒韦（Galloway）地区，该地区由历史悠久的威格敦郡和柯尔库布里郡组成，西面和南面临海，北面是盖勒韦丘陵。

[‡] 在苏格兰英语中，cutty 意为轻佻的女子，gly 常作 gley，意思大致是乜斜着眼瞟，同英语中的 squint 含义相近。

下午，我开车去艾尔看一批藏书。选择走山路是一大失误，路面都被积雪覆盖了。现在我明白昨天那个喘气的老色鬼为什么要把车留在"山顶上"了。我迟到了二十分钟，接我的是个老寡妇，她带我爬了四层楼，来到她住的公寓。那批藏书都是精装本的现代作品，品相如新，不过没什么意思。我要了大概十分之一，包括一两种颇为有趣的古董书和另一本《苏格兰的城堡》，后者我早上刚在亚马逊卖掉一本，75 镑。给她写了张 400 镑的支票。

回到店里发现艾丽西娅默默坐在厨房，而艾略特——威格敦图书节的艺术总监，我的好友——正当着她的面开免提同他太太和孩子讲电话。等他终于聊完了，我做了一盘西班牙风味鸡肉，他则烧了辣汁土豆。我用了一个托盘。他用了三个平底煎锅和两个炖锅，还把我的香草和调味料几乎放了个遍，却不肯洗哪怕一个盘子，也不懂应该物归原位。事实上，吃完饭后，他就坐着看我和艾丽西娅收拾。

流水：13.50 镑
顾客人数：2

1 月 16 日，星期五

网店订单：4
找到的书：3

今天早晨，地上有薄薄一层积雪，妮基就把迟到归咎于这一点。

上午 10 点前盥洗室里一直有人，紧接着佩特拉的肚皮舞课开始了。那富有节奏感的嘭嘭声把 11 点前光顾书店的唯一一位客人吓坏了。一听见楼上的声响，她仓皇而逃。后来，佩特拉和艾丽西娅坐在店门前的长凳上晒着太阳喝了杯茶。

下午，我写完了 AWB（威格敦书商联盟）的会议记录，发给安德鲁（财务主管）和劳拉（会议主席）审批。

花了大半个下午布置房间，准备迎接今晚"作家之屋"的筹划会。4 点 30 分，汤姆和维勒克拿着十瓶酒和几篮小吃来了。汤姆是英格兰人，维勒克是荷兰人。几年前，两人搬进了就在威格敦城外的一间小屋，他们聪明、有趣，不到五十岁，社区里的人都乐于接纳他们。我给客厅和包厢生了火。到 6 点钟，客厅里来了二十五个人，喝着酒聊着天。会开到 9 点，结束后，本和凯蒂（男的法国人，女的德国人，正要在威格敦开一家精品汉堡店），汤姆和维勒克，艾略特、艾丽西娅，还有我，在厨房里继续喝酒、聊天。汤姆和维勒克留宿了一晚。

妮基知道今晚准会折腾到很晚，答应明天早上她来开门。

凌晨 2 点睡下的。

流水：17 镑

顾客人数：2

1 月 17 日，星期六

网店订单：1
找到的书：0

8 点 55 分，妮基开了店。过了一小会儿，我拖着步子下楼了。上午她把我们放进网店销售的古董书同之后上架的别家的书比对了价格，确保我们的定价有竞争力。她核查了八十来本书，结果每一本都有人通过削价来跟我们抢生意。

晴朗、寒冷的早晨。9 点 15 分，汤姆和维勒克来打扫厨房。十分钟后，艾丽西娅来了，紧接着艾略特也来了。汤姆和维勒克是大约 10 点 30 分走的，艾略特则是 11 点 15 分。

今天书店里的尴尬一幕：

> 顾客：我有没有把潮汐时刻表落在你店里？
> 我：我从没见过你。
> 顾客：那算了。你卖潮汐时刻表吗？
> 我：不卖。

桑迪订的《苏格兰盖勒韦百科全书》到了，我打电话过去，给他留了言。

船长（店里的猫）胖得已经接近病态，足足有一个小孩子那么大。现在他身上裹着厚厚的冬衣，更显臃肿，经常把客人吓一跳——他们原本想象店里养的是一只会在他们腿上蹭来蹭去的苗条小猫咪，低头看到的却更像是一头肥硕的美洲狮。

流水：35.50 镑

顾客人数：4

1 月 19 日，星期一

网店订单：5

找到的书：4

寒冷、多云的一天。今天有个订单是一本名叫《地下历险记》的书。开头几页里夹了张纸，是前主人随手写下的行李清单：

> 啤酒
>
> 帐篷
>
> 睡袋
>
> 充气床垫
>
> 毯子

今天网上卖掉的书里没找到的那本是《巴塔哥尼亚》。书我上周已经卖给本店少数几位常客之一"腰包戴夫"了。不知道为什么"季风"*上仍然显示书有货：我明明记得把它下架了。

---

* Monsoon，一种数据库，可以把卖家录入的书籍信息上传到亚马逊和 AbeBooks。

另一个订单里是一本我昨天刚上架的罗伯特·亚当[*]传记。卖了 100 镑。亚马逊上第二便宜的那本开价 400 镑。

"文身控异教徒"桑迪来取了他订购的麦克塔格特《苏格兰盖勒韦百科全书》，可莉齐收下书时，好像出奇地平静。他拿了一箱书来卖，其中有本《第十五（苏格兰）步兵师》（1926年版）[†]。给了他价值 50 镑的积点。

11 点 30 分，我妈出现了，一刻不停地聊起各种话题：从"打开的书"租客（星期三要同她一起吃饭）的性取向（她胡乱猜测的）到她打扫阁楼的原因（"这样等我们死掉入土后，你和你妹就不用忙活了"）。她在店里待了半个小时，每隔五分钟必定要说一句"我走了"，接着开启另一段啰里八唆的拉杂闲话。

今天的支出远高于收入，这是冬季的常态。今天这个"忧郁的星期一"，可能是一年中最令人丧气的一天。看到流水你肯定是笑不出来的。

流水：18 镑
顾客人数：3

---

[*]　Robert Adam（1728—1792），英国建筑师、家具设计师，创立了新古典主义"亚当式"（Adamique）建筑风格。

[†]　The Fifteenth (Scottish) Division，J. Stewart 和 John Buchan 介绍这支部队在"一战"中经历的作品，"1926 年版"应该就是此书的初版。

1月20日，星期二

网店订单：5

找到的书：5

寒冷、晴朗的一天。今天有个订单是一本普特南版《1909年以来的布莱克本飞机》*，书是一年多前从利兹的一个戴假发的寡妇手里收来的。自那以后，我们刊登了5,000本书，差不多平均每天16本。想想其他那些把每天的时间耗得一点不剩的工作，我的工作量不算巨大，但也充足了。

我爸来串门聊天。他星期天刚读完《凡人之心》，我俩聊了聊这本书。他似乎是喜欢的，不过书名里的"心"字他不太赞成，说这会让男人倒胃口。正聊着呢，一个老头走了进来，他肩上背着一个皮包，里面装满了想要出售的书。我挑了几本出来——主要是些色情书和关于恶魔崇拜的书——付给他25镑。看到我买这类不上台面的东西，我爸多少有点鄙夷。

2点30分，一个女人拿来了一些她称之为"古董，具有收藏价值"的书。我以为她说的是关于古董和收藏品的书，结果她拿出满满一塑料箱破破烂烂的维多利亚中期小说——书店里几乎卖不掉的那类书，除非作者是名家（瑞德·哈葛德†、奥斯卡·王尔德、勃朗特姐妹等）。我买了两本，纯粹是因为

---

* 此书为"普特南航空"（The Putnam Aviation）系列中的一种。"布莱克本"指布莱克本飞机有限公司（Blackburn Aircraft Company）。

† Sir Henry Rider Haggard（1856—1925），英国小说家，代表作有非洲冒险小说《所罗门王的宝藏》（*King Solomon's Mines*）等。

它们击中了我幼稚的幽默感：《调皮大王从军记》和《费尔加斯的雄鸡屋》*。

一个顾客来柜台问我店里有没有袖珍书，于是我带他走到贴着"袖珍书"标签的陈列柜前。他看了一眼柜子，视线回到我身上，说："嗯，这些我已经都看过了。"经常会这样——人们好像总觉得我们店里应该有暗格，专门用来放并不真心想卖的"好东西"。

接到波特帕特里克†的一个女人打来的电话，说有书要卖。我说她可以早上把书带过来。

流水：32 镑

顾客人数：4

1 月 21 日，星期三

网店订单：3

找到的书：1

又是很冷的一天。

下午 1 点 30 分，艾米莉来付房租。她是位青年艺术家，租了书店后面的仓库当工作室。终于有人给我钱了，而不是管我要钱，真好。

---

* 这两本书的原名分别为 *The Sauciest Boy in the Service* 和 *The Cock-House at Fellgarth*。

† Portpatrick，位于邓弗里斯和盖勒韦西部的一个村庄。

发现一本教德国人说英语的书《地道英国人》，翻到以下的句子：

> "那么，先生，如果晚餐你已经用好了，就请再坐一会儿，给我们讲几则趣闻轶事吧。"[一旦你在书店里工作上一阵子，就绝对不会邀请一个陌生人讲什么无聊的趣闻轶事。]
>
> "你必须严格控制饮食，多出汗。所以喝几杯接骨木花茶吧。"
>
> "我备足了当季裤子面料的花色品种。"
>
> "你很准时。我想量身定做一件外套。"
>
> "让她把我的衬衣和袜子洗得比上次干净些。"

下午 3 点 30 分，开车去纽顿·斯图尔特。约了律师彼得立遗嘱。从律师那儿一走出来，我就突然有了一种随时会死的感觉——我能活到现在，不知道是不是一直没跟律师立下正式遗嘱的功劳。

生了火，《寂寞芳心小姐》读毕。好笑、神秘又凄惨，令人叫绝，而且，作为一本 1933 年出版的书，透着惊人的现代感。尤其是读寂寞芳心小姐（一个理想破灭、沉迷酒精的男记者）收到的读者来信的时候——一本书让我那样大声狂笑，印象里还没有过。

流水：33 镑

顾客人数：2

1月22日，星期四

网店订单：3
找到的书：1

今天整理堆在店里的几箱书的时候，我在一本《卡特里奥娜》——斯蒂文森《绑架》的续作，卡塞尔出版社1895年出版——里翻出一张纸。纸上是一个女人的铅笔漫画。背面——也是铅笔写的——有一小段话，说画中人是维多利亚女王，由劳伦斯·阿尔玛-塔德玛创作于1900年，即女王去世前一年。我不知道阿尔玛-塔德玛是谁，于是去艺术类书里找了一本关于维多利亚时期画家的书，查到了他的生平。他是荷兰人，不过1870年定居到了英格兰。他是位优秀的画家，主要创作古典主题的场景，我竟然从来没听说过他，实在汗颜。不管怎样，书的年份、纸的质感和老化程度都证明了上面的话真实可信。我已经把它挂上eBay了。

今天店里很忙：两对法国夫妇——好像没听到他们说任何一个英语单词——买了40镑的书，全是英文的。

流水：235镑
顾客人数：4

1月23日，星期五

网店订单：0

找到的书：0

明媚的早晨，不过我还是打开了大房间里的煤气取暖器，搬来音响给佩特拉上舞蹈课用。来了五个人，其中有吉娜，她是个新西兰女人，在一家咖啡馆打工。

妮基准点到了，她眼睛睁得很大，一脸兴奋——"你肯定不敢相信我给你带了什么。"我紧张而害怕地猜道，大概是"老饕星期五"大餐。（每星期四晚上，妮基在王国会堂*参加完"耶和华见证人"的集会，会去斯特兰拉尔†的超市折扣区扫货。）她毫不掩饰她的喜悦，回答道"说对了"，然后从她那件有时候会套在滑雪服外面的棕色大衣的口袋里拔出——宛若一个美国中西部的神枪手——两瓶她在 Lidl‡ 发现的降价啤酒，这酒看着不太对劲，像是合成的。

她们在楼上嘭嘭热舞的时候，我在打包要寄给"开卷随缘俱乐部"会员的书，然后我开车把几大袋包裹送去了纽顿·斯图尔特的邮件分拣处。回来的路上，车开到巴尔特桑农场时被过路的奶牛群截断了去路。我通常会避免在一天中的这个点赶路，因为下午 3 点左右正是牛群从它们吃草的牧场穿过公路，

---

* Kingdom Hall，"耶和华见证人"聚集举办宗教活动的场所，遍布世界各地。

† Stranraer，威格敦郡因奇（Inch）牧区下面的一个市镇。

‡ 德国连锁超市。

被赶去奶牛场挤奶的时间。

流水：85.99 镑
顾客人数：3

1 月 24 日，星期六

网店订单：1
找到的书：1

迟了二十分钟开店——昨晚忘记设闹钟了。好在妮基准时来开了门，看到我睡眼惺忪、鞋也不穿地走下楼，她痛斥我的懒惰。这回算她骂对了。

上午 11 点，老朋友罗宾和伯纳德来串门，买了一些书。罗宾总是买关于历史和板球的书。伯纳德我倒是好一阵没见了。没想到他买了好几本关于美国内战的书，大概是对此兴趣浓厚吧。

今天的一位客人——一个戴着猎鹿帽的男子——在一个小时之内进出了书店六次。他什么也没买。

天很冷，看样子要下雪，所以我对妮基说她 4 点 30 分就可以下班了。

流水：134 镑
顾客人数：14

1月26日，星期一

网店订单：7

找到的书：6

今早有个订单是贝伦登*的两卷本《苏格兰历史与纪年》，225 镑卖给了一位加拿大的买家。我们放在网上销售的很多关于苏格兰历史的书籍好像最后都去了加拿大。

9 点 45 分，一个客人走到柜台前，说："格雷厄姆·格林、欧内斯特·海明威、约翰·斯坦贝克。初版本。在哪？"

把今天的包裹拿去邮局时，我尽力向威廉示好，说了一句热情洋溢的"哈啰"，结果他勉勉强强地应了一声，显然很不情愿。他之前那种与人为善的心情显然已不复存在。

客人："我要找一本《拉瑟格伦和东基尔布莱德史》，还要找一本《苏格兰统计报告》†初辑。"两本书我们都有，价格合理。他一本也没买。

---

* John Bellenden（1533—1587），苏格兰作家。苏格兰哲学家、史学家 Hector Boece（1465—1536）于 1526 年在巴黎出版拉丁文史学著作《苏格兰人的历史》（*Historia Gentis Scotorum*），贝伦登将其译为英文，即文中所说的《苏格兰历史与纪年》（*The History and Chronicles of Scotland*）。

† *Statistical Account of Scotland*，苏格兰政治家 Sir John Sinclair（1754—1835）的代表作，出版于 1791 年至 1799 年间，多达 21 卷。

今晚是"彭斯之夜"*，所以我提早关了店，去联合超市†买了哈吉斯、芜菁和土豆，还给晚餐备了一瓶威士忌。卡罗尔-安带来了哈吉斯帕可拉‡。她不赞成喝威士忌，但我喝了好几大杯拉弗格。

流水：133.49 镑

顾客人数：8

1 月 27 日，星期二

网店订单：4

找到的书：2

一天里，狂风反反复复把门吹开，我便移走了锁片，让门碰上关掉拉倒。

上午 10 点 30 分，卡勒姆送来了十二袋木柴。后面三个星期的供暖有着落了。

---

* "彭斯之夜"是苏格兰民族节日，一般是 1 月 25 日（罗伯特·彭斯的生日）。后文写到的"哈吉斯"是用羊的内脏制作而成的苏格兰传统菜肴，为节日当天必备，因为彭斯于 1787 年创作过《致哈吉斯》（"Address to a Haggis"）一诗。

† Co-op，英国著名连锁超市，成立于 1863 年。

‡ Pakora，以切成小块的蔬菜、芝士、肉类等裹以面糊油炸而成的食物，流行于印度和东南亚。"哈吉斯帕可拉"大概是指经过帕可拉的烹调方式加工的哈吉斯。

一位挂着手杖的老先生买了 40 镑的书，题材很广泛。他一边付钱，一边给我看他的手杖——一根斯诺克球杆顶部装了一颗斯诺克球当把手。他说他是从爱丁堡来看他在纽顿·斯图尔特的医院里养病的兄弟的。我俩聊了很久，他还告诉我两个星期前他也来过一次，为他朋友德瓦尔德勋爵送葬。听到他过世了我有点吃惊，因为他是店里的常客，不怎么说话，读书口味很杂。经常只有在别人告诉你书店的某位常客已经去世的时候，你才会意识到确实有一阵子没有见到此人了。

伊莎贝尔过来做账。她完全无法辨认我支票存根上的字迹，而说句公道话，我自己也看得很费力。下星期就进入产羊羔季了，在那结束前，我大概没那么容易见到她了。

流水：60 镑

顾客人数：5

1 月 28 日，星期三

网店订单：6

找到的书：6

今天的所有订单都来自亚马逊；没有 Abe 上的。

晴天，却下了几场烦人的阵雨。风倒是明显减弱了。

给书标价的时候，我在一套老版狄更斯文集里发现了一张藏书票，上面的名字是范妮·斯特拉特。我莫名觉得范妮·斯特拉特应该是 1950 年代红极一时的美国舞蹈演员。

流水：21

顾客人数：2

1 月 29 日，星期四

网店订单：4

找到的书：4

潮湿、阴沉的一天。这种天气总让我自问为什么要选择住在这儿。

那张上星期在《卡特里奥娜》里发现的阿尔玛－塔德玛速写画卖了 145 镑，大概是我预期的五倍之多。这是二手书行业的吊诡之处，一张夹在一本一百二十年的老书里的纸片，最后很可能比书本身值钱。

整理那几箱艾尔的寡妇（带我爬了四层楼的那位）卖给我的书时，我发现了一本 1938 年的航海日志和一本 QE2 号[*]上军官休息室的日祷书。因为有过拍卖 RAF[†] 笔记本的成功先例，我把这两样东西挂到了 eBay 上，"谷歌"输入日志主人的名字，看看他是不是某位能够让遗物增值的大人物。他名叫约

---

[*]　即"伊丽莎白二世女王"号（The Queen Elizabeth Ⅱ），于 1969 年 5 月首航。

[†]　Royal Air Force（英国皇家空军）的缩写。

翰·威廉·莫特，1939 年 HMS"埃克塞特"号*进击"施佩伯爵"号的时候，他在战舰上担任轮机员。"埃克塞特"号此役受到重创——没有可用的火炮了——船长命令莫特加速前进，撞向敌舰。幸好"施佩伯爵"号掉头驶回蒙得维的亚，"埃克塞特"号上一船人的性命才得以保全。莫特随后驾船驶向福克兰群岛，最终安全靠岸。他的讣告登在《独立报》上，读来很是精彩。他监督了 QE2 号的建造工程，后来负责管理卡尔津城堡†，那是一处受国家信托保护的房产，离艾尔不远，所以莫特去世后，他的遗孀便隐居在那里。

下班后我和卡勒姆去"桥尾"——布拉德诺赫河边的一家酒吧，离威格敦约 1 英里——喝了一杯。我俩都受到了汤姆和维勒克的邀请，明天要去晚餐。卡勒姆准备开车去，回来就一起打个车。

流水：49.50 镑

顾客人数：3

---

1 月 30 日，星期五

网店订单：2

找到的书：2

妮基是 8 点 55 分到的，当时我正在开灯。她向我打招呼："呃，你起得挺早嘛！"经过上星期六的懒觉事件，这句话显得颇为中肯。她告诉我，尽管她昨天晚上把莫里森超市的打折区翻了个底朝天，却没找到任何配得上"老饕星期五"的东西。考虑到"老饕星期五"的门槛低到什么程度，莫里森超市的打折区里准是只剩下过期狗粮了。

我们找出订单里的书后，我在 11 点钟把邮件拿去了邮局。威廉故意不理我。也许他正为上上星期表现出的难得的友善感到不好意思。

将近 5 点的时候，有个客人问妮基："我在找本书。我不知道书名，但我在学校里读过，写的是一只总去偷果酱的考拉的故事。你们有这本书吗？"妮基哈哈大笑，指了指我，说："问他吧，我要回家了。"没过几分钟，一个客人带了六箱古董书来，说是他姑奶奶传给他的。看得出来妮基被勾起了兴致，显然想多留一会儿，把箱子里的书细翻一通。我认为，一旦你做过二手书这一行，听到某人说他有六箱古董书要卖，你不可能不想立即翻检一遍，看看都是些什么书。可妮基去意已决。她迈出店门，朝她那辆小货车"蓝瓶子"走去。

卡勒姆、安娜和我去了汤姆和维勒克家吃晚饭。这一晚过得开心极了。在食物上，他俩多少算是自给自足，所以我们吃的每样东西都是汤姆亲手种出来、亲手烹调的。凌晨 2 点 30 分到的家。

流水：85.50 镑

顾客人数：5

1 月 31 日，星期六

网店订单：2

找到的书：2

迟了一个小时开店。开门不到五分钟，店里就挤满了人。也许这就是生意的秘诀：开店时间飘忽不定。

网上卖掉一本书，叫《鼹鼠与鼹鼠的防控》。

下午 12 点 30 分，卡勒姆来店里待了一会儿，随后溜达去了一个朋友家，他觉得他可以在那边骗一顿免费的早餐。

我在邮局搁下邮包，顺手买了份《卫报》。我不禁自问，我买《卫报》是不是只有一个理由：为了挫伤一下威廉这个右翼人士的感情。每次我买《卫报》，他找钱的时候总要喃喃地骂两句糊涂的自由主义者，或者香槟社会主义者什么的。

1 点钟，一个女人拿来一袋子书，其中有本路德威克·肯尼迪*的《与象同床》,是她八年前在店里买的。是作者签名本,为此她大惊小怪得不行。我看了眼扉页的题赠,上面写道:"给戴维和罗斯玛丽,谨致美好的祝愿,路德威克·肯尼迪。"戴维和罗斯玛丽是我爸妈。这本书肯定是多年前肯尼迪来参加图书节时送给他俩的。我爸妈读完后肯定就把书拿给了书店前老板约翰,现在书到了我手里,几乎是绕了一整圈。

流水:74 镑

顾客人数:8

---

* Ludovic Kennedy(1919—2009),苏格兰作家、人道主义者。*In Bed with an Elephant* 是他出版于 1995 年的作品,副标题为"苏格兰之我见"(Personal View of Scotland)。

二月

每星期大约有 200 种新书出版。想想就可怕。一个人需要钱包够厚才买得起所有他想读的书。可实情是，他并不会买。他会从图书馆借。

这是流通图书馆 * 的时代。他们的生意从来没有如此兴旺过。有些人会用深沉的声音告诉你，一本不值得重读的书压根就不值得读。我不同意这种看法。我可以编一本厚厚的目录，全是只值得读一遍的书。所以公共或私人的会员图书馆才会流行。另外，如果一个人有意购买一本新书，但又想在付全款前确定书的价值，他可以去图书馆悄悄看一眼。我有时会听到人们猛烈抨击付费图书馆，因为我是二手书商，他们期待我的附和。但只有傻瓜才一心想打垮这么有用的机构。

奥古斯塔斯·缪尔，《书商约翰·巴克斯特私语录》

我们时不时会拿到一册那种低成本生产的小开本书，封面上经常贴有标签"博姿图书馆"，或者更为少见的"穆迪图书

---

* 原文为 circulating library，在文中的意思应该是指旧时的付费租书图书馆。后文的"会员图书馆"（subscription library）也是一种付费图书馆。

馆"*。这些书通常不值钱，会被送去回收站或慈善商店，但它们正是来自巴克斯特说的"流通"或者借阅图书馆。如今不再是"流通图书馆的时代"，其实什么图书馆的时代都不是了。十九世纪末，技术的革新降低了造纸的成本，印书的成本便也相应变得低廉，可在此之前，书籍是昂贵的奢侈品，只有相对富裕的人家才负担得起，于是流通图书馆应运而生。这一服务——或是行会员制，或是按日计费——让不那么富裕的人有了获得书本的途径。它们是旨在盈利的机构，一度广受欢迎。出版商和作者也从中获益，因为他们可以分到一部分收入。三场剧变导致了这类图书馆的消亡：先是二十世纪初图书价格的下降；再是平装书的出现；最后是 1964 年颁布的《公共图书馆和博物馆法案》规定了地方当局有义务提供免费的借阅图书馆。药商博姿于 1966 年关闭了旗下的流通图书馆。苏格兰最老的免费借阅图书馆是克里夫†附近的因纳佩夫雷图书馆，它向大众出借图书的历史可以追溯到 1680 年。出于相似的原因，我跟约翰·巴克斯特一样尊重图书馆——如果一个人从图书馆借了本书读完很喜欢，他完全有可能渴望拥有一本，所以等他把书还回去后，没准就会去买一本。我看不出来图书馆会对书店造成什么严重的负面影响。就算有影响，也是正面的。在电子书的问题上也有相同的争论，不过它的利弊我还没想清楚。

巴克斯特如果活在今天，发现英国去年每个星期出版的图

---

* 穆迪指 Charles Edward Mudie（1818—1890），英格兰出版商，创立了"穆迪借阅图书馆"（Mudie's Lending Library）和"穆迪会员图书馆"（Mudie's Subscription Library），在维多利亚时代影响很大。

† Crieff，苏格兰佩思—金罗斯（Perth and Kinross）的一个市镇。

书大约有 3500 种，一定大感震惊。这或许对出版业造成了负面影响——可供大众选择的书品种太多，势必会拉低单个品种的销量——不过，有这么多书被人出版（但愿也被人阅读）总是件可喜可贺的事情吧。

2月2日，星期一

网店订单：3

找到的书：1

上午 10 点 30 分，卡勒姆来店里看了眼橱窗的裂缝。前段时间暴风雨，大雨把里面全淹了。

一天里，风越来越大，国家气象局或许应该赐它一个名字才配得上它肆虐的程度。

在"打开的书"工作的科莱特溜达过来介绍了一下自己。整个星期她那边都很冷清。我常常为那些在十二月、一月和二月来看店的人感到难过。如果我的进账多少值得参考，那他们店里能接待到超过三五个瑟瑟发抖的客人，就算走运了。

流水：54.49 镑

顾客人数：3

2月3日，星期二

网店订单：8

找到的书：8

暴风雨过后，和煦的晴天。

午饭时间汤姆来借书店过去十年的账本，他想据此写一份报告，分析信贷紧缩和亚马逊的发展壮大是如何影响当地零售业的。这是他为"作家之屋"项目募集资金的"卖点"之一。

克雷加德画廊（这条街往下第三家）的萨拉送来两张迟到的圣诞贺卡，一张给妮基一张给我。给妮基的那张写道："了不起的女王。"给我的那张写道："呸，骗子！"

今天主要在想办法排春季节庆期间的节目表；由威格敦的书商操办的演讲和活动，历时一周，贯穿五月的法定假日。

关店，去"打开的书"邀请科莱特来吃晚饭。她说她昨晚在布拉德诺赫酒吧玩得很开心，吸引了许多客人燃着爱火的目光——这些人里，有不少是忍受苦闷独居生活的庄稼人。

流水：22镑

顾客人数：4

2 月 4 日，星期三

网店订单：4

找到的书：3

开店，9 点 10 分上楼泡了杯茶。走下旋梯，发现佩特拉在跳舞唱歌。她给了我一个大大的拥抱，让我留心我的查克拉[*]，说完边唱歌边踏着舞步出了店门。

客人很少，但我最喜欢的客人迪肯先生吃过午饭就来了——是他吃过午饭，不是我——有此为证：他那件看起来挺昂贵的蓝衬衫的前襟沾了一连串佩斯利花纹[†]形状的污点。他问我们有没有大卫·劳合·乔治[‡]的传记。我们没有。事实上，店里的最后一本我卖给了被《仿制人》[§]一剧大肆嘲讽的退休工党政治家罗伊·哈特斯利。他要那本书是为了做研究，给大卫·劳合·乔治写新的传记，即出版于 2010 年的广受赞誉之作《伟大的局外人》[¶]。我至今清楚记得他打来订书的那通电

---

[*] Chakra，瑜伽用语，指人体的能量中枢。

[†] Paisley，据说诞生于古巴比伦的一种纹样，兴盛于波斯与印度，在中国古代被称为"火腿纹"，形状类似腰果。佩斯利原是苏格兰西部的一座城市，十九世纪时，那里运用上述花纹制作的羊绒披肩很有名，"佩斯利花纹"因此得名。

[‡] David Lloyd George（1863—1945），第一代德威弗尔的劳合—乔治伯爵，英国自由党政治家，1916 年至 1922 年间出任英国首相，领导战时内阁，1926 年至 1931 年间任自由党党魁。

[§] Spitting Image，BBC 的一部讽刺喜剧，以造型夸张又神似的人偶出演各种公众人物，首播于 1984 年。

[¶] "伟大的局外人"是 Roy Hattersley 的《大卫·劳合·乔治》（David Lloyd George）一书的副标题。

话——我立即就知道对方是谁了，于是威胁他说除非他同意来演讲，否则就不给他寄书，可这番劝他来威格敦的努力失败了。他始终没有来。

迪肯先生去年向我透露他得了痴呆症。从那时起，每次他来店里，我都忧心忡忡地观察着他，不过暂时他好像没什么变化：还是那个不太专注，但兴趣广泛、如饥似渴的读书人。

流水：47 镑

顾客人数：5

2 月 5 日，星期四

网店订单：0

找到的书：0

午饭后一个做派像退休女校长的女人拿来了一箱书。里面没什么有意思的东西，但我还是挑了两本看起来可能卖得出去的：一册破烂的《赫布里底之歌》*和一册老教学地图集。我说可以付给她 10 镑，闻听此言，她登时一把夺回书，一边冲出店门，一边说道："那样的话，我还是捐给慈善商店吧。"

明天我准备去慈善商店花 5 镑把书买回来。有种人一心觉

---

* *Song of the Hebrides*，Marjory Kennedy-Fraser 和 Kenneth Macleod 汇编的苏格兰高地及凯尔特歌谣集。

得人人都打定主意要占他们便宜，而且他们明显认为，把一个人愿意出价购买的东西免费送给另一个人是在以某种方式惩罚那个出价的人。世界并不是这样运转的。

下午，我接到规划部门的一个女人打来的电话，说有人正式投诉了书店门口的混凝土"书螺旋"。所谓"书螺旋"，是堆成螺旋状的两列书，中间各装有一根贯穿的铁杆，书店门口两侧各放一个。以前我是用真书码堆的，再在外面裹上玻璃纤维树脂，可没过几年就需要更换新的，所以我问诺里——前店员，现好友，混凝土万事通——能否用混凝土"书"代替真书。在一次又一次有客人喜欢跟我开的许多个"玩笑"里，重复最多的也许要数——指着那列书最下面的某一本，问我："我能买那本吗？"

规划部门的那个女人听起来很抱歉，就她个人而言，也显然并不反对那两个"书螺旋"，不过她得按流程办事，所以要给我寄一份回溯规划申请书[*]。她好像十分肯定申请可以顺利通过，就是会产生一定费用。

流水：139 镑
顾客人数：4

---

[*] 原文为 retrospective planning application，在建筑施工未经允许却已经发生的情况下用以使既成事实合法化的申请。

2月6日，星期五

网店订单：0

找到的书：0

    今天晴朗、和煦，妮基在店里上班。她老样子，迟到了十分钟，还把包扔在了店堂中央的地上。

    "老饕星期五"来临，她拿出了帕可拉和几坨看上去令人作呕的巧克力糕点——至于那究竟是些什么东西，老实说，从巧克力泡芙到人体器官皆有可能。

    妮基才到，紧接着来了一对外国夫妻。女的说："那么，这是个图书馆咯？"

    我：不，这是家书店。

    女的：那么，意思是不是说人们可以借走这里的书呢？

    我：不，店里的书是卖的。

    女的：你买书吗？人们能不能带一本书来给你，然后换一本走呢？

    ［死的心都快有了］

    女的：这些旧书也卖吗，还是单纯展示用的？

    店里零钱不多了，所以我去邮局换一点。在邮局工作的维尔玛通常很乐意帮这方面的忙，但她今天准是休假了，我只好跟小气鬼威廉打交道。他冷冷地拒绝了我的请求，对我说："我们又不是该死的银行。"

吃过午饭，我驾车去斯特兰拉尔（25英里路）附近的阿德维尔宅第看一批书，同行的是安娜，我交往了五年的美国女友。宅子原本属于一对叫弗朗西斯和特里·布罗伊斯的夫妇，去年双双离世了。特里生前当过威格敦郡的郡长。那是座漂亮的大宅子，屋里装满了珍贵的家具和绘画，书架上还有一些很有意思的古董书，可惜这些书他们不卖。我们从书房里挑出六箱书，给了弗朗西斯的兄弟克里斯（他继承了宅子）300镑。他问我们能否帮忙清走一些我们不想要的书，于是我们的负荷翻了个倍。我准备把书运去格拉斯哥，等星期一再处理掉，那天本就得送安娜去机场的：她要回美国住一阵。很遗憾，我俩的关系无疾而终了。并不是她的错。虽然她热爱威格敦和这片地区，也有许多喜欢的朋友，她还是觉得暂别此地对她会比较好。

　　我沿着卢斯湾的西岸，驶过它错杂的卵石滩和沙滩，回程的一路，低悬的冬阳投下长长的影子，美极了。我能看到安娜正恋恋不舍地眺望海湾另一边的马查斯半岛，过去七年的大部分时间里，那都是她栖居的风景。

　　妮基留宿了一晚。

流水：83镑
顾客人数：4

2 月 7 日，星期六

网店订单：2

找到的书：2

今天妮基开店，所以我懒觉睡到 9 点 30 分。我下楼时发现，她装了一盘"老饕星期五"战利品的剩菜放在柜台上，还说："还有比吃剩的巧克力炸弹、帕可拉和啤酒更美味的早餐吗？"

我发邮件问弗洛星期一上午是否有空来看店，那样我就能送安娜去格拉斯哥机场。她答复说肯定有空，那至少这件事有着落了。去年夏天她来店里工作过。她在爱丁堡大学念书，每次回家，只要有需要，她通常都很乐意来店里帮忙。

吃过午饭，我和安娜去了盖勒韦宅第的公园（约 6 英里外的一个植物园，再往前可以到海滩），让她在星期一离开前欣赏一下最爱的事物。地上积了薄薄一层雪，一朵朵雪花莲花蕊低垂，间或有三两棵熊葱破雪而出。安娜特别喜欢这片花园。七年前她从洛杉矶来到威格敦时，这是我俩最早同游的地方之一。我想，美丽的花园和绝色的海滩出现在同一个画面里，吸引了她电影人的想象力。她是职业电影制作人，我知道，她已默默把此地当成片场，脑袋里正在导演一出时代剧呢。

安娜·德雷达发来邮件提醒我，她的读书会下星期天要做活动了。我主动提出把书店和大房间给他们用，因为二月实在冷清，还不如派点用场。安娜在什罗普郡的马奇·文洛克有家书店，去年她和她伴侣希拉里从西部群岛[*]度完假回家的路上到我这儿住过一阵。

流水：349.48 镑

顾客人数：15

2 月 8 日，星期日

网店订单：

找到的书：

今天是安娜回美国前的最后一天，于是我们去看望了威格敦书画店的店主杰西。她在医院里住了差不多三个星期，看起来十分虚弱。我们——也许太过乐观了——认定她的虚弱是药物治疗而非每况愈下的健康所致。之后我们"最后一次"回到了威格敦宅第的植物园，杜鹃花鼓起了花蕾，含苞待放，再沿里格湾阒无一人的海滩散了步。5 点，在冬日傍晚渐浓的暮色里回到家。

苏格兰乡村和马萨诸塞州郊区的文化存在巨大差异，安娜却自然而然融入了威格敦的生活，仿佛天生本地人。她跟每个人都很好，始终如一的纯良天性让她赢得了这个地方和

_*　Western Isles，可以指赫布里底群岛，也可以指外赫布里底群岛（Outer Hebrides）。

当地人的喜爱。文森特在镇上开加油站，是她最喜欢的人之一。她搬来这儿没几天，就想到自己以后会需要用车，所以文森特——以拥有一支报废品车队著称——帮她觅了一辆"新沃克斯豪尔"。她超级喜爱这辆车，兴高采烈地开来开去——刚开始小心翼翼，奇慢无比（脸快贴到挡风玻璃，身体明显是僵的），不过一等她习惯了靠左行驶，就开始飙车，任性胡来了。有一回，她决定独自开车去邓弗里斯的拍卖会（我肯定在忙什么事），都快到达拍卖行了，她突然听到一声爆炸般的刺耳巨响。她一时慌神，本能地靠右而没有靠左停了车，当然挡住了迎面而来车辆的去路。她下车一看，车子的大半截排气管掉在了马路中央。她终究没能去成拍卖会，好在文森特古道热肠，找了个邓弗里斯的机械工去接她，还帮她修好了车让她开回威格敦。

2月9日，星期一

网店订单：7
找到的书：6

　　早上7点起床，送安娜去格拉斯哥机场。天色尚暗，小货车经受了一路的风吹雨打。我们哭得稀里哗啦，说着离别的话。我俩之间的紧张关系已经持续一段时间了，这完全由我造成，也源于我对承诺的莫名恐惧，所以我们决定分开一段时间。

　　恐怕这不仅是一个章节的结束，而是安娜和我的那本书已经合上了。她初来乍到之时，一切好像都完美：一个聪明、有趣、迷人的姑娘，想住在威格敦，跟我一同生活。不过问题出在我身上。展望自己的未来，除了沦为一个爱挑刺的臭脾气光棍，我看不到第二种可能。这不是我——恐怕也不是任何人——想要的未来，但事实如此；我对不起安娜，也伤害了一直把她当女儿和姐妹看待的家里人。

回家路上，我去回收厂卸掉了一车准备循环利用的库存。那里有个我不得不打交道的男的，我每去一次，他的火气就好像更大一些。今天他破口大骂的由头是他必须去找三个大塑料桶来装这些待回收的书。下午 1 点 30 分到家，发现店门锁着，上面贴着弗洛留的纸条，说她忘记她没有钥匙了，所以开不了门。我打开门，看了眼邮箱。混凝土"书螺旋"的规划申请书寄来了，还要我支付 401 镑的申请费用。我给一位当地的建筑师阿德里安·帕特森打了个电话，问他能否搞定这份申请，因为按照要求，得提交根据建筑标准绘制的比例图。

3 点钟，店里来了一对老夫妻，女的胸前紧紧抓着一个塑料袋，仿佛在给婴儿喂奶。袋子里是一本包了气泡膜的利文斯通 *《南非考察和传教纪行》（沃德·洛克，1857）。书是她母亲传给她的，他们看到"在一个鉴宝节目上，有人拿了一本出来，值 10,000 镑呢"。我说此书不怎么稀罕，他们这本大概就值 50 镑，听到这儿，他俩都向我投来露骨的轻蔑眼神，好像我不是骗子就是傻子。他们在电视上看到的可能是利文斯通的签赠

---

* David Livingston（1813—1873），苏格兰传教士，在非洲传教和考察地理达三十年。

本。我想不到别的理由能让那本书值那么多钱。这一时期的书，卷首常会收一幅作者像，下方往往印有手写体的作者签名。已经记不清有多少次了，顾客拿着本"签名本"要卖给我，结果那签名一看就是印上去的。

下午 4 点 55 分，"腰包戴夫"来了。他总是挑尴尬的时间上门。每每如此，我都怀疑他是专门掐准点的，一定要让自己的到来引发最大的麻烦。他一如既往带着几只腰包和各式各样的行囊。今天他倒是挽救了自己的声誉，买了一本关于"一战"中的福克飞机 *的书。他开门离开的时候，"船长"飞速蹿了进来，看到戴夫惊恐的样子真叫人开心。

流水：67.49 镑
顾客人数：6

2 月 10 日，星期二

网店订单：3
找到的书：2

上午 10 点钟，我给书店楼上的客厅生了火，准备迎接老太太们来上艺术课。冬天，她们每星期二在这儿碰头，夏天则

---

* 指"一战"中荷兰飞行员、飞机制造商 Anthony Fokker（1890—1939）设计和研发的飞机。

去 en plein air*。

午饭后我开车去科克帕特里克·达勒姆——一座距邓弗里斯约 10 英里的漂亮小村庄——看一批上星期一个女人打电话来有意出售的书。那些书是她亡夫的遗物。她住在一条农圃路尽头一栋外墙刷白的小屋里，她要卖的是一批带书衣的精装本 A. G. 斯特里特作品。卖书的那个女人看起来很不舍得跟这些书分别，因为它们显然是她丈夫最爱的书。他在萨塞克郡的一座农场里长大，她则在伯明翰生活，两人五十多岁的时候，在去圣基尔达列岛†的旅途中相识。令人难过的是，两年前他罹患癌症过世了。

A. G. 斯特里特在威尔特郡务农，以 1930 年代的农业生活为创作题材。他的作品在当年极为风行，不过就像许多其他人的书一样，如今已相对乏人问津。偶尔还会有人要买他的书，但这种需求的频率正逐渐减缓，犹如一只濒死的动物呼吸间隔越来越长。科克帕特里克·达勒姆出过的最有名的人是科克帕特里克·麦克米伦，哪怕单是为了他的成就，这里也算得上一个有意思的地方了。麦克米伦 1812 年出生于此，被公认为自行车的发明者。这一成就得到广泛认可，伴随了他一生，可他为人谦逊，很少居功，甚至连发明的专利权都不要。

书的品相一般，但我还是花 40 镑买了两箱，随后回家了。

4 点钟，我妈过来告诉我书画店的杰西今晨去世了。她决定把杰西离世的噩耗告诉艺术班的学员伊莱恩（聋得厉害，是

---

* 法语：户外写生。

† St Kilda，苏格兰群岛名，包含赫布里底群岛最西的一些岛屿。

我妈的老朋友），这稍稍减轻了此刻的沉重感。不知道是怎么回事，总之伊莱恩完全会错了意，以为杰西准备退休，安娜将要接过她的生意。她认为她听到的是好消息，说道："噢，真是个特大喜讯。"

临近打烊，一个戴着浮夸的佩斯利花纹领结的男人拿来了六箱书，大部分是精装本，品相绝佳，内容主要是艺术和园艺。我说我会把书过一遍眼，明天中午前给他报价。

流水：67.50 镑

顾客人数：4

2 月 11 日，星期三

网店订单：5

找到的书：2

上午 11 点，一个口臭能熏死人的瘦高个男子出现在柜台前，说："你好啊肖恩，我们之前见过。我有一些书要卖。"说完他在柜台上撂下一箱电影书，去逛书店了。我把书翻了一遍，挑了几本出来。他回来后，我说可以出 12 镑买他的八本书，这时他拿出一张清单，开始逐一对照，开腔道："那本亚马逊上卖 6 镑，你打算出多少钱买？"我试图向他解释，虽然亚马逊上是可能卖 6 镑，但我能 4 镑卖出去没准就算走运了。跟他说这些，我还不如向一头大猩猩解说粒子物理学。最后他把带来的书原样带走了，一脸困惑的样子。我到现在也不知道这人是谁，我们又在哪里见过面。

不过在他带来的书里有一本哈利·汤姆生*的《黑暗之物》。这着实是本佳作。大约八年前，一个朋友送了我一本。我读完此书不久，在威格敦图书节期间，一位访问作者问我店里是否有关于菲茨罗伊†和"小猎犬"号（正是《黑暗之物》的主题）的书。我看了一眼相关书籍的区域，没找到什么，遂上楼去"作家休憩处"如实相告。我发现他正在和菲奥娜·达夫聊天——菲奥娜是那年图书节公关和市场的负责人。我等到一个合适的间歇，插话说我们店里没有相关书籍，但我愿意强烈推荐《黑暗之物》，这时候菲奥娜尖声道："噢，这书是我丈夫写的！"我刚松一口气，心想还好自己说的是喜欢这本书，紧接着菲奥娜就爽利地详细描述起他俩分手的过程来了。

哪怕对于一年中的这个时间来说，今天也算是冷清的，不过当我看到——都已经打烊半小时了——夜色渐浓的天空中依然透着些许白昼的光亮，我又一次感到未来充满希望。随着二月一天天过去，我们体验了走出黑暗深渊的振奋与欢欣，经历十二月悲苦而颓丧的绝望也几乎是值得的了。我记得几年前有一次同我妹露露聊天，她当时一直在旅行，便跟我谈起了她在厄瓜多尔还是秘鲁，也可能是智利北部度过的时光。我问她，她在那边过得开不开心，她的回答跟我的预期完全相反，她说

---

* Harry Thompson (1960—2005)，英国作家、电视制作人。*This Thing of Darkness* 出版于 2005 年，是讲述达尔文的"小猎犬"号之旅的历史小说。

† Robert Fitzroy (1805—1865)，英国海军中将、水文地理学家、气象学家，担任"小猎犬"号的舰长。

那边靠近赤道，所以夏天里最难受的是白昼太短。她想念苏格兰夏天漫长的傍晚，六月里，晚上 10 点钟太阳才落山，不像在那些国家，一年大部分时候傍晚 6 点就没太阳了。我让她别忘了，在苏格兰的十二月，太阳是下午 4 点落山的，可即便如此，她还是坚信——对她而言——为了换来夏日无尽的傍晚时光，这番辛苦是值得的。

流水：28.49 镑

顾客人数：3

2 月 12 日，星期四

网店订单：

找到的书：

老时间开门，但开灯的时候，我听见书店后屋传来奇怪的声响。我循声而去，走近后发现是翅膀拍打的声音，再仔细一找，原来是一只椋鸟，准是那该死的猫拖进来的。它没受伤，接着在店里各处飞了一个钟头，只怪自己笨手笨脚，我怎么也抓不住它。最后我爬到了梯子顶上，操起渔网四下挥舞，才逮住了它，把它弄到店门外放生了。

店里的电脑前一天晚上突然重启了，"季风"打不开，所以我不知道我们有没有订单。我写给"季风"公司求助的邮件被弹了回来。

下班后我在包厢里生了火。里面放着我厚厚一摞"待读书"，看了一圈，我挑中一册威廉·博伊德的《新忏悔录》[*]，是几年前一个朋友送我的。我无法想象它能同《凡人之心》一样完美，但还是决定试一试。

流水：14.30 镑
顾客人数：2

2月13日，星期五

网店订单：6
找到的书：3

今天妮基在店里，所以我花了大半天打扫卫生、收拾屋子，准备迎接什罗普郡的人星期天来"读者休憩处"办活动。安娜（文洛克图书）和艾米莉（帮忙打理一切）到时会住在这栋房子里，所以珍妮塔——每两个星期来打扫一次书店和房子——给她俩备好了卧室。其他人则会住"庄稼人"酒店和格莱斯诺克家庭旅馆。

上午10点，我去距威格敦2英里外的一栋宅子谈一笔生意。大概有两千本书，大部分都是我不想要的，但他们要卖房，想一次性清掉所有书，于是我把书装箱运走了，给他们开了

---

* *The New Confessions*，William Boyd 出版于 1988 年的作品。

张 750 镑的支票。其中有些不错的兵团历史书，也有些漂亮的亚瑟·拉克姆[*]插图本。拉克姆是少数几位作品能够被一眼辨认又近乎举世闻名的插画家之一。除了他，还有埃德蒙·杜拉克、凯·尼尔森、杰西·M.金、凯特·格林纳威[†]和十九世纪末二十世纪初的其他几位插画家，他们一起创造了后人一提起就向往不已的"插画的黄金时代"。可惜，当你遇上他们的插图本，经常有好几张——就算不是全部——图片被揭走了，害这些书变得基本毫无价值。

　　2 点回到书店，把一车书卸了下来。妮基开始翻箱子里的货，我们玩起了"猜猜我为它们付了多少钱"的老游戏。她猜 200 镑。或许她终究才是比我更适合经营这家店的人。她今晚不回家，我俩来了一轮啤酒盲测。她还是坚决不喜欢以鸟类命名的啤酒。这并没有妨碍她用"美味"来形容一瓶"长脚秧鸡艾尔"。

流水：57.50 镑

顾客人数：4

---

* 　Arthur Rackham（1867—1939），英国插画家、水彩画家，为大量文学经典，尤其是童话、神话故事创作过插图。

† 　这几位名家分别是：Edmund Dulac（1882—1953），法国插画家；Kay Nielsen（1886—1957），丹麦插画家；Jessie M. King（1875—1949），英国插画家；Kate Greenaway（1846—1901），英国插画家。

2月14日，星期六

网店订单：2

找到的书：2

晴朗、无风的一天。妮基来开的店。

干完活儿，我生好火，开始重读奥威尔的《巴黎伦敦落难记》，是"企鹅现代经典"的本子。我不大重读书，觉得时间应该用来读新的东西，但快要打烊的时候，有个客人正在聊这本书，我就想起来当初读得多么津津有味，所以从书架上拿了一本。

身为书商，你会觉得你书架上绝不能少了某些作品和某些作者，唯其如此，你店里的东西才同慈善商店里那些丹妮尔·斯蒂尔和凯瑟琳·库克逊*不一样。并不仅仅是那些毋庸置疑的经典——简·奥斯丁、勃朗特姐妹、托马斯·哈代、查尔斯·狄更斯、马克·吐温之类。身为书商，有那么些书，如果客人想买而你店里却没有，你会感到难堪：马基雅维利的《君主论》，海明威或F. S.菲茨杰拉德的所有作品，约瑟夫·康拉德，J. D.塞林格，艾萨克·沃尔顿的《钓客清话》，《杀死一只知更鸟》《第二十二条军规》，米兰·昆德拉的《生命中不能承受之轻》，《白鲸》《美丽新世界》《1984》《送信人》，村上、乔治·奥威尔、弗吉尼亚·伍尔夫、达夫妮·杜穆里埃的所有作品……书单可以一直列下去，可屡屡发生的情况是，客人问起时，我们

---

* Danielle Steel（生于1947年）和Catherine Cookson（1906—1998）分别是美国和英国的畅销书作家，都创作了大量言情小说。

手里却没有他们要找的书。新书店就不一样了：只要书没有绝版，他们可以随意选择店里卖哪本。但开二手书店，我们有什么书卖是由别人卖给我们什么书决定的：架子上唯一一本《麦田里的守望者》卖掉了，我们无法再"订"一本来替代。如果我们在售的书里没有某本名作，总感觉顾客好像会对我们有点失望，但这种书是最好卖的，能不能补货完全是碰运气，取决于什么时候能遇到下一本。

至于为什么我们店里好像从来不缺《达·芬奇密码》和《五十度灰》，完全有可能是因为这些书不够深入读者的灵魂，他们读完不会想把书留在身边，处理掉的时候也就没那么不舍了。《麦田里的守望者》初版于1951年，这么多年过去，它的印量肯定比丹·布朗的书大，但这两本书出现在二手书交易中的数量依然不能同日而语。

流水：78镑
顾客人数：6

2月15日，星期日

网店订单：
找到的书：

下午4点，什罗普郡的安娜·德雷达和艾米莉到了。6点左右，"读者休憩处"的其他人来吃晚饭。晚饭是辣豆酱，艾米莉做好带来的。住"庄稼人"酒店的四个人对住宿条件很不满意，于是我花了一个小时四处打听谁家还有空余的床位。暂时运气不佳，不过明天我会再问问看。

有一位安娜请的"读者休憩处"客人问我这房子是不是闹鬼，说话间还瑟瑟发抖，可能是冻的而不是怕的吧。我向她保证没有这回事，说自己很肯定，鬼怪不过是那些希望它们存在的人臆想出来的。

2月16日，星期一

网店订单：2
找到的书：1

今天弗洛在店里。她是在我隔壁开店的杰恩的女儿，这些年来断断续续（主要看她是否有空）为我工作。她是个学生，堪称刁蛮任性的化身。今天她说的第一句话——看到柜台上有块脏抹布——是："那是妮基的围巾吗？"她今天的任务是打包本月要寄出的"开卷随缘书"。我曾经干起这个活儿来充满热情，现在却觉得它是乏味的例行之事。

上午9点30分，我给书店楼上的大房间生了火，准备迎接"读者休憩处"的客人，然后跟安娜和艾米莉讨论了这周的计划。晚饭和一部分午饭归艾米莉做，剩下的由玛丽亚带来。玛丽亚是个澳大利亚女人，同她丈夫和孩子在此定居。她经营着一家承办酒席的小店。9点45分，她蹦跶了进来，一同出现的，还有食物、餐具和她从来没有低潮的好心情。

我解决了那四位闷闷不乐的"庄稼人"住客的住宿问题：其中两位我给他们在贝尔泰书店找到了住处，另外两位则睡我这儿。这么一来，安娜和艾米莉就得腾出她们的房间。艾米莉会睡在书店的床上。

跟"休憩处"的十二个人一起晚饭；素牧羊人派。上楼喝酒、聊天到很晚。凌晨 1 点上床的。

流水：378.47 镑
顾客人数：17

2 月 17 日，星期二

网店订单：3
找到的书：2

弗洛今天在店里，我为她安排了给"开卷随缘俱乐部"的电子数据表设置邮件合并的任务。

我：弗洛，数据表弄完了吗？
弗洛：差不多做了一半吧。
我：行啊，那你差不多会拿到一半工钱。
弗洛：滚蛋，你应该付给我更多钱。

要体会手下员工对我的爱戴有加，这是很典型的一个例子。

午饭后接到爱丁堡一个人打来的电话，说他父亲最近去世了，留下 30,000 册藏书，主要是经典作品。跟他约好周五去看。

下午 2 点离店（还是弗洛看店）去纽阿比 * 附近的一座宅子里看一批书，当年我从约翰·卡特手里买下书店后，人生中第一次做书的买卖见的就是这家的主人。最初几次出去收书，为了确保我不犯下灾难性的错误，卡特很好心地全程陪同。当时这户人家不光要卖书，还要把他们家——拥有一个很棒的乡村别墅图书馆的科克康内尔宅第——卖掉。说来令人伤心，这次去，跟我们打过交道的那位老太太已经过世，她女儿正在处理他们卖掉城堡后她搬入的宅子里的东西。很不幸，这批书几乎都是垃圾：浓缩本《读者文摘》，成打关于插花的书，那类货色。去那儿的路上我从盖勒韦大旅馆的果酱工厂里拣了点箱子。他们不要的苹果箱用来装书很完美。"盖勒韦大旅馆果酱"的老板鲁阿里德是我儿时好友克里斯蒂安的弟弟，在我许多粗鲁的朋友里面，他算得上最不懂礼貌的人之一。

回家时还来得及同弗洛说再见，随后跟"读者休憩处"的客人吃饭。凌晨 1 点 30 分上床的。

流水：274 镑

顾客人数：23

---

* New Abbey，位于苏格兰邓弗里斯和盖勒韦的一个村庄。

2月18日，星期三

网店订单：2

找到的书：2

今天的第一位顾客：

顾客：你们有没有一本叫《跑车赛：1958 到 1959》的书？

我：可能没有，不过你可以去放交通类书籍的那块儿看看。

顾客：啊，不过我打赌你有一批类似于那本书的特别收藏，不肯摆出来而已。

竟然有那么多次顾客明显认为我们有他们要找的书，却——出于只有他们自己最清楚的原因——打定主意不想卖给他们，这实在令人震惊。我记得刚买下书店不久，约翰·卡特告诉我，他有个相识的同行说他不明白为什么他坐拥价值 100,000 镑的书，却好像从来赚不到钱，他为此深感悲哀。约翰以他独有的务实智慧回答道："因为你要的不是价值 100,000 镑的书，你要的是 100,000 镑。"

下午 3 点，一个五口之家来到店里。那几个孩子当着父母的面在放古董书的区域里一边走路一边粗野地乱翻乱抓，这时当爸的才注意到要求顾客轻拿轻放书籍的告示，大声念了出来，然后终于制止了他们。不看到那张告示，他就想不到这一点，也是离奇。不知道他眼镜片的内侧有没有刻上"记得呼吸"。

艾米莉做了晚饭：蔬菜咖喱。我开始想吃肉了。

流水：273 镑

顾客人数：6

2 月 19 日，星期四

网店订单：3

找到的书：2

今天上午收到一位爱尔兰客人写来的邮件，他对我们店里一本很老的 1836 年版爱尔兰铁路书有兴趣，问我的"最低价"是多少。书标价 900 镑。我说可以 775 镑卖给他。他说他考虑考虑。

去厨房泡茶的路上我倒了大霉。一个穿着灰色涤纶长裤的大胖子老头弯腰看低处书架上的一本书时，我正好从他身旁经过。这是我平生第一次看到清晰可见的三角裤轮廓，衷心希望这也是最后一次。

一个留胡子、扎马尾辫、撑着一副拐杖的大个子男人在店里横冲直撞转了一小时，不停把各种东西打翻，完了还看着我，说："那真的跟我没有关系。"

今天下午，写了《沉默之书》*和其他多部佳作的莎拉·梅

---

* *A Book of Silence*，Sara Maitland 出版于 2008 年的作品。

特兰来给读书会开讲座。跟她聊上后，我发现我姐姐曾经跟她外甥约会。出门抽烟时，她看到了柜台上那句爱因斯坦的名言（"只有两样东西是无限的，宇宙和人类的愚蠢，而前者我并不能肯定"），问我："你确定这是他说的？听上去不像是他会说的那种话。"

跟读书会一起吃了晚饭。凌晨 1 点 30 分上床的。

流水：184.99 镑
顾客人数：20

2 月 20 日，星期五

网店订单：2
找到的书：2

今天上午，妮基在店里上班。10 点，邮递员凯特送来了一个她的包裹。凯特有台条形码扫描器，专门用来扫每个挂号件。那东西带给了她无尽的烦恼：要么机器失灵了，要么扫错了件，要么出了别的问题。今天也不例外。妮基的包裹里装着十来个塑料玩偶，她说是她几杯啤酒下肚后从 eBay 上买的。据说这种叫"贝兹娃娃"*，她看不惯它们过于性感的样子，打

---

* Bratz，又称"反芭比"，美国 MGA 公司开发的流行时装娃娃，一改"芭比娃娃"端庄高贵的风格，着装前卫，热辣时髦。

算给它们重新化妆，把它们变成"天然女孩"。

那个爱尔兰的铁路发烧友回信说如果是那个价格他对那本书就没兴趣了，因为"实在太贵"。

我把书店交给妮基打理，开车去爱丁堡市西的一座宅子看一批数量可观的收藏。书原本属于一位学者，继承遗产的是他的遗孀和儿子约翰，我到的时候他俩都在。几乎都是古希腊语和拉丁语资料，非常难卖。据我估计，总数接近6,000册，而非约翰以为的30,000册。其中有些不错的古董书和铁路类资料。我选出了足够装满一货车的非古典类书籍，向他们报价600镑。那位遗孀说她想听听第二个人的意见再做决定，我只好空手而归了。开了七个小时车，一无所获。

幸好我回家时赶上了在贝尔泰书店和"读者休憩处"的成员们一起晚饭。又很晚才睡觉，这次是凌晨2点。

流水：147镑

顾客人数：14

2月21日，星期六

网店订单：3

找到的书：2

有妮基来开店，所以我一整天都在修理东西（比如松掉的门把手），给踢脚线上漆。

我们在网上卖掉一本叫《我们的朋友贵宾犬》的书。我找到书没多久，一个客人带着一箱书来卖。主要是些平装本小说，但其中有本初版《三怪客泛舟记》*。这不是稀罕书——品相不错的一本可以卖 50 镑上下——但它是我青少年时代最喜欢的书之一，于是我给了他 30 镑把书买了下来，纳入自己的收藏。吃过午饭，"读者休憩处"的成员们离开书店，踏上了去什罗普郡的归程。

《言论》†（一份本地报纸）的记者戴维来就"书螺旋"和有人向规划部门提出针对它们的投诉采访我。我发言谨慎，力求既不把规划部门的工作人员描绘成反面形象，又不至于害了自己。

打烊后，我拆走了画廊（书店里最大的一间屋）里的书架，给圣诞节前卡勒姆做了隔热的墙面上涂料。当时我没空刷墙，石膏都还没干透就把书架放了回去。这回每个地方我都刷到了。明天我把书架装回原处。

流水：160 镑
顾客人数：19

---

* *Three Men in a Boat*，英国幽默小说家、散文家和剧作家 Jerome K. Jerome 出版于 1889 年的作品。
† 原文为 *The Free Press*，指的应该是苏格兰的 *The Press and Journal*（1922 年，由 *Free Press* 和 *Aberdeen's Journal* 两份报纸联合而成）。

2月23日，星期一

网店订单：1

找到的书：1

星期一早上只来了一个订单，很不正常，有六七个才符合通常的预期。

冬天常常会发生这种情况：我正在店里干活，听到门开了，以为有客人来，但在一年的这个时候，来的更可能是一个刚好路过的本地居民，此人看到船长——就是那只猫——坐在店门外盯着门把手，就把门打开一部分放他进来，随后又关上门。今天有三次。

与威格敦隔海湾相望的克里唐有位工程师叫彼得·豪伊，他带来了六箱他岳母的书。把书过了一遍。我感兴趣的书大概只能装两箱，所以我向他报了个价，60镑。比较有意思的书里有本维多利亚时代的石印印度图片集，但因为书是用古塔波胶装订的，书脊已经烂了，插图也散页、损坏了。大部分用古塔波胶装订的书最后都会变成这样；它的化学成分里肯定有某种物质让它无法长久保存。十九世纪后半叶，古塔波胶（古塔波树的树胶）被视作某种万能工业用品：从高尔夫球到补牙齿的填料再到电线的绝缘材料（第一条横穿大西洋的电报缆线外面包的就是古塔波胶），人们都用古塔波胶制作。在书籍生产中，它也曾被短暂使用。做书的传统办法是用细绳把一帖帖书页（印有16面内容的全开纸，经过折叠，变成8页八开纸 *)

---

* 此处的"页"（leaf）为印刷术语，正反两"面"（page）为一页。

在书脊上穿订起来，但如果涂古塔波胶，这道工序会快（也便宜）得多。在硫化工艺*诞生后，古塔波胶就完全派不上用场了，但这一历史窗口期的书还是偶尔会出现，品相永远是一样糟糕。

我的手机充电器变得时好时坏。现在只有手机屏幕朝下时才能充电。

流水：77.48镑

顾客人数：8

2月24日，星期二

网店订单：1

找到的书：1

11点，有个客人拿着一本标价1镑的书来到柜台前。他和他妻子随后花了四分钟翻遍口袋和钱包扒拉出零钱来凑到一起。他们还差20便士，问我差额能不能刷信用卡支付。

没过多久，有个客人打电话来说他看到我们有本书卖3镑，运费2.80镑（亚马逊标准价）："运费真的要这么多吗？因为我不太想比实际费用多花钱。直接从你那儿买的话，运费能否

---

* 橡胶经过硫化后具有不变黏、不易折断等特质，橡胶制品大都用这种橡胶制成。

便宜点？寄一本书花 2.80 镑有点贵了。"

现在哪怕我把手机屏幕朝下放，充电器也只是间歇性地工作。

流水：203.65 镑

顾客人数：7

2 月 25 日，星期三

网店订单：7

找到的书：7

今天上午的七个订单里有六个来自 Abe，这说明"季风"和 Abe 之间的通信出现了某种问题。我们的网络销售主要通过一家叫 Abe（先进图书交易 *）的网站。网站是加拿大的一群书商建立的，可惜 2008 年让亚马逊买下来了。

我正吃着吐司，这时一个客人来到柜台前，说："三样东西：法律，哲学，灵修。"我赞美了一番他数数的能力。他傲慢地看了我一眼，飘然离去。

一位顾客花 250 镑买了一套合订本《盖勒韦人》杂志。《盖勒韦人》是二十世纪初出版的一份插图季刊，蕴藏着各方各面的精彩资料，作者大都是家财丰厚的博雅绅士。收藏这份杂志

---

* 即 Advanced Book Exchange。

的人比我刚买下书店时少了（也老了），但品相良好的《盖勒韦人》依然受到追捧。

妮基顺道过来告诉我她星期六可能会迟到。我们说定这一点后，紧接着对话就不出所料地向怪异的方向转去。

妮基：我有一对双胞胎朋友在给"贝兹娃娃"做新造型。

我：双胞胎？长一样吗？

妮基：有时候是的。

充电器完全不行了，手机又快没电了，我便给沃达丰公司打去电话，随后花了一小时把那个该死的东西关机，重启，改变设置，可毫无作用。他们明天会送一台新的来。

流水：293.99镑

顾客人数：6

2 月 26 日，星期四

网店订单：2

找到的书：2

阳光灿烂的一天。

上午 9 点 30 分，新手机来了。我免不了花了大半天把 App 什么的转移到上面去。

今天上午背痛得厉害，跑去药店买止疼片，结果受到制药从业者们近乎英雄般的欢迎。我一头雾水，直到店里的工作人员梅提到了在当地报纸《言论》上关于混凝土"书螺旋"的报道。之后一股人流拥入店里，向我表示同情与支持。大部分书商都会受背痛之苦：这工作需要经常把很沉的箱子搬离地面，难免会伤到背脊。

流水：83.39 镑
顾客人数：7

2 月 27 日，星期五

网店订单：3
找到的书：2

早上 8 点 30 分下楼时发现楼梯过道上有纷乱的羽毛和一只死麻雀。船长通常会吃掉他的猎物，但最近他都胖成了那个样子，我搞不懂他为啥还要去打猎。大约五年前，我朋友卡罗尔-安把他送给了我和安娜，安娜待他视如己出，宠溺起来简直有点吓人。

网上卖掉一套六卷本《大战中的加拿大》，红色摩洛哥皮精美装帧。卖了 170 镑。

午饭后我去文森特的加油站给车加了油。这些年来，跟不上时代的也就剩文森特了，他到现在还允许打欠条加油，某些人会趁机占他便宜。他为人善良得不可思议。最近他听人劝装了一台信用卡机，因为人们（主要是游客）常常在加完油后才知道他那儿不能刷卡，只好再开车去取现金来付油钱。他装了刷卡机后我第一次去加油，我按密码的时候文森特并不转头看别处，而是始终握着机器，还问我密码是什么，随后替我输了密码。后来他知道了，密码其实应该由持卡人来输，但顾客按密码时他依然会以热切的眼神盯着刷卡机。

流水：24 镑

顾客人数：3

2 月 28 日，星期六

网店订单：4

找到的书：4

睡了个懒觉，因为有妮基开店。

下午 2 点，正和妮基聊着天，一个客人来到柜台前。

客人：这本书标价 3.50 镑。我想 3 镑买。

［我能看到妮基在咬牙切齿。］

妮基：不行，恐怕这个价我们没法卖。就是 3.50 镑了。

客人：呃，好吧，那样的话，我想我就全价买吧。有没有什么我能拿来装书的东西，购物袋之类？

妮基：嗯，袋子有，不过我们得收你 5 便士。

客人说算了，咕哝着说她遇上敲诈了，随后从口袋里掏出了一个塑料袋。

妮基拿出一个做完新造型的"贝兹娃娃"。跟我长得一模一样。

《巴黎伦敦落难记》读毕。

流水：292.50 镑

顾客人数：21

三月

我必须申明，所有书商都是诚实的。我不是在标新立异；决不是。但有些书商比其他人更警醒。有很多次，帕姆弗斯顿先生会让某位顾客捡便宜，但他太聪明了，不会直接告诉他；他总是让顾客自己发现，他知道，有心人总会发现的。这样就会收获好结果。

奥古斯塔斯·缪尔，《书商约翰·巴克斯特私语录》

奥古斯塔斯·缪尔用"诚实"来形容所有书商，只怕是宽容过头了。像所有行业一样，这一行里也有坏蛋，只不过没什么人会抱着很快就能赚大钱的希望入行卖书。也许他想说的是：这不是一个大部分从业者会期望获得巨大经济回报的行当。收益是以其他形式回馈给你的。在他出版于 1904 年的《旧书店琐忆》一书中，R. M. 威廉森说道："少数靠卖书发财的人并不能同那许许多多勉强维持生计的人相提并论。这一行里最快乐的人并非最富有的人，而是最懂得知足的人，他们热爱自己的职业，把买书卖书看成莫大的荣幸。"

不过，说来奇怪，那些最贪婪的人却是我在买进书的过程中遇到的：在卖掉藏书时每次都拼命想从下家书商手里榨取书的最后一点价值的，和买书时要把价格压到书商利润空间极限的，永远是同一号人。虽然这可能是良好的商业智慧，但着实透着一股令人厌恶的味道。完全不讲公道。与之相反，带书来卖、你给多少钱都欣然接受的顾客和从你店里买书时不怎么讲价的，也是同样的人。跟帕姆弗斯顿先生一样，这些顾客哪怕不开口，我也乐意把 22 镑的书优惠到 20 镑卖给他们。对那种指出比如书衣上的一个小撕口、借此讨价还价的客人，我就不一样了。遇上这类可怜的讨厌鬼，我的回答不外乎："没错，书衣上是有个撕口——我定价的时候已经把这一因素考虑进去了。我为什么要为同一个撕口打两次折？"这通常会让他们哑口无言，但这类人吧，除非觉得自己多少拿到了优惠价，不然什么都不会买。打交道碰上这类人是最糟糕的，我总觉得，说到底这无关他们省下的那微不足道的 1 镑钱，要紧的是权力。这是谁说了算的问题。不管你是古董书商、农产品供应商还是卖车的店家，顾客要的是在交易的动态里感觉自己占据主导。就是这类人，他们买了两本书就要求"批量折扣"，他们下馆子从来不给小费，他们会以去刚遭受恐怖袭击的地方度假为荣，"因为更便宜"。

就我的认识而言，如果你是一个书商，买书的诀窍在于保持公平和一致。你若是在业内落得一个经常欺诈别人的恶名，消息很快会口耳相传，你的货源就会枯竭。我放弃过好几次交易，因为卖家的要价超过了我准备支付的价码，而大部分情况下，他们在其他书商那儿失望地碰了壁之后会回来找我。在买书这件事上，大多数书商都是一样的。我可以坦率地说，据我所知，没有哪个同行会试图只花几镑来讹走一本稀罕的珍本。

3月2日，星期一

网店订单：7

找到的书：6

七个订单，都来自亚马逊。

上午10点，杰夫来访。杰夫是个野蛮人，住在五月杜恩——几年前他在一片森林里建立起来的村落。他是个十足正派的人，同时在政治上反对现有体制。他看起来颇为烦恼，踱着步子到处走了一会儿。后来才知道是因为他给村里人买木材，拿到了一笔钱，他现在得面对身为资本家的难题。

杰夫走后，下了半小时暴风雪。船长显然没料到自己会困在狂风暴雪里。风雪过去没多久，他回到店里，浑身上下尽是白雪。

午饭后，一个客人挥舞着一本关于刺绣的书来到柜台前，说："我并不想买这本书，但我看到它出现在集邮类书的区域，觉得完全放错了地方。"

流水：68.99镑

顾客人数：8

3月3日，星期二

网店订单：2
找到的书：1

今天只来了一个亚马逊订单，且没有 Abe 的订单，肯定是"季风"再次出了技术故障。几年前，我们开始网上售书，最初充满热情（很快衰退成冷漠，现在已变为极度的不情愿）。我们通过一个叫"季风"的数据库来管理库存、把货品上传到网站和接收订单。

一个老妇问我："能不能把架子上那本比顿夫人*的书拿下来，告诉我价格和出版年份？"我按要求做了，结果她回复道："我家里那本是同一个版本。现在我知道书值多少钱了。"我要开始征收"浪费时间税"了。

流水：39.49 镑
顾客人数：5

---

* 原文为 Mrs Beaton，或为 Mrs Beeton 之误。Isabella Beeton（1836—1865），英国编辑、作家，代表作为出版于 1861 年的《比顿夫人的家庭管理书》(*Mrs Beeton's Book of Household Management*)。

3 月 4 日，星期三

网店订单：1
找到的书：1

今天妮基上班，所以我开车把不要的书运去格拉斯哥的废纸回收厂处理掉。走之前，我关照她我不在的时候清理一下桌子，再重新布置一下橱窗。

下午 2 点 30 分，我来到了斯莫菲特·卡帕回收厂，把一箱箱书从车上卸下来，扔进四个巨大的方形塑料垃圾桶（每个桶能装下大约二十箱）。然后他们会把桶里的东西放上传输带，再包装、捆扎好，视国际纸价高低，送去中国或者伯明翰循环利用。

因为我去格拉斯哥，妮基便叫我去一家二手建材市场帮她找百叶窗遮板，所以我处理完送回收的书后，直接去了那儿。我开车兜兜转转半天，终于找到了那个地方，其间不小心闯了次红灯。那个建材市场里有很多百叶窗遮板，我问怎么卖，他们说 75 镑一对。我打电话给妮基问她价格是否满意，结果她回答："啊？什么？他们标错了小数点吗？"我只好空着手走了。

6 点回到店里，发现妮基老毛病犯了，又把店里搞得一团糟，地上、桌上，乃至桌子底下都是一堆堆书。彻底背离她正常行径的是，她竟然遵照嘱托重新布置了橱窗，放了一组关于高尔夫、电影和政治的书，看得人云里雾里。

开了五小时车，加之从货车上搬下来那么多箱子，对我的背痛没什么好处。

今年冬天，店里似乎比往常忙碌，也许是天气暖和的缘故。我们的顾客大部分是退休人士，不喜欢在冰天雪地里开车，不过雨天好像不影响他们出门。

流水：61 镑

顾客人数：7

3 月 5 日，星期四

网店订单：3

找到的书：3

今早收到的邮件：

嘿，我想知道你有没有保罗·巴顿的书？我用 Cube Cart* 看到网上有卖。我没有信用卡，所以去年我写信给这个家伙说我没有信用卡，问他怎样才能买到这些书。你知道他是怎么做的吗？他读都没读就把我的信退回来了，还在信封上写了一大堆莫名其妙的话。连解释也不解释，没有道歉，什么都没有。我觉得这很粗鲁！听起来他像是无法联系到似的。他准是在监狱或者某种机构里。你认识他吗？我给他发了好几封邮件，他都没回。

---

* Cube Cart 是一款购物车程序，可以利用它把各种网上商城系统集中到一起。

也许他会给你回信。很奇怪！谢谢。

　　我实在不确定有多少人会在收到一封没有打开的退信时得出原本的收信人进了监狱这样的结论。我脑袋里蹦出好几个可能的解释，要简单得多，其中不算最离谱的一个是：写信给我的人或许才应该被送进"某种机构"。

　　去院子里采了一些绿植给橱窗布置园艺主题展示，发现菊花开了。花朵的绚丽外观维持了大约一天，接着逐渐变成棕色。院子里的泥土对那株菊花来说碱性太高，但它还是克服困难，每年都开花。

　　店里的电脑夜里重启了，杀毒软件清除了"季风"里的某个东西，这下"季风"打不开了。我不知道我们有没有来订单。给"季风"总部发了邮件，但人家在美国西海岸俄勒冈州的波特兰，比我们慢七个小时。

流水：60.49 镑
顾客人数：8

3月6日，星期五

网店订单：2
找到的书：2

　　妮基在店里。她再次劫持了书店的"脸书"主页，留下这一段只有她才写得出来的怪话：

> 早上好啊各位！
>
> 心里唱着歌，我蹦蹦跳跳来上班，结果被大骂一顿。因为我花 45 镑从一位客人手里买进一些书，而 BGC 来买的话，肯定得花 175 镑。客人开心，我开心，管子却不开心，不好意思，我是想说"老板"的。

BGC 是妮基最近给我起的外号，代表"巨大的姜黄色难题"*。至于"管子"，有必要向不懂苏格兰英语的人解释一下——那是苏格兰粗话，"白痴"的最委婉说法。

今天上午有个订单是一本叫《莫斯科有个计划》的书，封面设计超赞，相信普京先生对这个书名会很满意。

"季风"在给我的邮件里附了一个登录密码，这样他们就能远程控制我的电脑，解决问题。还是时差的关系，这么一来，今天的大部分时间里数据库不能用，所以妮基没法上网刊登新书。

流水：64.34 镑

顾客人数：7

---

* 原文为 Big Ginger Conundrum。

3月7日，星期六

网店订单：0

找到的书：0

今天早上我开车去梅博尔*（大概一小时路程）的一座宅子看一个私人图书馆。书所在的人家我以前去过，主人是一位寡妇。上一次，那里有一些极好的古董货。今天却没什么有大价值的东西，除了一本1753年的《詹姆斯·斯图尔特的审判》——苏格兰人称之为"亚宾凶案"†，罗伯特·路易斯·斯蒂文森根据这一案件创作了《绑架》。斯蒂文森的父亲在因弗内斯‡的一家书店里买的是同一版本的《詹姆斯·斯图尔特的审判》——没准就是同一本呢。他把书给了斯蒂文森，就此播下《绑架》的种子。斯蒂文森甚至委婉提到了这个版本，他给主人公起名叫戴维·巴尔弗（唯一没有真实原型的人物）：《詹姆斯·斯图尔特的审判》正是由"汉密尔顿和巴尔弗"出版。

下午两三点，有个叫亚当·肖特的退伍军人来到店里。他正逆时针绕英国海岸徒步行走，而且已经走了366天。他需要一张床过夜，我们就把他安顿在了仓库里，虽然条件相当简陋，他却好像挺高兴。我忍不住想，他刚好在白昼最短、天气

---

* Maybole，苏格兰南艾尔郡的一个市镇。

† The Appin Murder，发生于1752年5月14日的一宗凶杀案，被杀者名叫Colin Roy Campbell，外号"红狐"（The Red Fox）。

‡ Inverness，苏格兰北部港市。

最糟的时候来到英国北部，这种行程安排好像不是最合理的。

流水：215.97 镑

顾客人数：17

3月9日，星期一

网店订单：3

找到的书：3

一觉醒来，我听到狂风呼啸，大雨猛烈拍打着卧室窗户。开店营业后，我发现雨水渗进了橱窗，滴落在展示的书上，赶紧从厨房里抓起几个锅子接水。我随后生了火，站在一旁蜷紧身子烤了十分钟，却并没有暖和起来。

开店没多久，大概八个年轻人（二十四五岁）成群结队走进店里，四处转了一小时左右。一个人都没有买书。

上午 10 点，屈赛（RSPB* 会员）过来用无线网。她在炉火旁坐了一上午，找工作。

流水：55 镑

顾客人数：7

---

* Royal Society for the Protection of Birds（英国鸟类保护协会）的缩写。

3月10日，星期二

网店订单：2

找到的书：2

上午 9 点 30 分，一个穿着灯芯绒裤的大块头男人健步走进店里，问道："告诉我，今天惠特霍恩开不开？"惠特霍恩是个市镇，大小和风貌都和威格敦相近。沿半岛的海岸线再往南约 12 英里就到了。至于在非隔离的情况下，一个镇子有没有开或关一说，我还是有点困惑。

午饭后，一对夫妇带着两个小孩进来了。俩孩子径直走向一本去年到店但最近才摆上桌子展架的书。书名叫《浮士德：高乔人"小鸡"阿纳斯塔西奥观剧有感》*，1951 年出版于布宜诺斯艾利斯。不过，此书吸引孩子的地方在于它触感不一般。装订材料是经过加工的皮革，但保留了牛皮上的毛，所以外观看起来像一块兽皮，当然它本来就是。这种技术制造的效果在业内被俗称为"毛面装帧"。

今天温暖，阳光明媚，快到饭点的时候，一只蝴蝶开始在店里飞来飞去。

流水：163.50 镑

顾客人数：8

---

* *Fausto: impresiones del gaucho Anastasio el Pollo en la representaciónde esta ópera*，阿根廷诗人 Estanislao del Campo（1834—1880）发表于 1866 年的讽刺诗，受博尔赫斯推崇。

3月11日，星期三

网店订单：2

找到的书：2

开店时又听到雨水滴进橱窗的声音了。水桶等就位。邮递员凯特送来邮件，其中包括一份思克莱德警方开出的罚款与扣分通知，因为我上星期在格拉斯哥为了帮妮基找百叶窗遮板闯了红灯。

这下我总共被扣十分了。去年刚买新货车的时候，那台可以显示行程预计耗时的内置卫星导航一度让我得意忘形，以至于我在去遥远人家采购书的路上，为了排解无聊，常常会玩"赛过导航"的游戏，看看自己能从 ETA* 上减掉多少分钟。此举造成了不幸——但完全是预料之中——的后果：我被抓了三次超速。我得罢手了。

流水：134.49 镑

顾客人数：12

---

* 即"估计到达时间"（estimated time of arrival）。

3 月 12 日，星期四

网店订单：2

找到的书：2

暴雨不停。橱窗里的水桶渐渐满了。

我打扫历史书区域的时候，有个客人跟我搭话，说："两年前我来过这里，你有本罗杰·彭罗斯*的书。你知道那本书去哪儿了吗？"店里有 100,000 册书，我们每年可能要卖出 20,000 册书。加上送去循环利用的库存、顾客成批处理给我们的书和我们在过去十五年里卖掉的书，我估计我经手过近 1,000,000 册书。我不记得罗杰·彭罗斯的那本书。

晚上安娜打来电话。她显然很思念威格敦。我们追忆往事，说起有次一起去巴尔的摩的养老院看她外婆，她非要带我们出去吃饭。那里的许多住客还在开车，但他们的记性和视力都越来越差，经常难以找到养老院停车场里的车，所以当有一个人灵机一动，在车顶天线上绑了一只塑料玩具时，所有人都做了同样的事。那至今是我见过的一大奇观：一个停车场里的每辆车，天线上都装饰着某种款式的儿童玩具。

即便在美国待了六十年，安娜的外婆弗里达（布贝）也没有丢掉她的波兰口音，她说起话来，就像刚和她丈夫麦克斯从逃难的轮船上走下来一样。他俩都是犹太人，经历重重磨难，在战争和纳粹的迫害中活了下来。布贝十三岁时，纳粹入侵了

---

* Roger Penrose（生于 1931 年），英国数学物理学家。

她生活的波兰乡野小镇，围捕犹太人。战争中的大部分时间，她和她的姐妹四处逃亡，仰仗过禀性高尚之人的善意，也见识过丧尽天良之人的凶残和恶毒。战争结束时，她在劳役营里迎来了解放。

安娜的外公麦克斯跟他第一个妻子和两个儿子一道被送去了奥斯维辛。一到那儿，他就同他们分开了。他再也没有见过他们。安娜遗传了——尽管她肯定完全没意识到——这段经历的影响：悲伤的尖利碎片不时会将她原本永远乐天的性格扎出洞眼。每当我看着她，我就能看到这抹悲伤，但或许我眼前显现的只是我为她家庭的过往感到的悲伤。普里莫·莱维[*]和安娜外公，还有一些别的幸运儿从集中营里活了下来，目睹了 1945 年 1 月 27 日来营救的苏联红军砍断营外的铁丝网时投来的难以置信的注视。他在《被淹没与被拯救的》中写道："1944 年之前，奥斯维辛没有儿童；他们一来就死在毒气之下。这一年起才开始有完整的波兰人家庭到来，他们是在华沙起义中被随意逮捕的：所有人都要接受文身，包括新生的婴孩。"奥斯维辛遇害者据估计有百万之众，麦克斯的孩子一个五岁一个七岁，只是其中两条生命。

反观我的外公外婆，他俩是在爱尔兰乡村度过的战争岁月。当时爱尔兰刚从英国统治的枷锁中挣脱出来，甚至无法说服自己欧洲上演的冲突是场战争，更愿意用"突发事件"来指

---

[*]　Primo Levi（1919—1987），意大利犹太人，作家，化学家，奥斯维辛 174517 号囚犯。后文提到的 The Drowned and the Saved 是他出版于 1984 年的作品。

称它。虽说生活朴素清苦，他们至少没有因自己的身份而有受迫害之虞。

流水：155 镑

顾客人数：10

3 月 13 日，星期五

网店订单：2

找到的书：2

上午 9 点，妮基准时到店，把我吓一跳。我不禁看了三次表，确认表没停。片刻之后，牧师杰夫来到店里，在神学书区域搜猎了一圈。他经常这样，每次准要贬损几句我的存货。他一进店门妮基就火气直冒，谢天谢地杰夫并不知道她特别的宗教倾向。

今天做成一单漂亮生意：以 220 镑卖出去一套精美的皮装早期版本刘易斯·卡罗尔《爱丽丝镜中奇遇》和《爱丽丝漫游仙境》。它们并非更加值钱的初版，但肯定也是不赖的版本。

翻检新到的几箱书时，我找到另一本"二战"时 RAF 空勤人员的飞行日志。我准备把它挂上 eBay。店里是卖不掉的。放在店里，这些相对不寻常的物件容易泯然于书架，但挂到网上，它们好像就能变得醒目，卖出不错的价格。

我最近收到一本《小灰人》，BB* 的作品，出版于 1942 年。护扉的背面（你打开一本书时左手边那一页）有一方带装饰的标志，写着"图书生产战时经济标准"†。我第一次看到这一字样应该是在一本 1915 年初版《三十九级台阶》‡ 上，不过我也有可能记错。这版《三十九级台阶》的印制水平当然不太高。"战时经济标准"开始实施，是因为资源需要优先用于战争努力，故而出版商不得不将纸张消耗削减六成，开本大小、空白页数量、每页字数等皆受供应部控制。大部分出版于 1942 年至 1949 年间的书，开头总有一页上印了这一表示遵令的标识。

　　"战时经济标准"还成就了世界出版史上的一则传奇。"潘神图书"的出现即部分源于这一系列规定：平装本比笨重的精装本更顺应战时的艰苦条件和特定需求。"潘神"委托马文·皮克§ 为他们设计一款商标，他如约完成了——潘神吹笛的经典形象侧影。他们给他两个选择：一次性收取 10 镑酬劳，或"潘神"每卖出一本书按百分比提成。格雷厄姆·格林建议他直接拿 10 镑，因为他相信"平装本只是应付纸张短缺的一时之策"。他听取了格林的建议，结果犯下代价高昂的错误。

　　丹尼斯·沃特金斯—皮奇福德用笔名 BB（用来打鹅的猎

枪子弹尺寸）写、画了许多自然历史作品。他的书——或者说，其中某几种——为收藏者热烈追捧，而即便对他的题材兴趣不大的人，也会觉得他的文笔很动人，有时近乎完美。我最早的阅读记忆里就有一部他的作品：他写给孩子的《黑女巫水塘》。此书令我入迷，不忍释卷，二十五年过去，他用文字描绘的画面至今历历在目。那幅景象，那股紧张与兴奋，那么浓烈，那么真实，也许就阅读带来的快乐而言，那本书教会我的东西比什么都多。

妮基留宿了一晚。

流水：366.50镑

顾客人数：9

3月14日，星期六

网店订单：2

找到的书：2

妮基和我一起吃了早餐，然后她开店，我便回床上又睡了一小时。

午饭后玛丽亚（图书节期间负责"作家休憩处"的饮膳）打来电话，带着她一贯的惊慌（微微的紧张）问我，她能否把她的"快闪"餐厅"盖勒韦晚餐俱乐部"办在书店里。她说原定的地方接受了两家的预订，所以去不成了。我愉快地同意了让她用书店。下星期五办活动。

下午有个客人——一个老太太——在书店放企鹅版图书的区域里大声咂嘴，不停埋怨，我就问她是不是有哪儿不对。她开始一通牢骚，说书脊上有些书名是从下往上念的，有些则是从上往下，所以她只好歪着头不断换方向。她叫我全部整理一遍，好让书名都能从上往下念。这意味着得把其中一些书颠倒放，而且目前她是唯一一个对此表示不满的人，我对她说我不准备迁就她的需求。

就我所知，出版界并没有惯例说书脊上的书名是否要按特定方向排。总体而言，书名是从上往下居多，书脊底部是出版社名称或者标志，不过也有很多书名是从下往上写的。唯一的惯例好像是出版社的标志都出现在书脊底部。

她走之前，妮基给了我一本名叫《〈圣经〉到底讲什么？》的书。看来是他们上门发放给“耶和华见证人”信徒的标准资料。走的时候她说：“好了。我希望你每星期读两段。下次见面我要考你的。”

她离开后，我趁着白昼越来越长，沿废弃的铁路线散了个步。即便是从书店走到山脚，一路上也很美：先是倾斜的银行街上那排乔治王朝时代旧宅，再是破旧的诺曼式教堂，它俯临着南面时常河水泛滥的农田；沿铁路线继续走，左侧的盐沼里，在一年的这个时候，成千上万只野鹅麇集于此，等待它们格陵兰岛和冰岛的繁殖地冰雪消融，再次向北迁徙。

流水：165.50 镑

顾客人数：12

3月15日，星期日

网店订单：0

找到的书：0

想找妮基家附近一处鲜为人知的遗迹，打电话向她询问。在怀特菲尔德湖碰头后，我俩在山间东攀西爬，寻找着一片废墟——那曾是一座富丽堂皇的苏格兰角塔式城堡。城堡早已尽毁，只剩下一堵墙。随后她带我去了附近一处漂亮的手工艺作坊，有人显然正在予以修复。我问她是怎么知道这地方的，她回答："作为'见证人'的一项特权。"

之后我们开车去了半岛的最高点诺克山，找一座妮基确信保存完好的小教堂。我很肯定地告诉她，那地方最多是一堆乱石。结果我竟然把车开得半路卡死，只好跑去附近的农场求助。等我乘坐农场主太太的四驱车回来时，妮基正将一块刚找到的羊头骨自豪地摆在汽车保险杠上展出。经过一番努力，我们把车弄出来开回家了。

3月16日，星期一

网店订单：3

找到的书：1

只找到一个订单里的书。没找到的书包括一册1970年代的高地区冬季公交车时刻表。

这星期最先上门的顾客是一对德国夫妇，他们买了价值37镑的烹饪书，主要是些杰米·奥利弗*的作品。

下午4点，一个美国客人来到柜台前，问："有老地图卖吗？"

我：有啊，要多老的？

客人：相当老的。你店里最老的书是哪本？

我：眼下是这本。1582年出版的。

客人：哇哦。那差不多有三百年了。

他也就少算了133年而已。

又到了流经纽顿·斯图尔特附近的克里河经历一年一度幼鲱鱼洄游的时节。一年就一次，这种小鱼会借助潮水到上游来（它们的游泳水平之烂是出名的——堪称鱼类中的懒汉）待几个小时，产卵。克里河是苏格兰西海岸唯——条依然能迎来幼鲱鱼的河流，它们的出现是一大积极信号，预示我们正缓缓走出漫长的冬季。

流水：179.05镑

顾客人数：14

---

* Jamie Oliver（生于1975年），英国厨师，以"原味主厨"（The Naked Chef）之名为人所知，撰写过多本成功的食谱。

3月17日，星期二

网店订单：2

找到的书：2

平静的早晨。11点钟，一个身穿粗呢外套的中年女人反复朝她丈夫大喊，打破了这份安宁：

女人：巴里！……巴里！……巴里！……

巴里：怎么了，亲爱的？

女人：巴里，我读过《一九八四》吗？

果不其然，巴里无法确定她是否读过，所以她决定不把钱浪费在一本全新的企鹅版《一九八四》上了，万一读过呢。

我把那本RAF空勤人员的航空日志放上了eBay，同时发现威尔士的科尔温湾书店整批出售库存的第二次尝试显然又失败了，现在他们把书拆成了数量较少的两批。一次性卖掉店里库存越来越难了，因为其他书商个个都会认为最好的书已经被挑走了。

流水：94.20镑

顾客人数：9

3月18日，星期三

网店订单：1

找到的书：1

截至下午 12 点 30 分，唯一的来客是凯特（邮递员）。她带来了今天的邮件，其中有一个给安娜的包裹，于是她又不可避免地同条形码科技大战了一番，直到终于扫描成功。

大半天都在打包"随缘书"，这次主要从几星期前自纽阿比购入的书中挑选，其中有一箱企鹅橙色系列。有一本安德鲁·辛克莱 * 的作品，书名绝佳，《邦博的降级》。

下午 2 点左右，我需要开支票买一位客人带来的几本书。发现我把支票簿落在车上了。本是阳光明媚的一天，可当我打开车门的那一刻，一股恶臭向我袭来，源头是妮基星期天和我探险时留在车里的那块羊头骨。

流水：44.50 镑

顾客人数：3

---

* Andrew Sinclair（1935—2019），英国小说家、历史学家、评论家、电影制片人。*The Breaking of Bumbo* 是他的成名作，出版于 1959 年，并在 1970 年由他自编自导成同名电影。

3 月 19 日，星期四

网店订单：2

找到的书：1

一上午给"开卷随缘俱乐部"的每本书贴邮票、上标签、打包。现在有 176 位会员。

明天妮基不来，这周末她要去参加"耶和华见证人"的集会，所以我约了弗洛顶班。明天我要去看两批私人藏书——一批在邓弗里斯，一批在索恩希尔。

晚上我整理好了大房间，准备迎接明天夜里玛丽亚的"盖勒韦晚餐俱乐部"。预计要来二十三个人，但目前我只腾出了可容纳二十人的空间。明早我再换一下家具的位置。

流水：131.95 镑

顾客人数：8

3 月 20 日，星期五

网店订单：3

找到的书：3

弗洛 9 点就到了，准时得一点不像她。妮基去参加"耶和华见证人"的集会了。

我开了一天车，去不同的地方看藏书。第一批书在邓弗里斯附近（距我 50 英里）：一个女人有大概 100 本书。我要了40 本，给了她 50 镑，随后驱车驶往索恩希尔（40 英里路程），来到一座漂亮的老宅。开上车道的时候，我看到一位老者手推一辆独轮车，好像穿的是紧身皮裤。他和她太太正在精简物品，他俩十分讨人喜欢，每隔一会儿就要给我添茶送饼干。他俩的藏书里有一些不错的园艺类书籍，其中包括两本十八世纪的植物志，但也有一堆卖不出去的书，许多品相很差。我买走了 200 本。他希望我全部清走，但我箱子不够了，就跟他说等我下次路过，我再来运走剩下的书（粗略看有 500 本）。皮裤穿在他身上还是感觉很不搭。

5 点 30 分到家，发现前员工、现格拉斯哥大学医科学生凯蒂在店里等我。我忘记她说过 4 点 30 分左右会过来喝茶了。弗洛把她反锁在店里。

凯蒂离开没多久，玛丽亚和她的帮手来准备"盖勒韦晚餐俱乐部"的活动。在 7 点 30 分客人到来前，我生了火，用小型工业取暖器给大房间送风。这一晚过得非常畅怀，玛丽亚做的食物一如既往精美。打扫完毕立马爬上床，已是大约凌晨1 点了。

流水：115.49 镑
顾客人数：8

3月21日，星期六

网店订单：1
找到的书：1

弗洛在店里，加之天气很好，所以我大部分时间都在花园里干活。书店的后花园是一条窄长窄长的曲径，草地、花圃和树木错落其间。自 2001 年买下书店以来，我重新栽种了花园里的大部分植物，也重新设计了里面的基本格局。虽然这里的冬天漫长而阴沉，在一年的这个时候，看到万物苏醒，春色满园，还是给我带来了巨大的快乐。

傍晚我看了一眼邮件，发现有一封是妮基写来的：

> 18 年后重返宜家是多么令人失望啊！尽是尖叫、哭闹的小屁孩，而我那么心水的东西又全部卖完……不过，在隔壁柜台结账的那个人是谁……？不是别人，正是登山家杰米。他被困艾格峰（或是某座别的山）好几天，失去了登山搭档和他的手脚。他在买一株植物。

下班后凯蒂又来串门。一起看了六国橄榄球锦标赛的决赛。她离开后我正好看到我那本《新忏悔录》，之前才读十五页我就把它放在一堆书后面了。我读了一个小时，发现——正如在《凡人之心》中一样——博伊德对寄宿学校压抑人性的本质理解之透彻，在我读过的作家中无人能及。他这样描写故事叙述者从学校逃走的情景——"那是一个清冷凉爽的傍晚，风刮得猛烈。空气里有无花果树果蜜的香甜气味，一只云雀在我们头顶上空轻轻啼啭。一切都覆上了一层暗沉的蓝光"——一下子把我拉回十岁那年，让我忆起了那个夏夜的气味与声音，那天夜半，我和一个朋友短暂逃离了寄宿学校。跟博伊德笔下的主人公托德不同的是，我们当然被人抓到了，只好回到牢笼里。

流水：106.30 镑

顾客人数：15

3 月 23 日，星期一

网店订单：3

找到的书：2

有个订单里是一本叫《节省你的种子》的书。

上午 9 点 30 分，接到电话：

早上好，先生。我这里有些书，我有意卖掉。下面我把书名读给你听，你可以报上你的出价。《哈姆斯沃斯环球百科全书》卷一、《哈姆斯沃斯环球百科全书》卷二、《哈姆斯沃斯环球百科全书》卷三、《哈姆斯沃斯环球百科全书》卷四……

每次我试图打断他，告诉他这些书统统一钱不值，他只会加大嗓门，继续一本接一本列出毫无价值的书。

上午 11 点，两个上了年纪的客人来到店里，只待五分钟就走了，却说："咿呵，你简直能在这里待上一整天，对吧？"好吧，显然不能。

下午用数据库上架进网店销售的书。

4 点，一个客人拿着两本书出现在柜台前。一本标价 20 镑，另一本 8.50 镑，他问："两本 20 能卖吗？"

流水：189 镑

顾客人数：13

3 月 24 日，星期二

网店订单：3

找到的书：3

有个订单里是一本我昨天刚上架的书。这种情况频频发生，着实令人意外。

流水：153.39 镑

顾客人数：16

3月25日，星期三

网店订单：2
找到的书：1

今天早上，一个客人发现了一本很少见的书，名叫《从开罗到波斯再归来》，出版于 1933 年，带有漂亮插图。我们的标价是 30 镑。他把书拿来柜台，啪的一声重重放下，说："如果你诚心卖，这本书我 10 块钱要了，你们的标价高得离谱。"

我实在诚心不起来。

他前脚刚走，后脚来了个穿莱卡骑行裤、羽绒服，戴宽边皮帽的老头。一进店里，他径直走向放古董书的区域，大半天都在那儿把书从架子上取下来，打开，啧啧感叹，再把书放回去。

截至吃午饭，营业额为 2.50 镑。

一个女的打来电话,询问一本叫《人生朝露》[*]的书。她看到我们网店里有两本在售，问能否帮她预留一下。星期六她会过来"瞧一眼书"。买下这两本书的时候我没有仔细看过，原来非常美貌，是布面精装的私印本诗集，制版皆在本地完成，木刻画也精良，且全书以手工纸印刷。我们这两本标价都是100 镑。

快打烊时，我看了一眼 eBay 上那本 RAF 空勤人员的日志——有 4 个出价，218 次浏览，30 人关注，现在的最高出价

---

[*] 书名为西班牙语，*La vida breve*。

为 26 镑。还剩一天。

往小货车上装了四十箱滞销／待循环的库存，明天要去霍伊克谈一笔书的买卖，顺路把它们捎去格拉斯哥的回收厂。

流水：40.50 镑

顾客人数：5

3 月 26 日，星期四

网店订单：2

找到的书：1

妮基一反常态地准时到店，一见我就说我看起来像个流浪汉。我伸手去拉店里帘子的时候，T 恤下面准是露出了一点肉。她对我说，她这辈子"从没见过这么恶心的玩意儿"。

下午，我出发去霍伊克。今晚得在那儿过夜，明天上午有两批私人图书馆的书要看。

在酒店里看了一眼"脸书"，发现妮基再次劫持了书店的账号，发了如下一段：

亲爱的朋友们，两个星期没来了。今天我高高兴兴同 BGC 瞎聊，他呢不理我，自顾自弄平门帘；我乐坏了！花了一分钟才解开谜团：原来那块淡灰色／斯提尔顿奶

酪 *状 / 泛黄环衬一样的东西是他的上腹部——装在一件露脐装里！这得多恶心啊？

在霍伊克吃晚饭，我一边费劲地吃着一大盆贻贝，一边试图读《破产书商再发声》。说"试图读"是因为我得抵挡背景音的干扰——一个嗓门很大的加拿大女人正向一群人高谈阔论，席间每一段谈话她都是主角，听众既愣神又厌倦，还有点惧怕，说不清哪种情绪占据上风。

流水：199.40 镑
顾客人数：19

3 月 27 日，星期五

网店订单：2
找到的书：1

上午 9 点 30 分，我离开酒店，赶往第一家人家——一栋漂亮的乡间大宅，主人名叫克里斯托弗·沃德，谈吐文雅，是位退休记者，一度担任《每日快报》的编辑。好几年前他还在职时，曾作为作者来威格敦参加图书节。他为他祖父写了一部传记。"泰坦尼克"号沉没时，他是船上乐队的小提琴手。那

---

* Stilton，英国产的一种著名蓝纹奶酪。

本书名叫《乐队继续演奏》。他家有好多书,大部分是现代作品,品相不错。我建议他把想留的书先理出来,过几个月再打我电话,到时我来看剩下的书。我们边喝茶边（终究还是）谈起出版业的现状和作家面临的难题——他们的人均年收入为 11,000 镑,低于约瑟夫·朗特里基金会 * 发布的"最低生活标准"。图书节期间,我一再从作家口中听到这些话,其中有几位——在他们开启写作生涯二十年后——赚得跟当年相差无几,而且指的还不是按购买力估算的"真实收入",而是实际的数字。

下午 12 点 30 分,我离开克里斯托弗家,1 点钟,（提前一小时）来到了计划行程中的第二处宅第。房子的主人是一个朋友的姑妈,去年她成了寡妇。又是一座华美的宅子——这一次是一栋古老的牧师住宅——带有美丽的庭院。我要了几箱书,支付了 300 镑。有套很棒的十九世纪早期《绅士杂志》[†]。

下午 2 点 30 分离开霍伊克,5 点 30 分回到书店,发现妮基还在闲晃。等她（终于）开门让我进去,我才明白她把店里弄得乱翻了天——哪怕是以她的骇人标准来看——正忙着趁我回来前拼命收拾。书放得到处都是,笔东一支西一支,抹布扔在地上（"我用它们来擦干净脏书"）,而箱子分布的各个位置更是经过战略部署,为的是尽可能引起我的痛苦。

妮基收拾停当,我立马打开邮箱,发现有位顾客问起一本叫《闹鬼的传统：现代神秘主义故事》的书,我们在 Abe

上的标价 75 镑：“你好，这本书 45 镑包邮考虑卖吗？请告诉我你对此的想法。提前谢过。”我回信跟他说不卖，这价格我不予考虑。打折百分之四十，我们就亏了。

　　妮基回家后，我和卡勒姆去酒吧喝了一杯，聊起我俩划小艇在布拉德诺赫河里顺流而下的旧事。布拉德诺赫河流经威格敦坐落的山脚，将那片土地一分为二。河景绝美，两边布满阔叶树木，上游间或有几股急流，溅落到宽阔平坦的盐沼中。这些冒险总是卡勒姆起的头，他还设法从一个朋友那儿为我借到了划艇。一个温暖的夏日，我俩御舟而行，一路顺利，直到划艇驶入水流格外湍急的区域，我竟把我的划艇搞出一个窟窿来。或者，准确点说，是卡勒姆朋友的划艇。从那时起，问题就变成了我能在沉船前划到多远的地方，因为我得把船翻过来清空。幸好酿酒厂和酒吧就在 1 英里以内，最后一段航程不至于太痛苦。

流水：127.78 镑

顾客人数：18

3 月 28 日，星期六

网店订单：2

找到的书：1

　　果不其然，接到的两个订单中我找不到的那一个更贵，是一本 50 镑的关于穆罕默德的书。

书店一角我们摆了几个架子，用来放小古玩：珠宝首饰、醒酒器、装饰品，诸如此类。上方有块小标牌，写着"古玩"。一个男的拿着两把没有标价的袖珍折刀来到柜台，问："这两样多少钱？我是从那边放废旧品的架子上拿的。"噢，打客棒，你在何方 *？

看了一眼 eBay 上那本 RAF 飞行日志目前的价格。到156.09 镑了，令我挺吃惊。

那个让我预留两本《人生朝露》的客人在她丈夫陪同下来了。两本书我都给她看了。他俩花了一个小时细细翻看，走的时候说："我们得考虑考虑。"这句话每个书商都懂，意思是"太贵了"。

今天下午我发现妮基的"大后方"专架已卷土重来，尽管我明令禁止她这么做。一年前，她发现了一箱背景设定在"一战"的传奇小说，决定自创一个作品类别——"大后方小说"——一本都没卖出去，于是我告诉她别让我再看到这些书。一年来，它们一次又一次重新出现，我则一次又一次将其解散。我原已用一架子企鹅绿皮系列取而代之。企鹅向来是家善于创新的出版社，那一张张简洁、典雅的封面——纯色中间贯穿一长条白色——还有他们出版好书的声誉，让企鹅版的书至今受买家青睐。那特别的封面上的每一种颜色分别代表不同的题材：橙色（通常）是小说，绿色是犯罪作品（我店里最好卖的

---

* 原文为 Oh, customer-beating-stick, where art thou，可能是化用自科恩兄弟执
导的电影《逃狱三王》（*O Brother, Where Art Thou*）的片名。

企鹅版），紫色是传记，黑色是经典，粉色是游记，等等。

吃过午饭，我收到一个意大利女人写来的邮件 *：

亲爱的先生们：

　　希望这封信没有打扰各位。我叫伊曼纽埃拉·马兰奇，是都灵大学一个意大利学生。我学电影，正找工作（目前，临时工作也行）。在这些年的学习与献身中，我享受了近距离观察书世界的特权，收获了让我理解书上每一页内容和每一个词的真正价值的阅历。尤其是电影与抵抗运动国家档案馆的工作要求更多技能：我得为1964年的意大利电影制作目录，其间参与研究、选录文章（包括电子版），研究杂志上的材料，用Photoshop（也可以用来提高因年代久远受损的文章的品质）整理版面。我二十五岁了，我觉得这辈子一定要做点什么，因为，很不幸，光念书是不够的。去英国这样的国家，增长知识，找一份同书打交道的工作，将是美梦成真。你需要帮手吗？

　　感谢你付出时间，望考虑。简历附上。

伊曼纽埃拉·马兰奇

敬上

我明天回信，看她是否准备好接受以食宿代替她在店里工作的报酬。

一个大块头男子带着一条小不点狗（比船长小）在情色

---

* 这封邮件原文整体通顺，但有几处语法错误，表达也比较生硬。

书区域流连了半小时，随后转移到了神学书那边。

流水：268.94 镑
顾客人数：18

3 月 30 日，星期一

网店订单：3
找到的书：3

昨晚到夏令时 * 了，但我忘记改闹钟的时间，结果迟开店了半小时。

店里一整天都很忙，准是学校放假了。

星期一的邮件总是堆积如山，其中有一封是那个要我 45 镑卖给他标价 75 镑的书的男人写来的，让我还价。我说最低价 60 镑，再低就没有利润了。

午饭前我发现妮基用胶带贴了张纸盖住了窗玻璃上的"关注我们的 Twitter"标签。经过进一步调查，原来她本想把标签撕下来，结果弄得一团糟，只好用东西盖住，希望我不会注意到。

我给那个写信来求职的意大利女人伊曼纽埃拉回信说，

---

* 在英国，三月的最后一个星期天会在格林尼治标准时间的基础上拨快一小时，新的时间就是夏令时（British Summer Time）。

夏天店里已经招到人了，不过她不介意没有工钱的话，我欢迎她来。我还从来没有这样过，对此感到很不安，但实在付不起两个人的薪水。

流水：114.98 镑
顾客人数：15

3 月 31 日，星期二

网店订单：2
找到的书：2

狂风暴雨天。阵雨和灿烂阳光势均力敌。不禁令我想起安娜最喜欢的对一年中这一时节的评论："四月的阵雨带来五月花。五月花带来什么？朝圣客。"想必是流传于新英格兰地区的说法，类似于我们的"三月来时像狮子，去时像羔羊"。

今天的两个订单都是亚马逊上的。

想要 40 镑买那本 75 镑的书的客人同意支付 60 镑，但要求包括寄往美国的运费。我回复说让利空间我已经讲清楚了，包邮不行，如果他上网搜一搜，就会发现唯一另一本在售的开价 250 镑。

9 点 15 分来了个客人，她在店里四处徘徊，一副有问题要问的样子，害我一直不敢走开去泡茶——我都快渴死了。

店里又来了很多尖叫不已的孩子，一整天，店里都有人在横冲直撞。

　　眼看要打烊，有个客人拿来三袋子野禽捕猎方面的书。他留了电话，我说等我算出价格联系他。

流水：138.54 镑
顾客人数：23

四月

> 听她说起她丈夫工作了大半辈子的二手书店，我接上话茬，告诉她我同他很熟，因为我曾习惯在爱丁堡那几栋"老大学"楼附近迷宫似的小街里穿梭，走进一家家书店随性浏览。曾几何时，这样的店铺为数众多；如今，唉，数量已大为减少。
>
> 奥古斯塔斯·缪尔，《书商约翰·巴克斯特私语录》

奥古斯塔斯·缪尔假托巴克斯特日记在这部幽默作品中写下上面的话是在 1942 年，如果他可以预知从 2005 年算起的十年里书店倒了多少家，他准会感到震惊；从那一年到现在，书店少了一半，而且今年是书店数量连续下滑的第十个年头。

那些能经受住网络技术发展风暴的卖家，主要靠的是做出改变来适应形势变化，或者开展多种经营，还有种情况，是因为他们原本的商业模式就不受人们变幻莫测的购物习惯影响，比如那些顶级的古董书店——马各斯、哈灵顿、琼克斯 * 之类——不像我们这些明显身处经济食物链下层的人，他们的顾客对经济循环恶化时的灾害没那么敏感。借着经济复苏的势头，

---

* 分别指 Maggs Bros、Peter Harrington 和 Jonkers Rare Books 三家伦敦的老牌珍本古书店。

依然有独立书店开张：2006 年创办于巴斯的"B 先生的悦读百货"或许是过去十来年里最著名的一家，店主尼克·博顿利欣然承认，来巴斯旅游的人流量颇为可观，这促进了书店持久的成功。不过，这并无损于他开店后冒出来的新颖想法的价值，比如客户专属定制书单和"阅读 SPA"。但凡存活下来的书店好像都构想出了这类办法——让逛书店成为"体验"，提供网络书店永远无法提供的新鲜而不同的东西，不管是咖啡馆，是贯穿书店（巴特书店[*]）的模型铁路，是萨拉·亨肖神奇的"水上书舫"[†]，还是单口喜剧、诗歌会或音乐表演这些定期的现场活动。顾客期待更多，除非书店能不断提供更多，书店的数量只会越来越少。我生意能做下去，部分靠的是"开卷随缘俱乐部"，会员每个月从我这儿收到一本书，但至于收到的是什么书则不由他们决定。虽然这给我带来了许多额外的工作量，几年前它却挽救了我的生意。

---

[*]　Barter Books，1991 年创办，位于英国安尼克（Alnwick）的一座维多利亚时代老火车站内。

[†]　The Book Barge，一家漂浮在英国、法国运河的船上书店，老板 Sarah Henshaw 写过一本《漂走的书店》（*The Bookshop that Floated Away*）讲述她如何把一艘驳船改造成书店。

4 月 1 日，星期三

网店订单：2

找到的书：2

今天的两个订单都来自 Abe。没有亚马逊上的。

上午 10 点，邮递员凯特送来了邮件。其中有一封邓弗里斯医院发来的信，跟我确认了给我背部做 MRI[*] 的时间，约在 4 月 14 日下午 12 点 45 分。

那个写信来求职的意大利女人伊曼纽埃拉回信说，免费食宿代替报酬没问题，她很乐意来店里工作。一整天我都在纠结这件事。我已经非常习惯独居和一个人的空间，所以我打电话给卡勒姆问他有没有可能把"园艺室"（位于店里比较偏的位置，那儿的书卖不掉几本）的后半间改成一个独立的棚舍[†]。我们研究过了，两个月内省下的薪水，足够将其建成。遥想这栋建于 1830 年的房子归建造者乔治·麦克哈菲和他家族所有的年代，原本就会辟这样一个住处供一位雇员起居。

当地的一个农民桑迪·麦克科里斯过来聊了聊他的想法，说是打算找四个农民用视频记录一年的生活，做成一系列真实反映农事的片子，而非《乡村档案》[‡]节目中那种经过净化处理

---

[*] 即 magnet resonance imaging（磁共振成像）的缩写。

[†] 所谓"棚舍"（bothy），传统上是指给农人住的小屋，但近年来，越来越多人用它来代称山间经过翻修的田舍，供登山者和山间远足客遮风避雨。——作者注

[‡] Countryfile，BBC 的一档节目，开播于 1988 年。

的版本。

今天最早上门的顾客是一家四口。他们是 11 点 30 分到的，待了十分钟之后，空手而去。

我过了一遍昨天送来的野禽捕猎书，之前忘记估价了。品相不大好，不过其中有些书还可以。放在十年前，为了他这批书，我能把他的手咬下来，可如今狩猎类图书需求不再，价格随之自由落体。按今天的行情，200 镑是这些书合理的报价。十年前可是能翻一番呢。

一个扎马尾辫的客人买了个书店的帆布袋。他那根辫子挺立在头顶附近，让靠脖子的半圈头发带上了点鲻鱼头 * 的味道。我考虑再三要不要把袋子卖给他，因为他背着我家的袋子出去，吓跑的人恐怕会比吸引到的人多。

流水：287.47 镑

顾客人数：25

4 月 2 日，星期四

网店订单：4

找到的书：4

四个订单，全部来自亚马逊。

---

* 原文为 mullet-style，指一种前面和两侧短、后面长的发型。

阳光明媚的一天。

邮递员凯特送来一封邓弗里斯的安东尼·帕克的信，问我是否有空去看一看他的书，因为他就要住进护理中心了。明天在邓弗里斯我还有一笔书的生意要谈，得设法把两件事一起办了。

上午 11 点，一个嚣张地挥舞着苏格兰民族党标志的老太太为一本全新品相的《匹诺曹》不停讨价还价。标价 4.50 镑。"在这种经济不景气的时候，你真的不能让我付这么多钱啊。"她显然没有想到过，遇上"经济不景气的时候"，大家都拮据，但书店比大部分行当更容易受影响。

三个人带了几箱书来，基本全是垃圾货。到了一年中这个时候，人们开始清理房子、搬家和大扫除，所以三四月份，我们店里的书总是泛滥成灾。

我费劲地理了一遍妮基在东基尔布莱德买的几箱书（有人打来电话说有书要卖，偏巧妮基正好在那边，她就代表我去收书了）。大部分都脏兮兮的，但之所以会这样，可能是因为它们在妮基的车里放了两个星期。我车里还有二十箱从霍伊克买的书没卸货，可店里已经堆满一箱箱书了。

打烊后，我回信问伊曼纽埃拉她觉得什么时候可以开始上班。

流水：98.50 镑

顾客人数：8

4月3日，星期五

网店订单：2

找到的书：1

受难节 *，法定假日。好在妮基乐意在法定假日工作，来店里"帮忙"。其实不管什么假日她都不在乎——哪怕是宗教节假日——我几乎随时可以找她，只要她有空，就会来。

今天早上，我给那个要卖野禽捕猎书的人去了电话，开了 200 镑的报价。他不大满意，心理价位显然要高出许多。事实上，他说两年前有人单单为其中一本书就出价 250 镑。我怀疑这是他逼我提高报价的策略——这批书我都在网上比对过价格，没有哪一本值接近 250 镑的。所以说要么是他撒了谎，想从我这里拿到更好的价格，要么——如果两年前他真的能一本书卖出 250 镑——他是个贪心的人，想得到更多钱。不管是哪种情况，他都没得逞。下星期二他会过来把书拿走。

捕猎野禽是周边地区挺流行的一项运动；威格敦坐落的那座山的山脚下，有条小河流过，分割出一块块盐沼，成了冬天里野鹅的大型栖息地。黎明破晓时，猎人们会在泥泞的沟渠里蹲点，忙完后，他们常常来到我店里扒掉靴子上的泥块。他们总是说要找野禽捕猎方面的书，店里的书却一本都没买过，声称定价太贵，可轮到他们要卖自己的书时，他们就希望你能支付远超书本身价值的钱。来卖书的人，很少会不接受我的报价，除了这些野禽猎人。他们好像总会大大高估自己书的价值。

---

* Good Friday，复活节前的星期五。

吃过午饭，我去看了安东尼·帕克的藏书。他之前来信问我是否有意上门收他的书，因为他要去护理中心了。当我沿着那条崎岖的农场路，驶向他那座偏僻的小屋时，我才反应过来，好几年前就来过了，还从他手里买了书的。那时他太太还在世，他行动非常自如来着。如今就他一人了。他的视力一天不如一天，他只能撑着一个用管线胶带粘了两根手杖的支架——一看就是由一台老旧木推车改造而成的——一步一拖地走。那台装置有搁架，有轮子，颇为实用，让我印象很深。他要搬去萨里郡的一家护理中心，住得离他子女近一些。明天他就九十了。我从他那儿买了一箱书和五十张全国地形测量地图。

下午5点30分左右回到家，跟卡勒姆和屈赛去了酒吧。屈赛我有一阵没见了。她忙着找工作呢，但这个地区企业少之又少，我认识的大部分人都是个体户。

从酒吧回到店里后，我查看了一眼邮箱。伊曼纽埃拉来信问我，她7月2日开工可不可以，我欣然答应了。现在我必须处理改造"园艺室"的难题了。里面可能有2,000本书，我没别的地方放。我打算在她到来前把那地方收拾妥当。

晚上11点，克罗达和利奥带着他俩的小宝宝埃尔莎从爱尔兰过来。凌晨2点左右上床的。克罗达是我还住布里斯托尔时认识的爱尔兰朋友。她是开药店的，现在和她的阿根廷老公利奥住在都柏林。我们经常交流顾客的逸事，不过她的故事比我的更带有犯罪色彩，经常有偷麻醉剂和持枪抢劫的事件。

流水：228镑
顾客人数：22

4月4日，星期六

网店订单：0

找到的书：0

今天妮基在店里，艳阳高照。我下楼时，克罗达和埃尔莎已经起床了，在厨房里。

本年度第一场威格敦集市今天开幕。今年的货摊好像比往年的质量高。集市从四月开到十月，东西很杂，从乡村音乐CD、格子呢旅行毯到当地人种的蔬菜，卖什么的摊子都有。

刚吃过午饭，接到一个道格拉斯城堡来的电话，那头操着一口英格兰北部口音说想星期二带几个香蕉箱的书来我店里。"我刚搬来这儿，威格敦怎么走？"在盖勒韦，去什么地方都很简单：这地方人烟稀少，路没几条，所以我对他说，一直往西就对了。

去惠特霍恩岛的"蒸汽班轮"吃了饭，一起的有克罗达、利奥、卡勒姆和他朋友默里，还有默里的女朋友维维恩。惠特霍恩岛是个美丽的小渔村，距离此地15英里，"蒸汽班轮"则是港口附近一家很赞的酒吧。游客总要问，明明惠特霍恩不是岛屿，而是内陆，为什么它叫"岛"呢。根据当地传说，它曾经是一座岛，同大陆之间仅隔一块浅滩，十八、十九世纪，吃水浅的走私船遇到海关船只追捕时——如果水位恰到好处——会逃往惠特霍恩岛与大陆之间的海湾。走私船可以顺利通过，吃水深的海关船只却会搁浅，于是当局就建了一条连接惠特霍恩岛与大陆的堤道，让走私船无处可逃。这一解释生动有趣，我喜欢归喜欢，其真实与否却要打上问号。

店里一整天都很忙，精神为之一振。到一年的这个时候，人们开始从冬眠中出动了，复活节这一席"流动的盛宴"总能给小镇带来游客。

流水：672.93 镑

顾客人数：52

4 月 6 日，星期一

网店订单：3

找到的书：2

复活节法定假日。

寒冷、阴沉的早晨，浓厚的海雾笼罩着镇子，顾客倒是很多——主要是带着小孩的一家家人，完全不花钱。跟星期六是完全不同的一天。

找不到一个订单里的书：麦柯利《盖勒韦的两个儿子》*。这书我以前有好几本，但现在网上肯定很难买到了，因为这本卖了 120 镑。另外两个订单之一是一套两卷本《露西·哈钦

---

* *Two Sons of Galloway*，出版于 1928 年的一部作品，作者名为 E. Marianne H. McKerlie。书名中的"两个儿子"分别指 Robert McKerlie（1778—1885）和 Peter H. McKerlie（1817—1900）。

森 * 作品集》，售出价 152 镑，稍微弥补了没找到麦柯利那本书的损失，而且也大大提升了我们平均才 7 镑的网店订单金额。

《盖勒韦的两个儿子》这本书会让我思考起身份认同的问题。当地人不会说自己"来自"一个地方；他们说他们"属于"一个地方，仿佛地方拥有人似的，而不是人拥有地方。珍妮塔（负责书店和这栋房子的保洁）在威格敦住了大半辈子，可她会说她"属于"莫克朗，离这儿大约 8 英里的一座小村庄。我在当地长大，但母亲是爱尔兰人，父亲是英格兰人，我总觉得——虽然我生于盖勒韦——我永远没法真的说我"属于"这里。倒不是我没有这种感觉，主要因为有资格这么说的人都形成了一种观念，你家得在盖勒韦住上几代人，你才有资格感受到对这片土地的认同。

许多年前，有天我在帮我父亲干"剪毛"（剪羊毛）的活儿，一个剪毛匠——男的，名叫莱斯利·德雷斯代尔——问我父亲他在盖勒韦住多久了。他答道，他和我母亲已经来住了二十年。那个剪毛匠说再过五年，我父亲在此地待的时间就足以让别人认为他已"安家落户"了。这种错位的感觉很奇怪——在一个比别处都更能带给你家的感觉的地方——别人却并不认为你属于那儿。绵延起伏的鼓丘，蜿蜒曲折的河流，马查斯半岛崎岖不平的海岸线，已构成我自我意识不可或缺的部分，我想，如果我去别处居住，那部分的"我"恐怕就缺席了。

2 点钟，大雾渐渐散去，出太阳了，顾客们顿时抛弃书店，

---

* Lucy Hutchinson（1620—约 1680），英国作家、翻译家，译过卢克莱修（Lucretius）等的作品。

去往山间与海滩。3点之后，店里一个人都没看到。

下班后我骑车去了父母家（6英里距离），因为我妹妹薇姬和妹夫阿历克斯带着三个女儿一起来看望他们。晚上11点左右回到家。

流水：155.49镑
顾客人数：19

4月7日，星期二

网店订单：0
找到的书：0

今天还是没订单。不管什么情况下，这都是极其不寻常的，但三天里面遇上两次，还是在节假日期间，我不禁怀疑是"季风"又出了问题。

醒来发现自己感冒了，又是鼻涕又是痰的。不知道是店里哪个鼻涕乱淌的小屁孩这么好心，赶着复活节来跟我分享这一病毒。

上午9点45分，一个矮胖男人紧紧攥着一张纸出现在店里。他神经质地走到柜台前，问："我来对地方了吗？"结果他就是那个上星期六打电话来的"香蕉箱男"。他把箱子搬进店里，像做什么坏事似的低声问道："最近的公厕在哪里？"随后飞奔而去。

我花了二十分钟过了一遍箱子里的书。品相都是全新的，主题之混搭极为罕见：主要是关于交通运输、虫害控制（十二本）和皮埃尔伯恩特绞刑师家族*的书。我们说定了120镑的价格。

下午，给那批装在香蕉箱里的书标价、上架后，我开始看我两个星期前从霍伊克那家人家买入的书，结果发现一套精美的二十五卷本斯旺斯顿版斯蒂文森作品集†，是限量的。可惜店里没有地方放这套书，我就把它挂到了eBay上。

收到一封邮件，来信的人要处理她已故父亲的书：

> 我知道有些关于打猎的旧书可以卖出不错的价格。我需要用这批书换得尽可能多的钱——正如你想以尽可能少的钱买入它们。
>
> 我俩都能接受的价位总是有的。

这个素不相识的人竟把我想成包藏歹心的叫花子，好像有点侮辱人。

薇姬和阿历克斯带着女儿们来到店里。年纪最小的那个姑娘莉莉把船长追得满屋跑，还非要爬进店门口的橱窗里。没过多久，她又为一罐品客薯片吵闹起来，接着另外两个姑娘也

---

* 原文为 the Pierrepoint family of executioners，家族中最有名的当属 Albert Pierrepoint（他父亲与叔叔皆为职业绞刑师），即 2005 年电影《最后的绞刑师》（*The Last Hangman*）的主人公。

† 这一版斯蒂文森作品集（the Swanston edition of Stevenson）1912 年由查托和温德斯出版社（Chatto & Windus）出版，限量 2,060 套（其中 2,000 套供销售）。

加入了，一起竭尽所能让别人讨厌她们。我不知道薇姬怎么受得了。她坚持说三个姑娘中任意两个搭档都没问题，但一旦加上第三个，就炸了。

两个客人想要用信用卡付一笔 1.50 镑的书款。跟许多其他商店一样，我们也是直到最近才开始接受信用卡支付 10 镑以下的款项。这一方面是因为有点麻烦，一方面是因为银行会向我们收取些许手续费，不过自从 2014 年伦敦交通局在地铁上引入无接触支付后，越来越多人似乎认可了这一交易方式，哪怕金额极小。"无现金社会"终将来临，恐怕我们只能接受。

要打烊了，可那个说他会回来取那堆野禽打猎书的男子完全不见人影，我就和卡勒姆、屈赛去喝一杯了。屈赛终于得到了一个面试的机会。她要去坦伯利申请一份接待员的工作。尽管某人做了最大的努力，大部分苏格兰西南部的人在提到那家酒店兼高尔夫球场时还是不会用这个自大狂给它起的新名字：特朗普·坦伯利。他计划装修酒店，我看这地方怕是要被他变成一座恶趣味的纪念馆。以前和我同住一栋房子的马丁当年还在这儿生活时，我俩经常互赠圣诞礼物。有一年——完全是巧合——我俩送给对方的都是一本彼得·约克的《独裁者之家》[*]。我敢说唐纳德·特朗普请人做室内设计时一定用到了这

---

[*] *Dictators's Homes*，Peter York 出版于 2005 年的书，副标题为"世界上最声名狼藉暴君的生活方式"（Lifestyles of the World's Most Colourful Despots）。

本书，就好比普通人会用到特伦斯·康兰 *的《家宅之书》。

流水：162.89 镑

顾客人数：17

4月8日，星期三

网店订单：6

找到的书：5

今天的一个订单里包括三本书，其中一本是昨天那个"香蕉箱男"带来的——伊恩·奈恩 † 的《暴行》，不常见的书。奈恩是位建筑批评家，正是他提出了"城市化乡村"一词。有个人在网上从我们店订走三本书，意味着今日网店售书共计八本：总价99镑。对于网店销售而言非常高了，但过去一星期吃了两个零蛋，算是抵消了吧。

上午10点，一个意大利女人过来和我讨论书店生活，因为她要写一篇文章发在博客上。正当我们在聊书店面临的困难

---

* Terence Coran（生于 1931 年），英国设计师，创立了 Habitat 和 The Coran Shop 两家著名家具店，曾担任英国皇家艺术学院院长。*The House Book* 是他出版于 1974 年的作品。

† Ian Nairn（1930—1983），英国建筑评论家。*Outrage* 是他 1955 年 6 月刊发在《建筑评论》（*Architectural Review*）上的长文；后文的"城市化乡村"（subtopia）一词，常指因工业发展或建筑规划混乱而使自然景色遭到破坏的郊区乡村，"一种空想式的郊区模式"。

时，一个客人先是到处看了看，随后拿着三本书来到柜台。总价 23 镑。他说："20 镑可以的，对吧？"那个意大利女人难以置信得下巴都快掉了。这时我想起来，有一阵没收到伊曼纽埃拉的信了。也许她改主意不想来苏格兰了。

一个年轻女子在色情作品那块待了很久，最后买了五本。通常光顾那类书的都是穿涤纶长裤的胡须男，这番改变倒是别开生面。

流水：293.27 镑

顾客人数：30

4 月 9 日，星期四

网店订单：3

找到的书：3

早上我给近期买入的书标价和上架的时候，看到了之前没找到的那本《盖勒韦的两个儿子》。还好没有取消星期一的订单，我总觉得书就放在旁边什么地方。准是有个客人拿起书翻了翻，又还到了另一个架子上。不幸的是，这种情况屡见不鲜。

收到了伊曼纽埃拉的邮件。

肖恩：

　　不知道怎样感谢你的帮助。明天我就订机票（7月2日）。
我很开心。

伊曼纽埃拉

今天的邮箱里还收到一封信，来信者要找企鹅版的书：

你好：

　　下个月我要结婚了，我们想收点企鹅版的书做一个
主题装饰。

　　我们打算在会客区摆一些企鹅版的书作为装饰品。
我们已经从网上买到几本橙色系列，但需要再买一些，
还有其他颜色的——绿色，蓝色，黄色，淡紫色，等等。
我们真的很想要这款中间带有白色／米色横条的经典纯
色封面。

　　你能帮我们这个忙吗？我们不在苏格兰，所以得安
排邮寄。

　　理想情况下，我们可能希望再买到5本橙色的，外
加20到25本其他颜色的。

　　书本内页的状况不重要，外封破损的话，只要没有
碎成几块，就没问题。我们准备为每本书支付20到25
便士。

在这类情况中，有一点很有意思：因为在他们眼里，书
好比餐具垫，或者装饰物，或者要派别的随便什么用场的东西，

他们觉得书相对而言不值钱。我明明可以每本卖2.50镑，为什么要以十分之一的价格卖给他们呢？

我刚吃过午饭，一个谈吐文雅的少女兴奋地冲到柜台前，说："这家书店神了，我刚在这儿碰到了我最好朋友的表妹。她住在敦提，而我住在纽卡斯尔。"逛书店确实充满意外收获，不光会发现你完全不知其存在或者寻觅多年的书，还会与人偶遇。顾客们——当地人不算——常常会在书店里撞见生活完全没有交集的旧相识。我无意间听到过好多这一类的对话。

下午4点45分，一个留着一绺长髯的瘦子出现在店里。他四处逛着，不时咕哝两声，还好像跟他的开襟毛衣较上了劲。不知道他是想穿上衣服还是脱下来。二十分钟后他走了，啥也没买，一条手臂在袖子里，一条手臂在外面。

打烊前夕，那个把野禽捕猎书带来的男人依然毫无现身的迹象，我只好给他打电话，提醒他说他的书在店里堆得乱七八糟。这次他又说星期六来拿。最近收来的书都快把书店压得喘不过气了，而他那些书不仅占道，还面临被不小心标价、上架和扔出去的风险。

流水：432.20镑

顾客人数：16

4 月 10 日，星期五

网店订单：4

找到的书：4

上午 9 点 10 分，妮基来了。她一来就开始翻检我标了记号准备送去回收的几箱书，边看边把书拿出来，放回书架上。随后，在我上楼给她泡茶的当儿，她花掉我 60 镑，买了一个客人拿来的三本馆藏书。

今天的邮箱里有封一个亚马逊用户写来的信：

> 我在找一本书，可我不记得书名了。
>
> 书是 1951 年左右出版的。
>
> 一部分故事线写的是一车苹果被打翻，我知道的就这么多了。书是礼物，我想给我朋友一个惊喜。
>
> 能麻烦帮个忙吗？
>
> 谨致问候

给书标价的时候，我发现了一本雪莉·杰克逊*的《邪屋》。好几个人向我推荐过此书。翻着翻着，我看到了这样一段，不禁想起乔伊斯曾一口咬定书店里有鬼：

---

* Shirley Jackson（1916—1965），美国哥特惊悚小说家。*The Haunting of Hill House* 是她出版于 1959 年的代表作。引文出自人民文学出版社《邪屋》(2016 年版，吴建国译)。

苏格兰就有这样一座庄园，大批敲击作声闹恶作剧的鬼终年出没在那儿，一天之内庄园里竟然有多达十七个地方同时发生了火灾。敲击作声闹恶作剧的鬼一般都喜欢在床头床尾来回敲打，吓得人魂飞魄散地从床上翻滚下来。我记得有这样一起案例，有一个牧师万般无奈之下不得不搬离了他的家园，因为他实在受不了那种日复一日的折磨，有一个敲击作声闹恶作剧的鬼老是朝他头上扔赞美诗集，那些赞美诗集都是那个鬼从他敌对的教堂里偷来的。

提早十分钟关了店，同卡勒姆和其他几个朋友一起去了酒吧。

流水：177.99镑

顾客人数：17

4月11日，星期六

网店订单：2

找到的书：1

今天妮基不上班。我忘记她为什么不能来了，但可想而知是些怪里怪气的理由。不是她的宠物兔子就是她的猫出了什么事。也可能都出了事。今天没找到的是一本关于拉塞岛*起飞降落许可的书，妮基最近才上架的，定价40镑。我在周围的书架上找了一通，可书完全不见踪影。

10点30分，卡勒姆过来喝茶。他来镇上是为了取他昨晚开去酒吧的车。几杯酒下肚，他觉得他还是骑车回家比较保险。

卡勒姆才到没多久，费奈拉带着她的孩子们来店里聊天，过了片刻，特里斯也来了。费奈拉和特里斯是我打小就认识的朋友。虽然他俩都是我在年纪很小的时候就认识的，这两人互相之间却并不是很熟，在一个人口如此稀少的地方，这种情况不太常见。店里都是客人，我们只好赶紧向厨房转移。我把端茶送水的任务交给了卡勒姆，回到店里招呼客人，让他们自行在厨房里闲聊，毒害彼此的思想。

刚过正午，那堆野禽捕猎书的主人终于来店里取他的书了。我帮忙把书搬上了他的车。他五分钟后又出现了，气呼呼地说《斯诺登·斯莱兹》†——其中最值钱的一本——不见了。我问他是否介意回车上再好好看一遍，与此同时我在店里找，以免书已经被不小心标价上架了。五分钟后他又出现了，手里攥着那本书，抱歉的样子。

一位客人拿着一个装满书的皮包来到店里，问我能否用这些书换取积点，于是我从中挑了几本出来，说可以给他等值

---

* Raasay，苏格兰高地区一个人烟稀少的小岛。
† 书名原文为 Snowden Slights。斯诺登·斯莱兹是英国约克郡的著名野禽捕猎者。

20 镑的积点。剩下的是一些亚历山大·麦克考·史密斯[*]的书——如今客人来卖书，几乎每个箱子或者袋子里都有他的作品，而且出现频率越来越高，可到了二手书店里，这类书——跟大部分畅销书一样——销路很差。

下午 4 点，一个男的运来了一车书。大部分都是卖不掉的货色，但我在其中发现了两本有意思的：《大麻的药效》和《大麻植物学》。我已经知道我的哪位客户会买这两本书了。

流水：316.87 镑

顾客人数：36

4 月 13 日，星期一

网店订单：4

找到的书：4

今天最令人满意的一单是一本弗兰克·布朗温[†]插图版《鲁拜集》，卖了 75 镑。

从开门到上午 11 点 20 分，没有一个人走进店门——连邮递员凯特都没来。

我又看了一遍邓弗里斯医院寄来的那封关于 MRI 的信。

---

[*] Alexander McCall Smith（1948 年出生），英国畅销书作家、爱丁堡大学医疗法专业荣誉退休教授。

[†] Frank Brangwyn（1867—1956），英国威尔士画家、版画复制匠、设计师。

信里附有一份"总体健康状况"问卷，其中有个问题是关于身体穿孔的。卷末有段"须知"，说：对上述任何问题，如果你回答"是"，请在预约前致电MRI室，于是我打电话去说我身上有穿孔。医生建议我找块磁铁，试试我的穿孔对磁力是否有反应。如果有反应，那做MRI的时候，我身上的金属会弄破皮肤。这是得稍微注意一下，我便在屋里找了一圈，可没找到磁铁。

我正给书标价呢，一个老头趋前问道："不知道你能否帮助我，我在找自助类书籍。"我几乎可以肯定他没有意识到这句话里的讽刺意味，于是问他在找什么样的自助类书籍，对此他回答道："我不知道。"

4点钟，电话铃响了。是个女的，她想买我们挂在亚马逊上的一本书，可半途她的电脑坏了，就想着可以打电话来购买。我记下了她的名字、地址、信用卡信息和电话号码。挂了电话，当我在机器上手动输入她的卡信息时，却怎么也无法完成交易，令人费解。后来我才明白过来，是我把她的电话号码误认为信用卡卡号了。

即将打烊，一对老夫妻拿来了一本家庭《圣经》。这种书基本一钱不值，哪怕品相很好。在维多利亚时代，每家每户都有一本，如今则完全没了需求——至少我想不出来有谁会需要。我买入的《圣经》里，唯一一种能卖上点价钱，而且相对好卖的是"马裤本《圣经》"。那是日内瓦《圣经》*的一个版本，出版于1579年（早于詹姆士一世钦定版《圣经》†），大家称其

---

* *Geneva Bible*，欧洲新教学者于1560年出版的《圣经》英译本。

† *King James Bible* 出版于1611年。

为"马裤本"，是因为这版《圣经》的《创世纪》第三章第七节是这样写的：他们二人的眼睛就明亮了，才知道二人赤身裸体，便拿无花果树的叶子，为自己编作马裤。*

流水：130.29 镑
顾客人数：15

4 月 14 日，星期二

网店订单：3
找到的书：3

今天弗洛来上班了，因为我要去做背部 MRI 扫描，需要人帮忙看店。上午 10 点，我从威格敦出发驶往邓弗里斯。找了半天，我终于在"家园"†买到了磁铁。因为不确定穿孔是否会对磁铁有反应，想着万一会需要移除金属，我还买了一把镊子，随后赶往医院，找到了 MRI 室。里面空无一人，我便拿着镊子和磁铁走进厕所。看穿孔好像对磁铁毫无反应，我就没动它，然后神经紧绷地等了半个小时，这才轮到我。医生叫我的名字，给了我一件病患的罩袍，由两个人把问卷上的问题逐一问了我两遍。最后我来到放着扫描设备的房间，慢慢躺进一

---

*　《圣经》这一节，"詹姆士王钦定版"中"马裤"（breeches）作"裙子"（aprons）。译文使用了《圣经》和合本，以"马裤"替换了"裙子"。

†　Homebase，英国家庭装修用品零售商。

台棺材一样的机器，接下来的二十分钟里，那玩意儿仿佛《神秘博士》中的某种机器一般，发出可怕的声响，我则不能动弹，从头至尾都在担心我的穿孔终究会受磁力吸引。

下午 2 点，我离开邓弗里斯，3 点回到店里，发现弗洛正在看书，她四周都是一箱箱顾客拿来要卖的书。总有一天我得教教她做买卖是怎么一回事，不能总让担子落在我和妮基肩上。

弗洛：我在店里上班的时候，进账总是在增加。

我：这不是因为你在店里，而是因为我不在店里。

流水：297.08 镑

顾客人数：22

4 月 15 日，星期三

网店订单：1

找到的书：1

早上 8 点 20 分，苏格兰广播台来电话。他们想做一期节目，谈谈那些把书店用作浏览场所、然后上网买的顾客。10 点他们又来电，我便参与了一把，同萨拉·谢里丹即时聊了一会儿。萨拉是位作家，碰巧是我在都柏林上大学时的房东。全程我都在紧张地发抖——一旦要公开讲话，我就怕得整个人僵掉，而且我厌恶电台直播。毫无疑问，我听起来像个十足的傻瓜——

从节目实时收到并现场朗读的信息和邮件来看，必定有许多人认为在书店里浏览之后去网上买书是完全可以接受的事情。

午饭过后，一个四口之家来到店里。那位母亲看了看我，说："这么说你做完今天的广播节目啦？来的路上，我们在车上听了。"他们既浏览了也买了几本书。付款的时候，她说我小时候我俩见过面。我十岁那年，我们家人一起度过一次假，去泽西岛看望几个朋友，而她当时是他们的 au pair*。我忍住没提醒她当年的东家有条规矩，女人必须露胸才能进泳池，所以我这辈子看到第一对女人胸部就是她的。

我完全忘了已把那套斯旺斯顿版斯蒂文森集子放在 eBay 上拍卖的事了。我连最低价都懒得设。结果书只卖了 20 镑，对这样一整套限量版斯蒂文森作品集来说，惨不忍睹。亏本是肯定的，但我想既然市场就打算为这套书付这么点钱，那说明这套书只值这么多，而且放在店里也占地方。

下午，我注意到一个女孩抬头盯着书店画廊天花板上吊下来的那具骷髅模型。她妈妈对我说她不肯从那下面走。女孩问我骷髅有没有名字，这问题之前从来没人问过我，我也从没思考过，于是我问她觉得骷髅应该叫什么。她当即回答道："斯凯利。"†巧的是，斯图尔特·凯利（文学评论家、作家和威格敦图书节的大名人）的崇拜者们正是这样叫他的。

我正考虑提早关店，一对高个儿美国夫妇来到店里。女的买了本书。他们离开时（4 点 55 分），女的问我："附近哪

---

* 法语，特指住国外家庭、以劳动换取食宿的互惠生。
† "斯凯利"原文作 Skelly，是 Skeleton（骨架、骷髅）的"昵称"。

里可以随便吃点晚午饭吗？"在威格敦，就算午饭时间也很不容易吃到午饭，别说将近5点了。

卡勒姆过来说他打算明天动身去高地爬山，于是我写邮件问妮基能否来帮忙看店，好让我出去几天。

关门。和屈赛喝了一杯。她今天在坦伯利面一份工作。

流水：146镑

顾客人数：15

4月16日，星期四

网店订单：3

找到的书：2

妮基过来帮忙看店，这下我可以出去几天了。卡勒姆是上午9点到的，我打包好登山工具，同他出发了。下午5点，我们来到洛欣弗*，与此同时卡勒姆的朋友默里和维维恩加入了我们。在这类旅途中，我和卡勒姆通常住一间房。

流水：200.99镑

顾客人数：18

---

* Lochinver，苏格兰高地的一个渔村。

4 月 17 日，星期五

网店订单：4

找到的书：3

8 点 30 分，我们从借宿的那家 B&B[*] 出发前往休尔文山[†]。我边走边跟卡勒姆讨论他是否可能帮我把"园艺室"改造成棚舍，让伊曼纽埃拉夏天来住。他好像对这个主意兴致颇高。如果棚舍要及时就绪，那我们得尽快开工了。

流水：205 镑

顾客人数：16

4 月 18 日，星期六

网店订单：3

找到的书：3

我们穿着短裤和 T 恤，在阿辛特的山间走了一天，开心极了，却也累得要命。

流水：337.92 镑

顾客人数：29

---

* 指提供住宿和早餐的家庭旅馆，B&B 即 bed-and-breakfast 的缩写。

† Suilven，苏格兰高地西北部标志性景区。

4月20日，星期一

网店订单：3

找到的书：1

昨天，我和卡勒姆从洛欣弗开车返程。傍晚6点到家。

今天又是一个明媚、和煦的春日。

"季风"看起来又不运转了，杀毒软件总是把它误认为某种病毒感染，反复删除它的必要部件，所以打不开了。

妮基留下一张纸条，罗列了我不在期间她做的事：

> 买入一些书
>
> 拒收一些书
>
> 擦洗店外
>
> 清空"铁路室"的书架
>
> 搬进"园艺室"的纹章
>
> 跟船长玩
>
> 照料拉肚子的可爱顾客
>
> 对每个人微笑
>
> 处理一箱箱货
>
> 所以，还是老样子，没做什么事
>
> 同许多蠢货打交道
>
> 为一个可爱老头拿下来所有"比格斯"小说*

---

* Biggles Books，指英格兰"一战"飞行员、作家 W. E. Johns（1893—1968）创作的系列小说。

又听"求关注先生"喋喋不休

好多好多兴奋到发狂的顾客爱死了这家书店

还有一些别的闲话，我要是抄在这里，离被人告也就不远了。

"季风"终于回复了我的邮件，给了我一个登录密码，通过远程操作解决了问题。

一个老头——他的裤子显然是比他年轻很多的人才会穿的款式——盯着古董书看了一阵，说："真希望这些书能开口说话，跟我们讲讲它们看过的事情。"

流水：74.50 镑

顾客人数：9

4 月 21 日，星期二

网店订单：0

找到的书：0

没有订单，不过又是阳光灿烂的一天。上午 10 点，杰夫来了。他要去参加一位堂区居民的葬礼，但与其说是出于牧师的职责，不如说是以朋友的身份前往的。"是啊，他是'更好的人'中的一员。"走的时候，他悒悒道。他来串门，一般都是在等候药剂师配药的时候，心情通常轻松愉悦，但今天不一样。

11 点钟有个客人来到柜台前，专门对我说了句："安尼克有家书店更大。"说完她就走了。顾客经常拿我的书店和安尼克的巴特书店比较。我没去过巴特书店，但真的应该去一次。它除了作为一家书店声名卓著，之所以值得褒赏（或者说，在地狱之火中获得永生）还有一个原因：如今无处不在的"保持冷静，继续前进"二战海报正是该店店主在他从拍卖会上买到的一箱书里发现的。*

"文身控异教徒"桑迪拿来了七根新做的手杖，我往他账户里充了价值 42 镑的积点。我和他聊天的时候，有个顾客拿着三本书来到柜台，说他总是能同书"发生关系"，问我我和书的关系是怎样的。我答不上来——我实在不知道说什么好，也不知道我和书的关系是怎样的，只知道书是我买卖的东西。不过确实远不止于此。

迪肯先生来订一本关于亨利四世的书。有一阵子没见他了。尽管他上次难得敞开心扉，承认自己患有阿尔兹海默症，他看起来还是和往常一样。我们聊完他想订购的书的详情，另一位常客——我们叫他"鼹鼠人"——上门了，照例花了 35镑买了各种各样的书。我试图拉他一起聊天，可他总也不接茬儿。"鼹鼠人"仿佛是迪肯先生矮个、没钱、近视的远房亲戚：胡子刮得深一块浅一块，衣服的材质是涤纶，而非 QC 身上那种丝绸†，但他对知识的贪婪渴望却丝毫不逊于迪肯先生——甚

---

* "保持冷静，继续前进"（Keep Calm and Carry On）是 1919 年英国政府制作的战时海报。2000 年，安尼克的"巴特书店"的店主发现了这张海报。

† QC 是 Queen's Counsel（皇家律师）的缩写。迪肯先生以前是律师，故有此说，而 silk 在英语中本就可以指代皇家律师。

至可以说在他之上。他默不作声地在店里钻来钻去、找书翻书，几乎让旁人无法察觉他的存在，随后突然出现在柜台前，头发蓬乱，牛奶瓶底一般厚的眼镜后面是一双眨巴着的眼睛。他拿到柜台结账的书，题材总是不拘一格，而且很少少于十本。不过，和迪肯先生不一样，他从来不说话，也避免眼神接触。从他开始到我店里来买书至今五年多，他没有说过一句话。他永远只用现金；付款时，从他破旧磨损的皮革钱包里费劲地急急忙忙掏出钱来。比起迪肯先生，他个子很小，除了间或瞥见他在店里如挖隧道般穿行的身影，他来柜台前结账时，我只能看到他上半张脸。我不知道他的名字，十有八九他也不知道——或者不想知道——我的名字。我想，他是个好书成癖的人，他把热情全部投入到了阅读中去，再没有余暇学习基本社会技能。我极其喜欢他。不晓得他为什么来威格敦；也许他的家在这儿。恐怕我永远不会知道答案。

今天早上，书店的"脸书"主页上有了一条新评论，是一个叫詹娜·弗格斯的客人留的。我甚至都不记得她。

　　店主粗鲁、傲慢，简直恶心透顶。他因为懒惰和压根不在乎顾客满意与否，拒绝帮我拿我够不到的书。

流水：128.50 镑
顾客人数：9

4 月 22 日，星期三

网店订单：0

找到的书：0

今天妮基在店里。她到店后说的第一句话是："上星期我给你带了份礼物，可你出去了。有机猪肉肠。"我问她既然她是素食主义者,后来是怎么处置那些猪肉肠的。"吃掉了。好吃。"

今天又没订单，我给"季风"发邮件问这是怎么回事。

一辆吵闹的老式"路虎"停在了门外，车上下来的男子带着一箱关于钟表的书走进店里。妮基把书过了一遍,上网查了查价格。她叫我向他报价 70 镑,等他散步回到店里,我照做了。他抱起书,只说了一句"不行",就别无二话地走了。

今天阳光很好，我打电话给屈赛问她想不想出去走走。午饭时间我们回到店里，发现妮基和佩特拉站在门口，傻张着嘴巴惊异地凝望天空。她们好像在看一只珍稀品种的鸟——她们显然是这样认为的。佩特拉指了指鸟，问屈赛（RSPB 会员）那是什么品种。她告诉她俩，那是只海鸥。

我们外出散步的时候，妮基和两位客人发生了如下对话：

丈夫：这家店是你的吗?

妮基：不是。

妻子：这家店是你的吗?

妮基：不是。

丈夫：吧啦吧啦吧啦吧拉最大的书店吧啦吧啦我能给你拍张照吗？［把照相机戳到我面前］

妮基：不行。你们买书吗？［用手挡着脸说］

妻子：噢，我买书的话，你就让我拍照。

他俩走了，一本书没买。

下午我和一位本地艺术家戴维·布朗开了个短会，谈了谈他想在书店里举办的"春日狂欢"活动的事。在一年一度的"春日狂欢"期间，艺术家和手艺人会向公众开放他们的工作室。它的规模正逐年递增，（像威格敦图书节一样）是盖勒韦活动日程上的一项文化盛事。成千上万人来到此地，一方面希望能低价抢购到某个参与的艺术家的作品（免了画廊的佣金，他们可以接受降价），另一方面出于好奇，想看看艺术家们的创作空间。有好几条推荐路线，其中之一会经过威格敦。这通常会给镇上的商店带来不错的客流，尤其是餐馆和咖啡馆。

下午 2 点 30 分，我离开书店去了格拉斯哥的回收厂。很倒霉，我是 4 点 40 分到的，发现那边 4 点 30 分就关门了。只好在格拉斯哥的一个朋友家住一晚。

流水：66 镑

顾客人数：6

4 月 23 日，星期四

网店订单：1

找到的书：1

在回收厂放下那几箱书后，直接回家了。正午前回到店里。无比安静的一天，不过几乎每个客人都买了书。

流水：64 镑

顾客人数：12

4 月 24 日，星期五

网店订单：3

找到的书：1

我只找到了今天订单里的一本书，书名叫《野营手册》，出版时间 1908 年，书里有张巴宝莉的广告，广告上男人的穿着，就算去参加布尔战争也毫无违和感。

另外两个订单里的书我们好几年前就在亚马逊上卖掉了，可"季风"不知怎的竟神奇地认定书还在。这让我们大伤脑筋——这么一来，我们只好冒着在亚马逊上接到差评（基本上无法避免）的风险取消订单，但明明这是第三方软件的技术差错导致的。

卡勒姆来问我想不想去威格敦的郡大楼聊聊圣基尔达列岛，但妮基这星期已经上过两天班了，我走不开。2001 年我搬回威格敦时，这地方的面貌和如今大不相同。广场中央那些乔治王朝时代的花园被 1970 年代的市政规划改得面目全非：以修复过的花岗岩石块建起带有浮雕的花坛，里面种满高山植物和玫瑰，而郡大楼——在小镇的建筑物中，可以说是皇冠上的宝石——却被关闭，还拦起了围栏。不过如今，丑陋的花岗岩已经拆除，花园恢复了过往的壮丽风姿，前去赏玩的游客和当地居民比以前多多了；郡大楼这座曾经的市府权力中心——雄伟的市政厅——经过精美的修缮，成了各种社区企业的活动场地。

上午 10 点，一个客人拿着三本书来到柜台：

我：一共 24 镑，谢谢。

客人：24 镑？什么？这两本书每本才 2 镑。

我：没错，但另一本 20 镑啊。

客人：但那本看起来和另两本没啥区别。

屈赛打电话来说坦伯利的工作要她了。她星期三开始上班，对我说传闻唐纳德·特朗普打算近期到访。我宁可这传闻是真的，总好过他真的要去竞选美国总统。

下午，一个男的拿来三本关于李·哈维·奥斯瓦德*的书，问我："你们现在收书吗？"我给了他 5 镑，他拿到书款十分

---

* Lee Harvey Oswald（1939—1963），刺杀美国总统 J. F. 肯尼迪的凶手。

忧郁地对我说："到了我这个人生阶段，我已经不准备重读我的书了。"

流水：48 镑

顾客人数：7

4 月 25 日，星期六

网店订单：1

找到的书：1

　　一个客人捧着一本他显然无意购买的标价 400 镑的苏格兰纹章学古董书坐在炉火旁读了大半个上午，把书留在桌上就走了。

　　一个客人拿着一摞书来到柜台，随后抽掉了一本，说："这本我放回去，刚想起来我已把书下到 Kindle 里了。"我顿时来了灵感，打算做一批杯子，印上"Kindle 去死吧"字样。我给露易丝（是位出色的设计师，现居爱丁堡，偶尔会来书店光顾）写了封邮件，看看她是否愿意提供一款设计方案。

　　我研究出了一个全新的策略来对付喜欢讨价还价的人。他们要我打折，我就问他们是做什么谋生的。我会主观臆测出他们的收入，据此判断他们挣得比我多还是少。如果他们挣得比我少——这种可能微乎其微——我就给他们便宜百分之十。如果他们挣得比我多——这几乎是必然的——他们就多付我百分之十。这是相当先进的经济学。

打烊后，卡塔琳娜（青年摄影师，她从布里斯托尔搬来了威格敦）来了，问我她能否借用书店拍照。我给了她钥匙，让她自己进去拍。她拍到 7 点走的。

流水：334.89 镑

顾客人数：23

4 月 26 日，星期日

店歇。今天早上我开始把"园艺室"里的东西装箱，好让卡勒姆着手将它恢复成一间棚舍。但愿过几天能开工。

露易丝给"Kindle 去死吧"杯子做了两稿设计。贝弗有印杯子的机器，所以我把设计稿发给她，问她能不能帮我做二十个出来。

4 月 27 日，星期一

网店订单：7

找到的书：3

今天上午的订单里，有本出版于 2013 年的露西·因格利斯《乔治时代的伦敦》。原价 20 镑，我们这本标价 11 镑。像这样一本出版年份相对很近的书，没有在亚马逊上跌到一便士是非常难得的。

果然，找不到的书里有今天金额最大的一单。

下午 3 点，迪肯先生来问他订的关于亨利四世的书到了没有。书还没有到。

当地医生的太太丽莎拿了一箱书过来，我给了她 10 镑书钱。我们正聊着天，一个客人问："里面有摩尔人的莎剧是哪部？"没等我承认自己想不起来，丽莎已经回答道"《奥赛罗》"，不然我就太尴尬了。

下午打了个大胜仗。有位客人选了一批关于劳斯莱斯汽车公司的书，刚开口要我打折，他朋友戳了戳他的背，说："你够胆儿啊，开着劳斯莱斯豪车到处跑，居然问这个可怜的家伙要折扣。"我没给他打折。

下班后去喝了一杯，给屈赛送行——星期三她就要开始坦伯利的新工作。现在她是唐纳德·特朗普的员工了。

流水：214 镑
顾客人数：18

4 月 28 日，星期二

网店订单：3

找到的书：3

上午 9 点，卡勒姆过来开工改造"园艺室"。

9 点 30 分，两个上了年纪的顾客走进店里，逛了一会儿，随后一边走向门口，一边开始互相念叨着"不行，不行，不行"。我只能理解为他们对我的书店不满意。也可能是对我本人不满意。

今天的邮包里有迪肯先生订的书，于是我给他的答录机留了言。

贝弗送了二十个"Kindle 去死吧"杯子过来。看起来漂亮极了。露易丝设计得非常棒。现在我只需要把这鬼东西卖出去就行了。亚马逊上的凶残竞争将你的利润空间挤压到了极限，如今我已明白，为避其害，唯一办法是控制你售卖的货品的生产，就是说，要自产自销；这款杯子完美符合要求。

中午，一位客人打电话来找一本 1966 年的爱丁堡电话通讯录。我们没有那一年的，不过说来奇怪，老通讯录——工商行通讯录——在网上卖得相当不错。我们店里有本 1974—1975 年度的，1966 年的没有。我刚挂掉要买通讯录客人的电话，一个男的拿了本标价 400 镑的苏格兰纹章学著作来柜台结账——没有还价。也许我对上星期在炉火旁读了一上午这本书的客人有点苛刻了。也许正是他向这个人——买下书的这一位——推荐了这本书。

有辆巨大的野营车在店门外停了一整天，不光挡我们视线，还让潜在的客人看不到书店。车主走进店里，说："你架子上那套巴恩斯的《兰开斯特》*脱位了。标价是 60 镑。40 镑卖不卖？"回绝他的还价后，我迅速去查了查"脱位"†是什么意思。

流水：650 镑
顾客人数：19

4 月 29 日，星期三

网店订单：2
找到的书：1

今天没找到的书是一本 75 镑的《圣方济各·沙雷氏‡的神秘植物志》。上架好久了。这种书永远是最难找的，因为书在架子上放得越久，卖掉（网店却没有下架）或者被某个客人放到其他架子上的可能性就越大。

一个格拉斯哥女人——她的裤子（而且是肉色的）紧绷到不可思议，一开始我还以为她腰部以下啥也没穿——想买一

---

* 应该是指 Edward Baines（1774—1848）出版于 1836 年的《兰开斯特巴拉丁伯爵领史》（*History of the County Palatine and Duchy of Lancaster*），俗称"巴恩斯兰开斯特郡史"（Baines's History of Lancashire）。
† 原文为 disarticulated，一般指关节断离。
‡ St Francis de Sales（1567—1622），法兰西天主教士、日内瓦主教。

张本地区的地图，那样她就能"避开道路"。后来我才弄明白，她所说的"道路"，指的是单行道。她是昨天那辆房车车主的太太。

下午，一位客人在店里兜兜转转一个小时，反复对他太太说"好像什么德语书都没有"，直到走他也没问一句我们到底有没有德语书。我忍不住想插话告诉他，我们店里是辟有德语书专区的，但说实话，如果客人连问都不想问，那要他们买东西，或许只存在一丁点儿可能。

下班后去酒吧见萨马拉，这两个星期，"打开的书"由她打理。

流水：78镑

顾客人数：5

4月30日，星期四

网店订单：2

找到的书：1

卡塔琳娜（借书店拍照的摄影师）寄了些照片给我。没想到她那位苗条的模特是全程裸体的。

流水：67镑

顾客人数：6

五月

说来古怪，人性的种种怪癖总是令我感到趣味盎然。也许这是因为我本人如此平凡。如果我发现自己惹人注目了，或者别人觉得我多少有点怪异，我会打哆嗦的。我只希望我没有给人任何由头，在我背后议论我的任何异常之处。有次我在店里听到一个非常无礼的大学生对他同伴嘀咕道："去问那个怪模怪样的大老粗吧。"因为他朝我这边看，一开始我以为他说的是我，可随即发现麦凯洛就在我身后。他指的是麦凯洛无疑。这老伙计长得怪，自己也没办法。

奥古斯塔斯·缪尔，《书商约翰·巴克斯特私语录》

那个学生口中的"怪模怪样的大老粗"当然就是巴克斯特，至于他说人性的种种怪癖令他感到趣味盎然，这大概是源自他在书店几十年的工作经历。想到我的大部分顾客对我的观感，我也发抖，不过在描述性语言的光谱里，"怪模怪样的大老粗"算是比较中听的话了。

大凡零售业从业者，都免不了同各种各样的人打交道，但正如奥威尔在他的随笔《书店回忆》中指出的那样："上门来的许多人不管跑到哪里都是讨人厌的那一类，只不过书店给了他们特别的机会表现。"说起以书店为背景，或者关于书店的书，

159

似乎可以列出一连串名作——作家们将读者归入不同类别，头头是道，堪比林奈*——如 R. M. 威廉森的《书店琐忆》（1904）、威尔·Y. 达令的《破产书商秘录》†（1931）、奥威尔的《书店回忆》和奥古斯塔斯·缪尔的《巴克斯特私语录》（1942）。而珍·坎贝尔在《书店怪问》（2012）中的分类方式算是笔下留情了。或许每个人都会把人归类，但不知怎的，在书店里给顾客分类就是更容易；人们似乎更能被不偏不倚地归入特定的类别，或许这是因为你可以通过一个人买什么书大体判断他是怎样的人，不过，达令在《破产书商》里反驳过这一观点，他说："坦白说，我猜不透某些顾客，就算知道他们买什么书，那幽暗的难解之谜依然无法变得明晰。"

达令着墨更多的或许并非顾客购买的书，而是人与人的交往。十分粗略地划分一下，世上有两类人：一类在酒吧、咖啡馆、餐厅，或者商店上过班，另一类没有。说第二类人全都把第一类人当成二等公民来对待，这既不公平也不符合事实；说第一类人几乎不会以这种态度对待第二类人，却大致是准确的。

---

* Carolus Linnaeus（1707—1778），瑞典博物学家，创立双名法，为近代分类学奠定基础。

† *The Private Papers of a Bankrupt Bookseller*，William Young Darling 匿名出版的作品。

5 月 1 日，星期五

网店订单：3

找到的书：1

妮基今天在店里，我趁便收拾行装，赶赴爱丁堡参加阿拉斯泰尔·里德[*]的追思会。仪式下午 6 点举行，在爱丁堡大学校园里。我把车开到洛克比，停好车改坐火车去爱丁堡。阿拉斯泰尔是位极具天赋的作家，原籍盖勒韦（在他暮年，他每年春天都会回来）。其间与我们结下了深厚友谊，这里的人，还有许多其他地方的人都会很想念他的。费恩、艾略特和一大群别的人在追思会现场。仪式结束后，晚上 10 点 30 分左右，我去了我最小的妹妹卢家，和她丈夫斯各特喝了一会儿威士忌，上床已是半夜。

AWB（威格敦书商联盟）春季节庆今日开幕。这是个由书商组织的小型活动节，预算微薄。我们通常会在镇上的不同地方——书店为主——办十来场讲座和活动，时间总是定在五月法定假日的那个周末。

流水：126.60 镑

顾客人数：9

---

* Alastair Reid（1926—2014），苏格兰诗人、南美文学学者和译者，以翻译博尔赫斯和巴勃罗·聂鲁达的诗作闻名。

5 月 2 日，星期六

网店订单：2

找到的书：1

早上 7 点，卢和斯各特的孩子丹尼尔和马撒在我房门外玩闹，把我吵醒了。9 点出发去威弗利车站，在咖啡馆吃了早餐。到车站后发现去洛克比的火车全部取消了，须坐大巴代替。原本开开心心坐一个小时火车，这下倒好，我们挤上了一辆非常不舒服的大巴，我刚一落座，一个骨瘦如柴的男子就一屁股坐到我旁边。他一路上都在擤鼻子，有时候一秒钟能吸气排气好几次。全程花了两个半钟头，大巴才终于慢吞吞驶入洛克比。

下午 3 点 30 分回到店里，妮基一脸怒容："你说过中午前就回来的。"我道了歉，让她提前下班。她刚要走，一位常客拿来了一箱书。大部分是我不愿意收的东西，但我还是买了几本。妮基发现我没要箱子里一本破旧的读书俱乐部版"波尔达克"小说*。她跟我吵了起来，坚持说这本书卖得出去。我告诉她，企鹅版图书的区域里有大量温斯顿·格雷厄姆的书，放了多年一本没卖掉过，可她并不理会我，给了那客人一镑，对我说："下星期之内，这书就能卖出去。"

一下午店里都很忙。不出所料，出一趟门回来，店里乱作一团，打烊前我花了一个小时才收拾干净。

---

* 指英国作家 Winston Graham（1910—2003）在 1945 年至 2003 年间创作的关于罗斯·波尔达克（Ross Poldark）及其后代的系列作品，共有十二本。

我觉得猫长虫子了，于是翻箱倒柜找出驱虫药，一看到药片他就蹿了出去，动作迅捷犹如一道闪电。

流水：375.98 镑

顾客人数：35

5 月 3 日，星期日

网店订单：3

找到的书：3

上午 11 点才开店，发现有个客人等在门外。是个胡须男，他一进门就问："你有关于登山的特别一点的书吗？"我回答道，这是个十分主观的问题——对不同的人而言，"特别"可以意味着完全不同的东西——听到这里，他说"嗯，我想我指的是贵一点的书"。我对他说，你把架子上书的价格翻一倍就好了。最后他解释道，他其实是个专门买卖极地探险类书籍的书商。

名字很美的[*]艾尔郡本土历史学家戴恩·洛弗来做了场讲座聊他的新书《盖勒韦高地》。幸好今天是个雨天，活动人气不错，来了大约三十人。可惜我得看店，没法听戴恩的讲座。讲座开始不久，一位顾客拿着一本书来到柜台："这本书上有

---

* 或许是因为 Dane Love 的名字可以理解成"丹麦人的爱"。

三个价格标签，哪一个是你家的啊？"一个标签是"水石"[*]，另一个标签是"牛饥委"[†]。

白昼明显在变长——尽管天依然很冷——空气温度在提升，晚上已不再需要生炉子。

流水：330.98 镑

顾客人数：26

5 月 4 日，星期一

网店订单：3

找到的书：3

今天的三个订单都来自 Abe，我处理完毕，把包好的货拿去邮局，才发现是法定假日，邮局不开门。

给书标价的时候，发现一本书原先属于一个叫凯·布雷兰德的女人。真心希望她打字机上的"R"键不要出问题。[‡]

发生了一件令我怒火中烧却肯定会让妮基得意扬扬的事：今天的第一位顾客买走了她星期六购入的那册"波尔达克"。

---

[*] Waterstones，英国连锁书店，第一家开业于 1982 年。

[†] OXFAM，即 Oxford Committee for Famine Relief（牛津饥荒救济委员会）的缩写。

[‡] "布雷兰德"的原文为 Brellend，如果漏了 r，就变成 Bellend，这一单词在英语里可以指男性生殖器的龟头。

写下这段话时我正强忍着苦涩的眼泪。

早上收到了邓弗里斯的背痛专家寄来的信。MRI 的结果显示问题出在劳损和拉伤，唯一的解决办法是镇痛（布洛芬）和锻炼，所以她嘱我转诊纽顿·斯图尔特的理疗师。

中午，尼科尔森地图公司的销售代表来了。我从他们家进了一批全国地形测量地图。地图库存不多了，我新订购了四十份。这一地区的全国地形测量地图在店里卖得不错，购买主力是假期来这边远足的游客。

午饭后，一个女的拿着一堆书来到柜台前，把工作名片往桌上一摔，既不说"请"也不说"谢谢"，开腔道："我想以同行折扣买这些书。"后来看到名片上的简介我乐坏了：

灰色淑媛书店和出版社——专营旧日淑媛撰写的礼仪书。

打烊后，我看到猫正埋头饭碗进食，于是我慢慢走向威尔士式餐具柜，从包装里掏出一片驱虫药，偷偷溜到他身后，一把抓住他的颈背。每次我试图把药片塞进他嘴里，他就嗥叫着疯狂挠我，到最后我只好放他走，再下去我就要因失血过多而昏迷了。

流水：347.38 镑
顾客人数：18

165

5月5日，星期二

网店订单：1

找到的书：1

今天是个阴冷的雨天，更像是在一月，而非五月。戴维·布朗打电话来问我能否借用大房间。夏天里，老太太们的艺术课通常办在户外，往往是在其中一家人的花园里，但今天天气太差，戴维决定改成室内课。

上午10点30分，一个穿着Ugg靴子的中年妇女来到店里，问："你们有关于本地区土地所有权历史的书吗？我正在做一点家族史研究。"于是我把她带进了"苏格兰室"，里面有一套P. H. 麦科莱的五卷本《盖勒韦的土地与土地所有人》（1877），100镑。一个小时后她来到柜台前，说："非常感谢，我准备去图书馆借那套书。"

整理神学书区域的一个书架时，我翻到一本薄薄的小册子，出版方是一家叫AOL的组织。我买下书店没多久，一个女的拿来一箱约一百年前的私印本小册子，正是AOL出的。从它的标志和书中文本使用的语言判断，那好像是一个秘密会社。我隐约记得，此会社敬奉的是奥西里斯[*]。我完全不懂那些册子是干吗的，于是给了她50镑，把书挂到了网上。售出的速度快得不可思议，都让大西洋彼岸的一个加拿大女人买走了，可买家还没收到货，我先收到了一封恐吓信，警告我不该

---

[*] Osiris，又译"俄赛里斯"，古埃及的冥神。

卖那些小册子，应该毁掉它们，而不是任它们落入坏人手里。我记得信中有这么几句："你不知道你在跟什么人打交道。这是个非常厉害的组织。收手别卖这种册子了，不然你将面临严重后果。"目前来说，我想不到自己面临过什么严重后果。也许十四年的卖书生涯就是我的惩罚吧。

流水：134.50 镑

顾客人数：17

5 月 6 日，星期三

网店订单：1

找到的书：1

收件箱里来了封邮件，有人询问一本《梅里克山和附近山区》。此书我们在网上标价 30 镑，来信者问我 15 镑卖不卖。怎么就没完没了呢？

打烊后，我开车去邓弗里斯火车站接安娜。我想，如今对她而言，苏格兰比美国更有家的感觉，虽然我俩分开了，这段关系的灰烬却化成了牢不可破的友谊。

好几年前——2010 年 3 月 26 日，当时我俩已经住在一起几年了——安娜从波士顿探望父母回来，重新入境时却被扣在格拉斯哥机场，还被一个爱管闲事的边境署官员问讯了一番。我在候机厅里等了三个小时，完全不知道出了什么事。我知道她的航班到了，可她迟迟不出现。最后在安娜的请求下，有人出来找到我，说她被扣留了，可能会坐下一班飞机返美。等她终于出来了，她明显很不安。她遭到了几个小时的问讯，那官员甚至翻看了她的私人日记，标出了她东鳞西爪写到的间或来我店里帮一小时忙的条目。按她所持签证（旅行签证）的规定，她不可以从事任何形式的工作。

她恳求那官员在把她驱逐出境前给她几天回威格敦拿点个人物品，最后他们答应了。我们必须在接下来一个星期的星期一中午前回到机场。

那几天过得很糟，担惊受怕，心绪不宁，但跟后面发生的事比起来，这根本不算什么。星期一早上，我开车送安娜返回格拉斯哥机场，跟移民部门说我们到了。闹剧开演；他们好像完全不知道自己应该做什么，连她的机票都没订。那官员一度说他们给她在一班冰岛航空经雷克雅未克飞往波士顿的客机上找到了位子，但机票钱得由她自行承担。我至今记得听到她的回答时心中升起的自豪感——她说，如果他们希望她离开这个国家，那就"他妈的理所应当"支付她的机票钱。起初，他们答应替她付去雷克雅未克的路费，但之后她得自己解决回波士顿的钱。哪怕她讲明这样一来，她没有足够的钱回美国，会在冰岛无家可归，他们也不为所动。直到我们威胁说要开车返回威格敦，他们才终于同意付清全部费用。边境署处理这件事的方式从头到尾都是个笑话：一连串的无能、冷漠和管理不当。他们带她走时，她脸上那抹透着不屈不挠乐观精神的深切悲伤，我永远不会忘记。

接下来的几个月对安娜来说尤其煎熬。她极度渴望回到苏格兰，再次亲近她热爱的一切，却受到卑琐的官僚体系阻挠。从我们这方面来说，该做的我都做了——我见了下议院和苏格兰议会议员，同边境署的人谈了话——可不起作用。边境署是个冥顽不化的组织，连下议院都无法左右他们的决定。公投的时候，我支持苏格兰独立，一个原因就是安娜遭到了那样的待遇。苏格兰乡村需要安娜这样的人——聪明、勤奋、热爱这片土地——可她却因为原本为英格兰东南部地区设计的法规，被迫离开。

为了让她回苏格兰，我们做了好几番尝试，既被一个律师骗走了一大笔钱，因为他说他们可以弄到"加急签证"，又损失了几个月时间，其中有几个星期安娜是睡在她的车里的。走投无路之下，只剩一种选项：我俩都不想要的选项——未婚妻签证。我们填了相关表格，她高高兴兴回到苏格兰，如果我们没法在接下来的六个月里找到其他解决方案，就只能结婚。这大概算不得我命里最差的结果，但它带给我的恐惧是超出想象的。

几个月后，我不顾本能的强烈抗拒，和安娜来到道格拉斯城堡的登记处，在市政机关标志性的乏味环境里办理了结婚手续，卡罗尔-安是我们的证婚人。这一事件是我俩在日后的关系中面对各种问题的最主要根源。

流水：210 镑

顾客人数：13

5月7日，星期四

网店订单：5

找到的书：5

今天早上的五个订单都找到了，奇迹。全都来自亚马逊。总价 40 镑。

回到盖勒韦，安娜好像真的很开心。一整天她都在四处访友。我们商量下来，最好的办法就是她一半时间住在书店楼上的空房间里，一半时间跟朋友住。我的朋友都已成为她的朋友，在他们中间，她肯定比我更受欢迎。谢天谢地，她走之前没来得及卖车，所以她的车还停在原地，锈迹斑斑，覆满苔藓，跟她离开时一个样。有一回，大概三年前吧，在一个冬天的星期日下午，我们打算出去散步。我正给店门上锁呢，安娜突然一阵恐慌，说她的车被偷了。我尽力劝她冷静下来，再三向她保证，这件事总有其他解释：威格敦没人偷车，尤其是老破车。我说有可能是文森特（他有备用钥匙）把车开走去检查了，于是我俩走去不远处文森特的修车厂，说明了情况。他答复道车没丢，他刚还看到它停在联合超市门口。我们晃悠过去一看，可不就是嘛——与其说是停在路中间，倒不如说是被人遗弃在了那儿。我们最后弄明白是怎么回事了。几天前，安娜去看费恩，回来的路上，她在联合超市门前停下车，进去买面包牛奶。没空地了，所以她只好双行停车*（在威格敦比较宽阔的大街上，

---

* 指将车停在另一停靠在人行道边的车辆旁的违章行为。

170

经常有人这样做），离开联合超市的时候，她却完全忘了她是开车去的。她的车被丢在路中央，静静停了四天。没人抱怨；人们绕道而行，仿佛那是一个交通环岛。

记忆所及，威格敦唯一一辆"被偷"的车是我父母的，那是二十多年前的事了。当时车停在修车厂做车检，夜里钥匙没拔（那时候是再正常不过的行为）。一个十五岁的男生正好路过，他为了出风头，带着一个女生跳进车里，在宁静的乡村小路间兜了十分钟，随后把车干净利落地停回原处。他的罪行之所以会被发现，只因为一张写有他家庭作业的卷子从他口袋里掉了出来——是翌日早晨机修工调节座椅时捡到的。

一个客人来到柜台，放了1镑钱在上面，说："还给你，去年我们来过，你们少收了1镑，看你整天在'脸书'上哭穷，我们想想还是把钱还你吧。"我谢过他，问是谁少收他的钱，他回答道："那个老是跟你吵架的深色头发的女人。"

下午4点，一个客人拿着本漂亮的维多利亚时代全小牛皮装帧古书来到柜台前。有人（猜中没奖）给它标价9.50镑。此书至少能卖45镑，但那位客人看起来激动坏了，我就让她按标价买走了书。

流水：106镑

顾客人数：13

5月8日，星期五

网店订单：1

找到的书：1

今天妮基在店。"老饕星期五"又抬起了它丑陋的头颅；这一次她带来了一盒巧克力甜甜圈，我十分肯定，她一屁股坐上去过。不然就是她的猫在上面躺过。反正那巧克力软得跟烂泥一样。

今天早上，厨房桌子下面出现了一堆羽毛，说明有只从非洲一路英勇无畏迁徙而来的燕子倒了大霉，沦为船长最新的受害者。他最喜欢在厨房桌子下面享用大餐。

下午有个坎布里亚郡的女人打电话来，说她有两箱 1960 年代的平装本童书要卖。我对她说她卖书所得肯定不够她来我这儿的油钱，建议她找离家近一些的书店卖书。卡莱尔 * 有家书店可能会收她的书，我给了她联系方式。至少她思路清楚，出发前打电话来确认一下。太多时候，人们不预先打电话就直接出现在店里，经常闹得非常不愉快，因为他们费了力气把书带来，却被告知那些书一钱不值。

吃过晚饭，我开车去纽顿·斯图尔特买了一些"准没错"牌猫咪驱虫剂。往他身上涂药应该比给他嘴里塞药容易点。

---

* Carlisle，英格兰西北部城市，坎布里亚郡首府。

跟卡勒姆和屈赛去了酒吧。玩到很晚。

流水：64 镑

顾客人数：7

5月9日，星期六

网店订单：0

找到的书：0

今天上午没有订单。

8点45分，我强行起床，下楼看到妮基已经来了，正兴高采烈地在"脸书"上向关注我们的人爆料我最新的宿醉和发飙丑行。

妮基刚跑开去吃午饭，就来了一个年纪很大的老头。他得依靠双拐才能行动，却买了一本名叫《高阶性爱：炸裂做爱姿势详解》的书。

设法按住了猫，把驱虫剂抹在他后脖颈上。他傲然挣脱开去，回过头来用冷漠、责备的眼神看着我。

流水：242.99 镑

顾客人数：30

5月11日，星期一

网店订单：2

找到的书：2

今天有个订单是一本4镑的书，看编目，书在"铁路室"的D3架。最后我花去二十分钟在B2架上找到了它。仓库里的书从来没有发生过这种问题；店里的才会，因为顾客常常从架子上拿下书来翻阅，还的时候却把书放去了别的地方。

每年我都会想办法在店里搞点花样引起客人（甚至回头客）的注意。通常是某些大家看了会觉得足够有趣，值得拍照或者在社交媒体上分享的东西。好几年前，我和诺里在给"铁路室"换掉烂木地板时，发现下面竟有个石壁洞穴。我很确定那是用来藏走私酒的。诺里出主意说在里面做一个铁路模型，上方盖一块强化玻璃，供顾客参观。铁路模型我们是做了，可随后我得知了强化玻璃的造价；那么一大块得花费600镑，于是那副模型就一直在没人看到的地方放着。有朝一日我会把玻璃买回来，让它出现在顾客眼前。

今天早上，我花了半个小时向一个老太太解释店里没有奥威尔那本包含那篇写缅甸绞刑的随笔的书（想来她要找的是《缅甸岁月》），可她不依不饶，反复说她要为她孙女找这本书，后者在写一篇有关死刑的论文。最后她走了，怨毒地抱怨着店里的存书。

流水：306.79镑

顾客人数：25

5月12日，星期二

网店订单：1

找到的书：1

上午 11 点，有个客人问他的狗能否进书店。我一如既往说了好，转眼就后悔不迭，因为那原来是一条臭烘烘、毛茸茸的巨型老狗，它所到之处，店里刚擦过的地面（珍妮塔每周一、二来打扫）就会留下硕大的泥脚印。

我正擦着那条"巴斯克维尔的猎犬"的脚印，一个女的来到柜台前，问："你是肖恩吗？"听我说是，她说，"文洛克图书"的安娜·德雷达托她向我问好，正是因为安娜推荐，她才来威格敦度假的。

下午 2 点，我匆匆跑去邮局寄了件，回来时碰到一位客人来取她之前订的书。她可能已经到了一两分钟，站在门口，不耐烦地大喊："哈啰？"我回了句同样的话，她答道："你在哪儿？我看不见你。"我就站在她身后。几个星期前她来店里订了本书。她给了我一张纸片，上面写着作者名、书名和 ISBN 号。书是上个星期到的，我把书从柜台后面找出来给了她。

流水：379.50 镑

顾客人数：13

5月13日，星期三

网店订单：1

找到的书：1

今天上午的订单里的书：约翰·麦克法齐恩的《莫克朗：土地与人》。约翰是当地的一个退休农民，他儿子伊恩娶了我的表亲。好几年前，他写了这部全面而精彩的地方史，托我帮他设法出版。我在出版方面毫无经验，就去找卖给我这家书店的约翰·卡特寻求建议。约翰每次都能帮上大忙，这次同样让人惊喜。他还放弃了大量自己的时间，一路指导我该怎么做，最终，书在2009年得以出版，做了个500册的限量本。此书在当地颇受欢迎，虽然我店里还剩下一些，但其实卖了没几天就回本了。

今天下午，昨天那个取书的女人又来了。她火气很大，因为她取走的书不是她认为自己订购的那一本。待我拿出那张写有书名、作者名和ISBN号的纸片，她才稍稍平静，承认我"犯了一个可以理解的错误"。

流水：170.48镑

顾客人数：14

5月14日，星期四

网店订单：4

找到的书：4

上午花了一个多小时才找全订单里的书；只有一本在正确的架子上。

一个戴着棒球帽的年轻客人问："旅行书在哪里？"当时我正在把一本刚标好价的书放到专放旅行类书籍的架子上。我回答："就在你前面。其实就在你眼前。"

客人：哪儿？这儿？

［他指了指他眼前书架右边的几个书架，那块儿是放历史类书的。］

我：不是。正对着你的那个。

客人：什么，这儿？

［指着他眼前书架左边的几个书架，那块儿是放关于印度的书的。］

最后我只好一巴掌拍在写有"旅行类"字样的书架标签上。那张标签离他鼻子就差六英寸。

医生的妻子丽莎拿来了两套图像小说，《布莱克和莫蒂默》

（17 册）[*]和法国的《阿黛尔奇遇记》（8 册）系列，还有些别的书。我一共给了她70镑，下午把这两套图像小说挂到了eBay上，分别定了50镑和40镑的底价。虽然我可以毫不犹豫承认我对图像小说的价值一窍不通，我还是希望到下星期这个时候，它们能卖出去。

晚上8点，艾略特来了，可我和安娜恰巧跑去达尔比蒂看卡罗尔-安了。10点30分我俩才到家，进屋看到他正在珍妮塔之前打扫好的厨房里大嚼一块比萨。每个碗橱的门都开着，每个台面都放有餐具。我都没来得及向他问好，就绊在了他的鞋子上。

他招呼安娜的样子，仿佛她是个失散已久的朋友。或许是可以这么说。

流水：69镑
顾客人数：12

5月15日，星期五

网店订单：3
找到的书：2

艾略特在浴室里从8点30分待到9点20分，害得我开店

---

* *Blake and Mortimer* 是比利时的 Edgar P. Jacobs（《丁丁历险记》作者埃尔热的好友与合作者）始创于 1946 年的系列漫画，带有冷战间谍情节的科幻小说元素，后文的 *Adèle Blanc-Sec* 的作者是 Jacques Tardi，以同名的女侦探为主人公。

前都没法刷牙。他这次来是因为今晚要举办为图书节筹措资金的拍卖。这已成为一年一度的活动，图书节的支持者会捐献拍品，比如在当地某条河流里钓一天鱼，或者在爱丁堡一套公寓里住一个周末的权利——任何他们能提供的东西。

妮基是早上9点到的，她扎起的头发像极了一个小号热气球。我对她说这不大美观。不用说，是她自己做的发型。

我在店门口扫路的时候，两个女的刚好走过。一个对另一个说："这店没什么可逛的，尽是些书。"

快打烊时，我开车去纽顿·斯图尔特采购了一些酒和食物，心想拍卖前的派对用得上。结果没人来。太好了。这些酒足够撑一个月了。

拍卖会今晚在郡大楼的正厅举行，费恩是主持人。我捐了两件拍品：一部无人机航拍录像带和一个"开卷随缘俱乐部"的会员资格。前者以140镑成交，后者45镑。

拍卖结束，我和几个人去了酒吧，妮基也去了。回家后，她向我保证明天她来开门，那样我就可以睡个懒觉。

流水：295镑
顾客人数：15

5 月 16 日，星期六

网店订单：4

找到的书：3

8 点 55 分醒来，听不到楼下有任何动静，于是下楼开了门。最后妮基是 10 点到的，邋里邋遢，一看就宿醉未醒。

一个戴贝雷帽和单片眼镜的顾客：有没有艾里克·"玉黍螺"·布朗＊的书？

我：恐怕我从未听说过他。

他：什么？你从未听说过艾里克·"玉黍螺"·布朗？

他就这样说了下去。

船长——他向来不怎么为我的福利着想——仿佛在我和顾客之间筑起了一道防线。大半个下午，他都躺在柜台上，但凡有人敢凑过来付钱，他就发动攻击。

流水：100.48 镑

顾客人数：8

＊ Eric 'Winkle' Brown（1919—2016），英国传奇飞行员，"玉黍螺"（Winkle）的外号源自他身材较为矮小。布朗出过很多书，也为多本航空主题的作品写过序言。

5 月 18 日，星期一

网店订单：8

找到的书：4

谢天谢地，今天上午我们找到的书是订单里相对值钱的几本。成功找出的书总价 180 镑。

卡勒姆过来继续拆"园艺室"，逐步将其改建成供伊曼纽埃拉居住的棚舍。书店后屋一整天都充斥着榔头和电钻的声响。

卡罗尔-安来找安娜讨论一项旨在推广这一地区的全新商业计划。卡罗尔-安眼下的工作是商业顾问，从安娜搬来威格敦起她俩就是好朋友。两人总是在酝酿各种不靠谱的商业计划。

下午 4 点，一个客人走进店里，看了一圈后发现了我，说："噢，你在那儿啊。你以前是在那儿的。"边说边指着房间另一边。自打我买下书店，这柜台就完全没挪动过，或许再早十年也是在现在的位置。从来没摆在过他指的地方，不过记忆是个奇怪的东西，我实在不想跟他进入这一话题，于是我礼貌地点点头，继续看书了。

eBay 上的两套图像小说还没人出价，但关注的人倒有好几位，这通常说明迟早会有人出价的。

流水：113.50 镑

顾客人数：14

5月19日，星期二

网店订单：2
找到的书：1

戴维·布朗送来了他为这周末的"春日狂欢"准备的画。他打算把画挂在大房间里——九月节庆期间，那间房是我们的"作家休憩处"，一年中足够暖和的几个月里，它则充当我的客厅。

一个留着漂过的金色短发的女人来到店里，她买了本威廉·霍加斯铜版画插图画册。我认出她是以前来过的客人，便同她闲聊起来。我说我记得她一年前来过店里，结果她告诉我那已经是整整三年前的事了。

好些年前，甚至在我刚买下书店的时候，版画都非常好卖。那些年里，常有人为了取出书中版画"破坏"许多好书。铜版画尤其受欢迎，一是因为这是项比较古老的技术，作品的年代势必更为久远；二是因为比起后来出现的相对粗犷的钢版画，铜版画在审美上更有温度。不管是裱过还是没裱过的版画，如今都很难卖了，放在十五年前，这位女客人买下的霍加斯画册里的版画也许能卖10镑一张。可现在办不到了。就算卖得出去，也就3镑或4镑一张。

她离开后，我给一批登山类的书标价，这时一个客人来问："有没有一块区域放的是关于旧一点的书的？"我答道："你是指关于旧书的书吗？书目之类的东西？还是你问我们有没有把旧一点的书归在一处？"客人："我不知道。"

一个男的拿来了一整套《苏格兰统计报告》(21 册，1791—1799)。大部分品相都很差，不过内部挺好。眼下"苏格兰室"的架子上已经有一套了，而且我两年前买来后一直没卖出去。不知为何我给他 200 镑买下了这套书。

大半个下午都用来打包"开卷随缘书"了。

流水：187 镑
顾客人数：15

5 月 20 日，星期三

网店订单：2
找到的书：1

因为想省运费，我一直在和皇家邮政一个叫盖里的人联络。今天——对"邮费现状"评价一番后——他在电话里建议道："我们用一个 DMO 来替换你的 OBA，那样一来，你的 STL 会转移到一个 CRL。"听到我这头陷入长时间的沉默，盖里显然感受到了我发现自己要在一个句子中面对这么多三字母缩写词时逐渐上升的怒气，便安抚我道："没关系的，会有很多培训。"培训。这个词一出来，准保可以让大多数"个体户"脊背一阵凉意。我再也，再也不想经历培训了。倒不是我厌恶学习新知识。只是举凡上班族的"培训"，相当于听某个人讲上三天人人皆知的道理，与此同时，你脑子里想的却是各种其他你本来可以做的、远比听课更有价值的事情。我之所以认为我再也没法回归为人打工的生活，这是一大原因。再说了，头脑正常的人也不可能雇用我。

我从手头在整理和标价的几箱书里翻到一本奥登的《关于那所房子》*，书的护封里夹着一封信：

150 号房间。

致：158 号房间的住客。

如果你能在关门或者关电器开关（好像有点频繁）时避免发出声响，我会心怀感激。我在最近遭遇的一场意外中摔断了手臂和手掌，因此情绪十分糟糕，必须每天去医院接受治疗。医生嘱咐我应该尽量保持安静，尽量多睡觉，所以我才给你写这封短信，恳请你照顾一下，不要发出我前面说的那类声响，尤其是晚上 10 点以后。

也许你并不知道声音能传到我屋里来。

提前感谢你的善意合作。

不知道这本奥登是收信人的书，还是说寄信人后来改了主意，把信夹在里面不让别人看见。

一个美国女人进店来找"麦克康内尔宗族相关书籍的区域"。大部分来苏格兰逛书店的美国人好像都会找宗族和家族史一类书。今天晚些时候，一群美国人来到店里，这次是要找

---

* *About the House* 是 W. H. Auden 出版于 1965 年的诗集，其中好几首诗都是关于他在维也纳的住处的。

一切有关《异乡人》*的书。

昨天买霍加斯版画集的女人回店里来加入了"开卷随缘俱乐部"。

流水：221.99 镑

顾客人数：12

5 月 21 日，星期四

网店订单：1

找到的书：1

离一年中最长的那天还剩一个月。

上午 9 点 30 分，卡勒姆过来掘掉"园艺室"的地板，为改建做准备。10 点钟，诺里（书店前员工）跑来借走了货车，10 点 30 分，伊莎贝尔来做账。11 点，戴维·布朗过来在大房间里布置他的画。所以屋里到处有人在忙，只不过忙归忙，大部分都是害我花钱而不是帮我赚钱的事。

那两套图像小说在 eBay 上卖出去了，但此前有人发邮件来问，我设了 40 镑保留价的那套能不能 30 镑卖给他。我知道他是想问问看，便答复道，如果流拍，我会将套书拆散，在 eBay 上分册出售。最后只有他出了价，付了足额 40 镑。另一

---

* *Outlander*，美国作家 Diana Gabaldon（生于 1952 年）创作的系列小说。

套也达到了 50 镑的保留价。

今天收到的邮件：

　　自从我 1950 年离开伦敦来到澳大利亚，我每隔一段时间都会想要弄清我当年不得已没带走的到底是哪个系列的书。那是些插图历史书，有关于史前英国、大英帝国、南北美洲之类的内容。可能是博物馆的出版物，也许是四开本，平装，顺便说一句，每本书在 100 页到 200 页之间，通篇配有多个来源的版画插图，每幅都带简短文字说明 / 图注。你能帮忙吗？提供一个出版方名字，或者一些准确的书名？

老实说，一套系列书中的任何一本都符合他的描述。

流水：162.50 镑

顾客人数：14

5 月 22 日，星期五

网店订单：1

找到的书：1

　　妮基又在店里。谢天谢地，今天没有"老饕星期五"大餐。我开着装满东西的货车跑了趟格拉斯哥的废纸回收厂。那地方尽是来来往往的卡车和货车，我等了一个小时才轮到我的东西上秤，又等了一个小时才称出重量。

回家时我顺道去了克罗斯希尔（距威格敦大约 30 英里）的一栋宅子，好几年前，我曾从这户人家买过书。现在住在里面的是当时卖书给我的人的女儿；两位老人搬去养老院了。记得第一次过来时买到了两本难得一见的关于中国明代瓷器的书，后来这两本书卖出的价格都远远超过了我的期待。今天的书都是店里常见的大路货，其中有一些封皮带图的 W. W. 雅各布斯 * 和几本初版 P. G. 伍德豪斯（没有书衣），我装了三箱，说可以给她 170 镑，可她看了一遍我选的书后又拿掉了二十来本，这么一来我们就得重新谈价钱。碰到这种情况实在气人。

明天就是威格敦美食节了，我已把几年前买的大帐篷塞进货车。之前大部分时间它都在一个货棚里，搬的时候我发现帐篷里掉出来数量惊人的老鼠屎。恶心就不用说了，对健康也可能是个危害。明天早上贝芙和菲奥娜会把帐篷支起来。威格敦美食节在春末和夏初之间的空档上架起了一座桥梁，一直是一年中排得上号的喜庆日子。

流水：40.50 镑

顾客人数：8

* W. W. Jacobs（1863—1943），英国短篇小说作家。

5 月 23 日，星期六

网店订单：2

找到的书：1

妮基今天不在：她兄弟来了，她想带他转转。他应该会觉得很有意思：坐在一辆后面永远装着一袋肥料的货车上四处兜风。

今天阳光灿烂：威格敦美食节——广场上办美食节，今年还是头一遭——赶上了完美天气。上午 9 点，贝芙和菲奥娜过来取走车钥匙，支起了帐篷。菲奥娜的先生罗比也来了，需要额外人手的时候他总是会出现，还有贝芙的先生基思。威格敦的书商明显分成两类：做事的和不做事的。不过我不太确定自己属于哪一类。

上午 9 点 30 分，戴夫·布朗带来了更多"春日狂欢"展览上要用的素材。之前我答应过让一个写作小组也用这场子，却完全忘了，所以 10 点 30 分，当一个名叫玛乔丽、头发乌黑油亮的美国女人跑来自我介绍说自己是活动主持时，我有点吃惊。11 点钟作家们来了，我决定让两方自行拼杀，解决争端。

刚过 11 点，一个金发女人来到柜台前。她找到了一本准是在我买下书店前很久店里就存在的书。那是一本破旧的"观察者丛书"*，标价 50 便士："两个问题，第一，这书脏兮兮的，

---

* The Observer's Books 指的是 Frederick Warne & Co. 在 1937 年至 2003 年间出版的一系列口袋本图书，主题丰富（艺术、历史、野生动植物等），总数超过 800 种，是有些藏书者倾其一生收藏的一套书。

能不能打个折？第二，我能不能刷卡付款？"听到我说这可能是店里唯一一本标价50便士的书，她一脸惊恐，把书留在桌上走了。我们大部分不带书衣的"观察者丛书"都卖4镑一本，带书衣的则卖6镑，这两个价位的卖得都不错。

中午，一个扎着马尾辫的胖子竟然卡在一堆箱子和放科幻小说的书架中间。为了救他出来，我只好搬走了几个箱子。

流水：279.91 镑

顾客人数：33

5 月 24 日，星期日

网店订单：1

找到的书：1

早上9点开门的。10点，特里西娅和卡勒姆（戴维的女儿和儿子）来给"春日狂欢"展览当工作人员。

今天收到的第一封邮件开篇就让人预感不祥："嗨，我有96本皮面装帧的浓缩版《读者文摘》，还有一些单册，不知你是否有兴趣。有需要的话，我可以提供更多信息，谢谢。"《读者文摘》，尤其是浓缩版的小说系列，可能是你在做二手书生意时最不乐意碰到的东西。它们毫无价值，我入行十四年，印象中只有一次客人要买这种书。

临近饭点，有个男的拿着一小摞关于本地历史的古董书来到柜台。妮基的标价严重低于市场价，其中有套两卷本的赫伯特·麦克斯韦尔爵士 * 《道格拉斯家族的历史》，她只定价 40 镑。我上一次买入这样一套书花了 80 镑，以 120 镑卖了出去。他问："这些全要的话，一共多少钱？"想不通对一个成年人来说，计算 40 镑加 25 镑加 45 镑竟然是这么费脑筋的事。

　　一个戴着"鳄鱼邓迪" † 式样的帽子、把自己的白色山羊胡染成蓝色的男人拿起一本《废话顾问》‡，读了一点，咯咯笑着告诉他朋友："这很戳我的笑点。"说完他把书放了回去，买了一本写儿童虐待的书。

　　打烊后，卡勒姆、杰拉德（我表弟，他从爱尔兰过来玩）、安娜和我去了酒吧。看样子肯定是在举办什么三轮摩托拉力赛，整条街停满了几溜轻型摩托和三轮摩托。

流水：224.92 镑
顾客人数：33

---

* Sir Herbert Eustace Maxwell（1845—1937），苏格兰小说家、园艺学家、古文物收藏家、政治家。*History of the House of Douglas* 是他出版于 1902 年的作品。

† Crocodile Dundee，Peter Faiman 执导的澳大利亚同名冒险喜剧电影（1986）中主人公的名字，是位捕鳄鱼能手。

‡ *Tripe Advisor*，书名模仿旅游网站名 Tripadvisor（中文版本为"猫途鹰"）。

5月25日，星期一

网店订单：0

找到的书：0

没有订单。"季风"怕是又犯毛病了。

今天是法定假日，也是"春日狂欢"最后一天。店里都是跑来跑去的孩子，一团糟。丹尼（我邻居，是个水暖工）过来看了看我打算在后屋的棚舍里做的工程。我说抱歉假日里还要麻烦他——他只笑了笑，说法定假日和别的日子并无不同。个体户——大部分零售行业的人——的法定假日和大多数人的法定假日，完全不是一个概念。对大部分国人来说，法定假日意味着一个长周末：休息一下，度个假。但对我的生意而言，放假期间店里会来很多人，人们想消费，所以到头来，我不仅没法休息，还比平时的周末工作时间更长。与此同时，我们往往还要接待一屋子客人，他们想要喝酒聊天到很晚。

中午，一个前女友的妈妈安娜·坎贝尔拿了四箱书过来卖，我翻了一遍，挑出一些，给了她25镑。卖书的时候，人们常常会对我说希望他们的书"去个好人家"，仿佛那些书是一只他们挚爱的宠物或者一件传家宝。我不知道我卖出去的书最后有没有去"好人家"，如果我非要吹毛求疵地坚持这一点，说实话，哪怕只是问一声我的客人，他们家是不是可以作为书籍归宿的"好人家"，恐怕我都会搅黄好多单生意。

"文身控异教徒"桑迪又拿来四根手杖，花掉了12镑积点。

一个北爱尔兰男人在店里待了四小时，每次我想在某个

191

书架上找书他保准会挡在前面。他在店里的整段时间，我甚至都没看到他从书架上取下过任何一本书。最后他问我神学书放在哪里，我告诉他神学书都放进箱子里了，堆在音乐类书籍前面。自从我把神学书装箱堆放在音乐书前面（所以眼下也看不到音乐类区域了），几乎每时每刻都会有客人来店里找音乐类或神学类的书。这位客人什么也没买。

5 点 30 分，一个女的来到柜台前，说："你店里只有一种 R. S. 托马斯 *的书。"我谢过她让我知道，继续给书标价了。

快打烊时，来了一大家子——可能有十五个人。他们人好极了，而且都买了书。是其中一个女儿不让家里人去盖勒韦的其他旅游景点，坚持要先来书店。

流水：357.37 镑
顾客人数：44

5 月 26 日，星期二

网店订单：2
找到的书：2

上午 9 点，卡勒姆过来建棚舍。
今天我卖掉了一本叫《世上最无意义的 100 件事》的书。

---

* R. S. Thomas (1913—2000)，威尔士诗人，被誉为"当代最伟大的宗教诗人"。

是一本才出版一年的精装书,原价 14.99 镑。妮基给它定价 2.50 镑。换作我的话,会定 6.50 镑。她说我们的定价需要和亚马逊竞争,但这一论点是站不住脚的,因为亚马逊上有很多本标价才一便士。我打算好好劝她一下:我们给旧书标价时,不应该考虑那些价格很低的在售条目,而是应该想一想,如果这是本刚出版的新书,定价会是多少,再将价格除以三。

一个亚马逊上的买家发邮件来说他很失望,因为他从我们店里订购的书缺少书衣,跟亚马逊图书条目上的照片不一致。我解释说亚马逊上放的是通用的产品照片,同一条目下在售的还有十二本。不可能都是同一本书。

一个长得跟《老爸上战场》[*] 里的梅因沃林船长一模一样的男人来到柜台,说:"我八十九岁了,住在明尼加夫[†]。我在搬家,有很多书要清掉。附近有二手书市场吗?"

流水:193.98 镑
顾客人数:16

---

[*] Dad's Army,上映于 2016 年的喜剧电影,由 Norman Cohen 执导。
[†] Minnigaff,离纽顿·斯图尔特不远的一个村庄。

5 月 27 日，星期三

网店订单：1

找到的书：1

上午 10 点，卡勒姆来继续改建"园艺室"。经过书店时，他嘲讽地评论道，店里挺忙啊。其实除了我俩，店里一个人都没有。

11 点，一个客人拿来一箱子书："都是初版。"是初版没错，但主要是迪克·弗朗西斯[*]一类货色，基本没有价值，因为这种书印量很大。不过我还是挑出来了几本里德小姐[†]和特里·普拉切特的小说，还有一本关于桑威奇群岛[‡]的有趣的老书。网上只有两本在售，便宜的那本 200 镑。我把书上传，挂了 125 镑。

下午下起大雨，店里——本来很冷清——突然站满了客人。卡勒姆正好穿进来问我一个关于门洞位置的问题。此时准有四十个人在店里。等他挤过拥挤的书店，终于成功来到柜台前，我提醒他别忘了早上他是怎么说的："店里挺忙，是吧？"

一个个头很高的法国女人买了价值 4.50 镑的书，坚持要刷卡支付。付款时她用手挡着密码器，不让别人看到数字，即便当时屋里除了我之外没有第三个人了。她离开后，"鼹鼠人"

---

[*] Dick Francis（1920—2010），英国冠军级骑师、犯罪小说作家，曾三次获得埃德加·爱伦·坡奖。

[†] Dora Jessie Saint（1913—2012），笔名 Miss Read，英国小说家、教师，作品深受简·奥斯丁影响。

[‡] Sandwich Islands，美国夏威夷群岛（Hawaiian Islands）的旧称。

来了，他急匆匆跑过柜台，走进历史类书籍的区域开始钩沉文史，随后又静静踏入"铁路室"。等他回到柜台，他选的书已经足有一打——他的手紧紧抓住书堆底部外侧，他的肚子则抵着内侧——快碰到鼻子了。书的种类依旧五花八门，包括弗吉尼亚·伍尔夫《日记》中的一本零册（第五卷）、一本写达勒姆郡金矿历史的书、三本企鹅版伊夫林·沃小说和一本关于布里斯托尔大教堂"施恩座"[*]的插图书，还有几本别的。他正把手伸进各个口袋里东拼西凑出正确数额的钱，这时，我看到他鼻尖下面出现了一大滴鼻涕；我津津有味地看着，它慢慢变长，开始跟随他动作的方向摇摆。幸好赶在地心引力对这滴鼻涕的命运做出最后决断之前，他熟练地挥袖一抹鼻尖，用吸水性不佳的涤纶外套将其带走，随后付给我 37 镑结清了书款。

流水：429.83 镑
顾客人数：45

---

[*] 原文为 misericord，或称 mercy seat，指教堂座椅活动座板下面的木质浮雕，信徒长时间做祷告时，翻起的座板上的这一部分可以提供支撑。

5月28日，星期四

网店订单：1

找到的书：1

"季风"给我发来回复邮件，说是由于亚马逊的一个技术问题，我们才会接到明明已经卖出去的书的订单，我需要将我的库存全部清空后重新上架。据说只要点一下鼠标就全部搞定。

今天早上开店时，那个留胡子的小个子爱尔兰人坐在凳子上等我。我对他几乎一无所知，除了他一年两三次会开着他那辆又大又破的蓝色货车来卖书给我，他的货通常内容有趣，品相也不错。我很确定他是睡在车里的，虽然里面没有任何一件能提供舒适的用品：连张床垫都没有。他是个沉默寡言的人，要我说，如果你用"忧郁"来形容他，他会感到很荣幸的。我买进了六箱各种各样的书，给了他 180 镑。

昨晚下了大雨，我查了查河流的水位：克里河是 3 英尺 6 英寸。所以说今天下午是去明诺克湖钓鱼的完美时机，我便发了个邮件问我爸想不想去。他回信说背痛得厉害。这是我第一次听说他会错过钓鲑鱼的机会。

快到饭点时，一个男的进店问我要不要买书——"我有三袋子，还能再装三袋。"那就是六袋子。到手一看是一批非常好卖的平装本现代小说，其中有本马丁·艾米斯的《时间箭》，记得我住布里斯托尔时室友推荐过。我从来没读过马丁·艾米斯的作品，于是把它放在了那堆不断变厚中的"待读书"上面。

我正在整理桌上的书，这时，一个老年顾客决定一屁股坐上去——店里各处明明放有七把椅子。

流水：323.90 镑

顾客人数：32

5月29日，星期五

网店订单：2

找到的书：2

今天的一个订单里是那本写桑威奇群岛的书。货品周转得快总是既能让你宽心，也能再次向你证明你买入、卖出某件东西的价格基本正确。顾客拿着要卖的书来你店里，说他在 Abe 上看到一本标价好几百镑。快速查一下，你往往就会发现其实网上还有好几十本，价格从 10 镑到几百镑不等。哪怕是标价 10 镑的那本也可能标高了，因为它还在网店挂着呢。

妮基今天在店里，所以不可避免地，我们就我花费 180 镑买入的那个爱尔兰人带来的书争论起来，以此开启了这一天。书的成色平平，我扔了大约四分之一出来。她做的第一件事就是开始筛检我不要的那些书，可眼下我们还积压了三十箱左右新来的好书需要整理。

书店前屋有张精美的乔治王朝时期梳妆台，是我大约两年前从邓弗里斯的拍卖场买回来的。盖子一直开着，但今天我好几次发现妮基把盖子盖上了，还声称"小孩子老是在角上撞头"。这盖子都打开好几个星期了，我在店里的时候，这种情况一次都没有发生过。

"季风"还是显示我们的货在亚马逊上的库存状态为"下架"。二十四小时后，我发去邮件问他们这是否正常，因为要让我们放到网上的 10,000 本书恢复在售状态，"重新上架"的按钮总得出现啊。

下班后我和卡勒姆去了酒吧。

流水：187.50 镑
顾客人数：18

5 月 30 日，星期六

网店订单：1
找到的书：1

今天早上，妮基早起开了店。

今天的订单里有本书，是我不想要而妮基偏要从那个爱尔兰人卖给她的几箱书里抢救回来的。书卖了 30 镑，她毫不掩饰看到我犯错她感受到的快乐。

妮基去吃午饭的时候，一对夫妻（跟我年龄相仿）带着两箱原本属于女方父亲的书来到店里。书况很差，大部分是一百年到两百年之间的老书。原来她父亲曾自学书籍装订，是拍卖会的多年常客，搜罗品相不佳的旧书用来修缮。这些是他去年过世前未及修复的书，他们拿不准应该如何处置。因为品相不佳，只有两三本我能拿来卖钱，而修书的成本又过于高昂，我便付给了他们 20 镑，但愿我能说服当地的装订师傅克里斯蒂安为我修复其中几本，剩下的书就用来抵偿费用了。

这些年来不时看到这种状况的书，对于书籍的制作过程我了解了不少。面对一本前后硬封和书脊皆已脱落的十九世纪早期旧书，你可以确切看到缝线的过程是如何完成的，而作为缝线材料的细绳——等装订师用小锤反复敲击，将封面的皮革贴合上去后——就变成了书脊上的突起的"竹节"。一般情况下，你会在这一时期的皮装书上看到五道"竹节"。一本装订损坏的书摆在你眼前时，连"书帖"也会一目了然。

按照惯例，一本书的尺寸由两个因素决定——印刷书籍内容的原始纸张的尺寸，为了制作"书帖"而将纸张折叠的次数，或者说页面的数量：

一次折叠后的书帖包含两页*，这被称为对开本。

两次折叠后得四页，书为四开本（缩写为 4to）。

三次折叠后得八页，所以是八开本（8vo，在今天也是最常见的书籍尺寸）。

四次折叠后得十六页，这被称为十六开本（16mo）。

---

* 同本书 2 月 23 日条注释，此处的"页"（leaf）为印刷术语，正反两"面"（page）为一页。

还可以调整成其他尺寸：12 开，32 开和 64 开。

全张纸一经印刷（就一份八开的书帖来说，排字工人需要准备十六面铅字，八面在全张纸的上半，八面在下半）并折叠成书帖，那些编有号码的书帖就会以正确的顺序被排列，再由细绳缝合书脊。完成后，装订师可以选择对书加以裁切，这一来能让书页的边缘变得整齐，二来能分离书帖中原本相连的各页。有时候也会出现页与页依然连在一起（未裁）的书，但通常仅限于前切口。书顶和书底两个切口基本上总是裁开的。

妮基走后我给自己倒了杯金汤力，随后走进院子，开始读《时间箭》。春天来了，白昼变长，地面在阳光下逐渐有了暖意，躲进院子享受宁静的傍晚，又一次成为在店里工作一天后很有吸引力的休闲方式。

流水：189.99 镑
顾客人数：16

六月

我们从教士手里买入的大部分是些旧神学书，得知为那么一大堆书我们只愿意付三十先令，他们惊呆了。他们的回信往往带着义愤，说四十年前他们购买克鲁登＊的《语词索引》和史密斯†的《圣地之旅》都花了不止这个数。克鲁登那本还能卖几个先令，可他们不明白旧神学书——唉，就是旧神学书而已。我差点对一个牧师直说，这些大部头旧书，我能想到的最佳用途就是被埋进院子当肥料。

奥古斯塔斯·缪尔，《书商约翰·巴克斯特私语录》

缪尔写下上面的话至今，这方面的情况变化不大。神学书仍旧很难卖：如今连克鲁登也没销路了。我店里的大部分神学书倒不是从牧师那儿买进的，而是从他们的遗孀那儿，她们往往急着要处理掉书，为其他东西腾地方。但牧师遗孀并不是唯一想卖神学书给我们的群体；差不多每天都会有人拿着巨大的维多利亚时代家庭《圣经》来店里询问，那些书通常装帧富丽，配有金属搭扣。它们当年肯定售价不菲。班扬也是一样的情况。

＊　Alexander Cruden（1701—1770），苏格兰书商，Concordance 是他编制的《圣经》语词索引，出版于 1737 年。

†　或是指 George Adam Smith（1856—1942），苏格兰神学家。

店里放着许许多多老版本的《天路历程》，但同样，基本不值钱。它们现在没了市场，而且以后也不见得会好转。不过很早以前出版的神学书有一定价值，那主要是因为它们古老：2007年的一场拍卖会上，古腾堡《圣经》（1455）的一页卖出了74,000美元的价格。但这是特例，它的价值在于古腾堡《圣经》是用金属活字印刷的第一本书。

从顾客这方面来说，他们经常让我们找神学书，或者"宗教类书"，或者——更加常用的说法——"基督教的书"，但很少有人会买任何一本。如今更为常见的情形是，顾客来店里找关于灵修和东方宗教的书。要找神学书的人里，绝大多数带有北爱尔兰口音，之所以会这样，部分原因肯定是此地和北爱尔兰的一个行政区离得近，而对那儿的很多人来说，宗教、政治和身份认同牢牢纠缠在一起，这导致了他们对神学话题的兴趣经久不衰。这些顾客多半会来找攻击罗马教廷的后宗教改革时期文学。

除了神学类藏书，另一类经常有人想卖给我们的单一主题收藏是法律类藏书。多年来我买入过好几批法律书，但我不敢确定我以后还会沾手另一批了，除非其中包含非常有意思的书。一般情况下，该类藏书都是由《苏格兰法律时报》的判例和公共法规组成的。这类书通常带有小牛皮外封，运气来了，我可以把它们卖给某个想用漂亮书填满书房的人，或者，就像有一次那样，卖给为电影装修布景的公司。它们的价值全在于装帧。

6月1日，星期一

网店订单：1

找到的书：1

早上收到一封信，来信者显然从没光顾过我们书店：

亲爱的书店：

首先，我想说你们真是品位高雅的书店。"书店"专注于独特、高质量的商品和创新的设计，令我极为欣赏——其实正是这些品质，促使我联系你们的。

不出所料，他是个自己出书的作者，写信来是想说服我进一些他那部关于美人鱼，或者精灵，或者类似的鬼东西的小说。他可以去"联系"别的地方。

上午11点，牧师杰夫来了。暖和一点的日子里，他骑电动车往来，冬天的交通方式则是坐巴士。他告诉我他本周日的布道谈的是不忠带来的危害，灵感来源于他听到的一则关于一位堂区居民的流言。

没能成功设置好皇家邮政的DMO系统来代替老朽的OBA，我只好给他们的用户服务部打了一小时电话。待一切终于就位、系统顺利运转，我发现他们力推的DMO甚至还不如OBA。皇家邮政的国有属性似乎只留给了它一项遗产：对缩写词的极度迷恋。这些缩写代表什么意思我完全搞不懂。毫无疑问，这些系统都是永远都用不到它们的人设计出来的。

流水：330 镑

顾客人数：29

6 月 2 日，星期二

网店订单：2

找到的书：2

两个订单，一个 Abe，一个亚马逊。一本是《爱丁堡市政建筑》，漂亮的维多利亚时代建筑书，精装本，斜边 * 封面，烫金书名，带 13 张插图，1895 年出版，售出价 60 镑。亚马逊那一单是本小小的、不起眼的平装本，书名叫《安塔尔，FV12000 系列英国陆军服役史》——一本关于一种军用车的书，售出价 58 镑。那种你可以理所应当地放心认为第一本书值 50 镑左右，而第二本书或许能卖 8 镑的日子已经远去。如今的情况可能恰好相反，不在网上把差不多每本书都查一遍，你也几乎很难从一大堆现代平装本中挑出值钱的那些。

一个老妇来到柜台前，说："能帮个忙吗？我在找一本书，可记不得书名了。那本书叫《红气球》。"可以预见，接下来的

---

* Bevelled，指将精装书封面边缘打磨成斜面的工艺。

对话是稀里糊涂的。

书店即将打烊时，迪肯先生来买了一本纳尔逊将军的传记。他向来不健谈，但今天竟连招呼都没打。

流水：322.97 镑

顾客人数：23

6月3日，星期三

网店订单：7

找到的书：6

今天上午来了七个订单。准是因为亚马逊数据库里的条目经过一轮下架和重新上架，订单量迎来了一波激增。

伊莎贝尔过来做账。她在办公间里发现了一只黑猫。我们花了十分钟追着那只小杂种满书店跑。

3点钟，两个退休的美国人来到店里，他们都穿着紧绷到恶心的莱卡骑行套装。所有骑行爱好者都是一个样：径直去找全国地形测量地图，仔细查看，规划骑行线路，然后空手离去。后来又来了一些美国骑行爱好者，其中一个对着我说了半天如何用旧书制作好玩的手工制品。如果妮基在，他俩准能闲扯上几个钟头。

从那堆"待读书"中重新拿起我那本《新忏悔录》，下班后又读了若干页。通常我开始读一本书就会一口气读完，但读这本的过程中却会不时插进别的书。也许我潜意识里想把这本书读得久一点。在某些方面,《新忏悔录》与《凡人之心》非常相似,不过詹姆斯·托德(叙述者)缺少几分洛根·蒙特斯图尔特的魅力。此书讲述了一个人完满而迷人的一生。我刚读到他参军那部分,他正经历第一次世界大战的种种恐怖。准备把书放回那堆"待读书",晚点继续。说来奇怪,此书的谋篇布局会让人自然而然这样去读;它就像好几部书合而为一。近600页的篇幅,完全可以是好几本书。

流水:154镑

顾客人数:12

6月4日,星期四

网店订单:4

找到的书:3

卡勒姆今天过来继续建棚舍。棚舍逐渐接近完工,但我想应该赶不及伊曼纽埃拉过来。

上午10点左右,一个澳大利亚男人跑来柜台告诉我他在悉尼一家书店捡了大漏;是一套1841年版的破烂品相五卷本司各特"威弗利小说"。他问我这套书能卖多少钱,我便如实相告说最多20镑。他顿时泄了气。他买这套书花了23镑,满心以为自己淘到了宝。"威弗利小说"——不管年份多老——

除非装帧上佳，鲜有值钱的。它们随处可见，重印了那么多次——就像彭斯的作品一样——绝大多数版本都不值钱。适用于彭斯的"拇指规则"*是，如果是他去世（1796）之前出版的书，那可能会有些价值。去世之后出版的那些，价格就跌得厉害了。彭斯最重要的编目学者叫 J. W. 埃格雷尔，看完他书里罗列的彭斯作品版本你准会震惊。好几年前，有个客人拿着一套 1820 年左右的破旧两卷本彭斯集子来到柜台。他问我重新装订这套书大概要花多少钱，于是我对他说在我看来，也许把书扔掉，再去买套同样版本的书来代替比较实惠。没想到他大叫起来："你好大胆子！这是我曾祖父的书！"至于他怎么会觉得我预先知道这一信息，我就实在不知道了。

10 点，光纤工程师来给超高速宽带安装了新的线路。

卡罗尔-安是 2 点到的，因为我要参加她未婚夫克雷格的单身周末旅行，其间由她看店。我们要去克莱德河†航行。我先开车去艾尔附近的朋友家住一宿。明天一早去停在船坞里的船上同他们碰头。

流水：229.54 镑
顾客人数：21

---

* Rule of thumb，指根据实际经验得出的方法和原则。
† The Clyde，位于苏格兰西南部，是苏格兰主要河流之一。

6月5日，星期五

网店订单：

找到的书：

　　早上8点来到船坞，发现大家都一副没怎么醒酒的样子。昨晚他们一直在船上喝酒。我们中午从拉戈斯启航，驶向康沃尔半岛的塔尔贝特。下午5时到达目的地，起风了，天气非常舒适。泊好船，去酒吧，看来克雷格昨晚喝得元气大伤，今天只喝了不到四分之一品脱就到位了。

流水：230镑
顾客人数：17

6月6日，星期六

网店订单：

找到的书：

　　上午10点，卡罗尔-安来电话说店里的座机不通了，刷卡机也没法用。唯一的可能就是光纤工程师装错了东西，于是我叫她打电话给我的宽带供应商和电话公司来解决问题。
　　今天狂风暴雨，我们只好在塔尔贝特待到下午3点，然后开船去海湾另一边的波尔塔韦迪亚。升帆时竟然把主帆给扯破了。艰难地抵达了波尔塔韦迪亚，在那边新建的高档船坞里吃了饭喝了酒。

流水：310.98 镑

顾客人数：36

6 月 7 日，星期日

网店订单：

找到的书：

起得挺早，坐船回到拉戈斯。洗了船，开车驶回威格敦。傍晚 6 点到家。

6 月 8 日，星期一

网店订单：2

找到的书：2

今天是弗洛来店里干暑期工的第一天。座机和刷卡机到中午还是没好，我便把所有新插座检查了一遍，发现有条本该插上的电缆没插。我接好电缆，一切都恢复运行了。

我登上书店的亚马逊卖家账户看了下信息，发现因为某条新出的规定，现在我们必须向他们提交一个叫作"独家业务代码"的东西、一份护照复印件和一份关联账户（他们每两周会汇入一点菲薄的补贴）的银行清单。做不到的话，你的账户就会被暂时冻结，无法进行网上交易。我只好写信给税务局，索要 UBC*。这条规定的目的大概意在进一步规范亚马逊的行为，结果却难以避免地妨害了小经营者的利益——亚马逊会将额外开销转嫁到他们身上。

流水：265.50 镑
顾客人数：24

6月9日，星期二

网店订单：4
找到的书：2

弗洛今天上班，天气温暖和煦：和她的性格截然相反。整个上午，不管我问什么问题，提什么要求，她都一言不发，只以一系列的耸肩和咕哝表示回应。

卡勒姆来了。他一有时间就来干活，一心想赶在伊曼纽埃拉来之前建完棚舍。

店里来了个女的，她没完没了抱怨着一本售价 4 镑的书品

---

* 即上文的 Unique Business Code（独家业务代码）的缩写。

相不好。她在网上找到这本书，决定在投入如此一笔巨款之前先来店里看看实物。她拿着书来到柜台，开始挑剔磨损的书衣和书上前主人的签名，于是我给她看了书的条目，她说的每一个缺陷都简略写到了。她说这本书她至多出 2 镑，于是我把书重新上了架，标价 8 镑（网上第二便宜的一本卖 12 镑）。

上面说到的书名叫《城堡里的公主》，圣教书会 1885 年出版。这家出的书，一眼看上去总是有点意思，可能还挺值钱，但等你看到出版方的名字，顿时就能确定它们不值几个钱。圣教书会成立于 1799 年，旨在向妇女、儿童和穷人宣讲福音。他们后期的出版物——1850 年以后——非常令人腻味，有浓厚的说教气息。比如《城堡里的公主》中一篇故事，叫《听妈妈话的男孩》。店里书架上有十来本 RTS* 版的书，但我不记得卖出去过。

夜读《时间箭》。

流水：166.38 镑
顾客人数：9

---

* 即 Religious Tract Society（圣教书会）的缩写。

211

6月10日，星期三

网店订单：5

找到的书：3

又是个大热天，艳阳高照。弗洛准时到店。过了一小会儿，卡勒姆来了。

上午11点，我拿着一杯茶下楼找弗洛，结果看到她大张着嘴惊恐地盯着一个头戴一顶怪异的红色贝雷帽的男子。她就衣品发表的尖刻批评通常是针对我的，看到她这样盯着另一个人，令我耳目一新。

今天大部分时间，我和卡勒姆在棚舍里干活。中间有一度我们在把一块石膏灰泥板竖起来，可这时一个客人出现在门口——他是翻过了碎石堆和建筑材料才到达这里的。他问卡勒姆："这间是'园艺室'吗？"卡勒姆说不是，他已走过"园艺室"门口了。客人回答："噢，所以我应该穿过那扇写着"园艺室"的门是吧？"

流水：223.99镑

顾客人数：17

6月11日，星期四

网店订单：2

找到的书：0

今天弗洛在店里，一如既往态度恶劣，不爱讲话。

流水：40.50 镑

顾客人数：7

6月12日，星期五

网店订单：0

找到的书：0

阳光好，天气热。妮基当班，不过谢天谢地，没有"老饕星期五"大餐。9 点刚过，卡勒姆来了。他昨天去爬了凯恩斯莫，那是附近一座海拔 2,000 英尺的山，沿途风景很好，各个方向都有绝佳的景观。10 点 30 分，阿什利和乔治来了。阿什利向我保证，下星期二，最迟下星期三他们就能干完。阿什利和乔治是锅炉工，在阿什利父亲设在邓弗里斯的公司"太阳能"上班。他们会在书店后面装一个有机燃料锅炉。

白天花了很多时间帮卡勒姆一起建棚舍。作为他的下手，我被派去天花板上装电线的阁楼通道里干活。不料从里面倒退出来的时候，我的 T 恤被一颗松动的钉子撕破了。那里面又闷热又可怕，塞满玻璃棉，到处是灰尘。今天，夏日的烈阳火辣辣地照下来，待在里头简直闷得难以忍受，人都要窒息。

没有亚马逊订单，怀疑因为我不遵守新规定，账户被暂时冻结了。邮局送来了税务局寄给我的 UBC 表格，于是吃过午饭，我花了一个钟头在亚马逊上填表。下班时候我账户的状态终于变成了"待处理"。

下班后，我把车送去文森特的修车厂做保养，随后同妮基和卡勒姆去喝了一杯。妮基留下过夜，我让她舒舒服服睡床上，可她谢绝了，宁愿躺在旧仓库的乞丐窝里。

流水：176.48 镑
顾客人数：16

6 月 13 日，星期六

网店订单：4
找到的书：4

早上 9 点下楼时，妮基已经起来了，正在重新整理音乐类书籍的区域。她单方面决定我们应该把科幻作品区域里空余的地方用来摆堆在地上的多余音乐类书籍。科幻作品那块——不像大部分放其他书的区域——总是好像有个巨大的缺口。那也是最难保持整洁的地方之一。至于这是因为那边处于柜台的盲区，人们觉得可以不受监视，还是因为科幻作品的粉丝本来就邋遢，我就不确定了。

今天所有订单都来自亚马逊，说明"待处理"状态肯定更新了。卖掉的里面有本关于汉默电影公司的书，他们的头牌演员克里斯托弗·李[*]前天刚去世。

今天收到的邮件里有封大英图书馆寄来的信，是他们确认收到我们按要求递交的一本《废话顾问》的收据。因为我们去年出这本书时给它上了 ISBN 号，我们必须（像每家出版社一样）免费提供一本给所有英国和爱尔兰的版权图书馆。共有六家：

- 大英图书馆，伦敦
- 苏格兰国家图书馆，爱丁堡
- 波德里安图书馆，牛津
- 剑桥大学图书馆
- 三一学院，都柏林
- 威尔士国家图书馆，阿伯里斯特威斯

吃过午饭，我去文森特那儿取车，结果看到车还在起重机上，新的刹车要星期一才到货。

流水：235.96 镑
顾客人数：23

---

[*]　Christopher Lee（1922—2015），英国演员、歌唱家。

6 月 15 日，星期一

网店订单：5

找到的书：3

弗洛在店里，言语刻薄，透着敌意，一如往常。

卡勒姆来建棚舍，阿什利和乔治来装新锅炉，所以也在，一度还有珍妮塔，她来打扫书店。这星期得花不少钱。

我在"脸书"上发了一条告示，请大家继续投稿希望出现在混凝土"书螺旋"上的书名，转眼就收到了五个。用这一手段来为计划中的工程筹措资金是安娜的主意，事实证明非常有效。按她设想，任何人想"买"一个书名，都可以花 20 镑或生造一个，或提议一个真实存在的。然后雕刻师伊恩会把书名刻到一块塑料上，我再把它们跟混凝土书粘在一起。

3 点 30 分，文森特把车开来了——已装好新刹车。

《时间箭》读毕。很喜欢——神秘，引人入胜，作者运用了非常独特的叙事手法，让人的一生时光倒流。接下来准备读一本金斯利·艾米斯。

流水：208.98 镑

顾客人数：23

6月16日，星期二

网店订单：3

找到的书：2

上午9点，弗洛、卡勒姆、乔治和阿什利同时出现了。

今天又是跟卡勒姆一起干活的一天，这次要给新锅炉安装水管，大部分时间我都在讨厌的阁楼通道里匍匐后退。我在灰尘和高温里待了半小时，设法把艾尔凯森塑料管穿过乔治专门开的一个小孔。每次从里面爬出来，我都大汗淋漓，口干舌燥，还因为沾了太多灰浑身瘙痒，于是在猥琐的报复心驱使下，我偷喝了卡勒姆的茶。

下午没过多久，我在帮卡勒姆给天花板装石膏板的时候，弗洛出现在棚舍里：

弗洛：有个男的找你。

我：是谁？

弗洛：不造*。

我：什么事？

弗洛：不造。

我只好拖着疲惫的身躯走进店里，留卡勒姆站在颤巍巍的凳子上，把一枚枚干壁钉钻进头顶上方的石膏板，而等着见

---

* 弗洛说的是：Dunno。

我的是一个笑嘻嘻的老头，他用一个农产食品袋拎来了满满一袋旧《人民之友》*。

流水：124.49 镑
顾客人数：12

6月17日，星期三

网店订单：5
找到的书：3

弗洛上午9点到的，卡勒姆则在我开店前已经在棚舍里干活了。乔治和阿什利是10点30分到的，可电工从9点30分起就在等他们。不见人来，他只好坐在自己车里干等。不用说，他的误工费全算在我头上。

不料电工烧坏了好几次保险丝，数度让书店陷入一片漆黑。他还不小心打开了水泵，引起了一场小型水灾——黑色的污水从乔治和阿什利还在安装的开口水管里喷涌而出，倒霉的乔治衣服全湿透了。

有个客人拿来了一箱1960年代的《国家地理》杂志，当时我正好跑开了，在棚舍里帮卡勒姆干活，我便让弗洛打电话

---

* *People's Friends*，英国老牌杂志，创办于1869年，最初为月刊，从1870年开始改为周刊。

告诉他我们不收杂志。我们试过卖杂志，可除了1970年代的《花花公子》《阁楼》和《梅费尔》，杂志根本不好卖。老一点的杂志——比如，古早的《苏格兰人杂志》（创刊号发行于1739年）和早期的《闲谈者》（1709年初次发行），甚至《国家地理》（1888年创刊）——卖得相当不错，可是除了1970年代的软色情杂志以外，二十世纪的杂志都有点指望不上。目前来说，最值钱的一本《苏格兰人杂志》是1776年8月号，那应该是世界上首次全文刊出美国《独立宣言》的一期杂志。

今天晚上屋里没有热水——毫无疑问是新锅炉更换了管道设备的缘故。

下午，我开车带安娜去洛克比，她要坐火车前往爱丁堡应邀参加一个电影课程。卡尔斯鲁伊斯（距威格敦大约15英里）出了交通事故，两辆卡车相撞，所以封路了。到处都是碎渣，车辆须改道穿过一个小村庄，在一条非常逼仄的路上行驶；路况根本不适合货运往来，可我们还是挤了过去，刚好准时赶上火车。我返程时，那条路又可以通行了。

流水：144镑
顾客人数：10

6 月 18 日，星期四

网店订单：0

找到的书：0

下午 5 点到店里，好让弗洛下班回家，结果看到她两眼透着嫌恶，直愣愣注视前方——这一回，对象是一位身穿短裤、白袜拉得很高、脚踩凉鞋的顾客。可以回家，她明显松了一口气。遇上这种她视之为违法乱纪的衣着，她会被震慑住。上星期的红色贝雷帽男人已经够她受了，可今天这人的穿搭显然更糟。

她离开后，我开始给几个月前买入的一批书标价，其中有九册"大路和小道"系列。这套书是麦克米伦公司在二十世纪初期出版的，装帧醒目（且统一），蓝色布面，封面和书脊文字烫金。这一本本地区导览出自对该地区具有全面了解的作家手笔，虽然信息很密集，却是用各地区的旅行指南的闲话风格写就的，还配了插图。其他出版社想效仿这一系列的成功模式，最有名的如霍德和斯托顿公司出版的阿瑟·梅*"国王的英格兰"系列，罗伯特·黑尔公司的"郡之书"†系列，但在我看来，论审美、出版价值或者内容，其中没有哪套能同"大路和小道"媲美。

收录威格敦相关章节的那本是《盖勒韦与加里克的大路和小道》，1916 年出版，作者查尔斯·希尔·迪克教士，一代名家休·汤姆生插图。关于威格敦，迪克在考察小城历史和建筑

---

* Arthur Henry Mee（1875—1943），英国作家、教育家。他编写的 *The King's England* 共有四十三卷，第一卷出版于 1936 年。

† *County Books*，1947 年开始出版，共有六十本。

的各种要素之前，首先写道："人们对此地怀有某种敬意，不仅是因为它位置尊贵，还因为威格敦的墓园里埋葬着殉道者的骨灰。"他还从受人忽视这一角度比较了盖勒韦和罗卡尔岛 [*]——苏格兰遭人遗忘的角落——我最近在一本 1950 年代的当地导览中读到了这种观点的回响："即便对于苏格兰游客来说，步行或者自驾进入盖勒韦地区都有一丝冒险的意味，因为苏格兰再没有哪个地方这么远离人们常走的道路，而且，从地理上讲，盖勒韦离爱尔兰更近，比起同苏格兰中部，它同爱尔兰的关系更紧密。"

不过跟大部分二手书一样，过去十五年里，这套书也跌价了。在 2001 年，品相上好的一册我可以预期卖出 25 镑到 30 镑，现在的话，所有顾客的心理价位都是 10 镑到 15 镑。

流水：151.75 镑

顾客人数：14

6 月 19 日，星期五

网店订单：3

找到的书：2

上午 9 点 12 分，妮基驾驶着她的小货车"蓝铃花"来了。

---

[*]　Rockall，其实是矗立在北大西洋水域中的一块巨大的岩礁，Rockall 即"整块岩石"的意思。

乔治和阿什利来调试新锅炉。这下我在上面搭一个雨篷就行了。

我们有大概二十箱激动人心的新到货有待整理和上架。在另一个角落里，则堆着五箱准备报废的书。妮基老毛病又犯了，她径直走向我们要扔掉的那几箱书，开始在里面翻找。对她而言，这是书本世界里的莫里森超市垃圾箱。

5点打烊，同卡勒姆和鲍勃去了酒吧。我在酒吧里看到了主理"打开的书"的那个美国女人——她坐在角落里，在桌上的笔记本上写着什么。上前做了自我介绍，问她要不要加入我们。她在美国有家书店，其他人离开后，我俩聊起了书业在二十一世纪面临的考验。

流水：260.99镑
顾客人数：22

6月20日，星期六

网店订单：2
找到的书：2

妮基来得很晚，她手里提着一个小塑料袋，朝我面前一举，说："喂，瞧瞧这个。早上从我花园里弄到的。"我想着大概是一些水果，或者至少是几朵花，凑上去一看，迎接我的却是一袋子黏糊糊的蜗牛和妮基的一句"我把它们放你花园里"。经过协商，她答应在田里放生。

我来到棚舍时，卡勒姆已经在里面干活了。他的工作有点陷入僵局，在等水暖工丹尼到场，后者说好今天要来的。

下午 2 点 30 分，妮基提醒我有个盖尔语唱诗班定了大房间今天排练，于是我赶紧去准备。他们是 3 点钟到的。

今天太阳很好，我决定去花园里吃午饭，结果在草坪中央发现一只死乌鸦。我只好稍迟点用餐，挖了个小洞，将它好生安葬了。猫会把尸首掘出来，再拖进屋里也说不准。

流水：250.96 镑
顾客人数：21

6 月 22 日，星期一

网店订单：5
找到的书：2

弗洛今天在店里，所以我 10 点出发去坐驶往贝尔法斯特的轮渡，有批书等着我去做遗产估价。下午 3 点左右，我来到了那户人家（在植物园附近），见到了遗产的执行人——逝者的兄弟。他比我预计中年轻很多，一对姜黄色的八字须令人过目难忘。整栋房子都是书，还有很多关于苏格兰的古旧资料。到 5 点钟我只看完了其中四分之一，便对他说我得留下过夜，明天上午才能完工。他推荐了一家附近的旅馆，幸而有空房间。

我给弗洛打了个电话，她答应明天帮我开店。

流水：120 镑

顾客人数：12

6 月 23 日，星期二

网店订单：3

找到的书：0

有弗洛开店，所以我继续去贝尔法斯特的那户人家给书估值。那批东西的总价值达到了 10,000 镑，是我迄今给出的最高遗产估价。藏品里有两本卡姆登 * 的《不列颠志》和一些别的书，能值大几百镑。书在拍卖会上的售出价应该会高于这一数字，但遗产估价的结果向来如此。逝者的兄弟和我谈了谈如何处理这批书；我说金额太高，我是不可能报价的，建议他把书送去一家苏格兰拍卖行。

赶上了 3 点 30 分的轮渡，晚上 7 点到家。

在花园里散了会儿步（避开了死乌鸦的葬身处），从暖棚里采了一大盆草莓。

流水：247.25 镑

顾客人数：20

---

* William Camden（1551—1623），英国历史学家、古文物学家。*Britannia* 出版于 1586 年，以拉丁语写就，是第一部综合性的英格兰地志。

6月24日，星期三

网店订单：2

找到的书：0

弗洛今天继续当班。我不清楚为什么订单十有八九找不到。我得再联系一下"季风"，看看出了什么问题。

最近几个礼拜店里乱作一团，书堆得到处都是——一方面是因为"园艺室"后半间（现在成了棚舍）里的东西散放在书店各处，一方面是因为人们不断拿来一箱箱书要卖。

上午11点，苏格兰广播台的一个女的打来电话，问我对亚马逊引发争议的最新政策有何看法。在该政策下，Kindle上卖的书，亚马逊会根据买书者的实际阅读页数来支付作者版税。我猜她是想让我说我认为这项政策非常赞，能够驱动人们回归书籍，但实情并非如此，消费者很少会在乎诸如作者有没有收到版税之类的小事。我在"脸书"上发布了新动态，引起了下面的讨论：

> 约翰·弗朗西斯·沃德：唔……如果我点了一顿饭，却只吃了一部分，能不能只付那部分的钱？一部作品分集出版，这样一来，我们就倒退回维多利亚时代了——或许我可以从现在开始，每次卖给亚马逊一页我的书？这让本就存在的变数波及更广，因为一本书要等到有人从店里买走它才真正实现销售——在此之前，书店是有可能退货的。此举带来的唯一好处或许是这将造成更多作家放弃同亚马逊打交道。

佩奇 & 布莱克摩尔书商有限公司：我认为亚马逊的想法是这样的：你会为你点的整顿饭买单，但厨师能得到多少报酬取决于你实际吃了多少。

卡勒姆来了，继续建棚舍。粉刷工过来粉刷了三分之二地方，说剩下的得等他下周四回来再弄。

一个穿着卡骆驰鞋和红色短裤、牵着一条矮胖恶犬的客人花了一个钟头把地上的纸箱翻了个遍，翻出来的东西堆满各处，其间他的狗不停朝过路人狂吠。他们什么都没买就走了。

我从一个大号购物袋里（自打大约一个月前棚舍开工，它就一直在书店和隔壁菲奥娜家的店中间的人行道上）往外铲沙子，这时菲奥娜的先生罗比走了过来，对我说他觉得这东西没了挺可惜的，它让这条大街的景致更养眼了。这袋子这么久没动过，里面不仅长出了野草，野草都结籽了。

打烊之前，我跑了趟纽顿·斯图尔特的银行，办完事走回车里的路上，去面包店买了个香肠卷。柜台后面的女人对我说："我喜欢你在店里拍的音乐录像。"去年，安娜、妮基和我戏仿《说唱歌手之乐》* 做了一首歌放到了"脸书"上。忘记那是谁的主意了——不是妮基就是安娜——但我还记得有天晚上下班后走进厨房，发现她俩正兴奋地商量着编舞和歌词。听

---

* "Rapper's Delight"，美国嘻哈音乐团体"糖山帮"（The Sugerhill Gang）发行于 1979 年的一首歌曲，是让嘻哈音乐为大众所知的里程碑式作品。

说我们的版本在中国很火。

闭店后我开车去大约七公里外的里格湾游了个泳。虽然海水还没明显暖和起来，在铲了大半个下午的沙子之后，以这种方式来结束一天还是令人身心舒畅。我朋友米歇尔把里格湾称为"海滩中的凯特·摩丝[*]"，因为不管怎么拍照，它都不会难看。

6 月 25 日，星期四

网店订单：7

找到的书：7

中午一辆卡车运来了九十六袋新锅炉用的颗粒燃料。恰恰同时，地毯工也来给书店门口装地毯了。卡勒姆和我费劲地卸掉了大门，好让工人进屋干活，偏巧这时推销地图的也来了，耐心地站在一旁看我们奋战。拥挤的舞台上最后登场的演员是一个顾客，她不停说着"不好意思"，直到我不情不愿地放下手里的门，礼貌地问她有什么需要——"你家 Wi-Fi 密码是啥？"

下午 3 点，店里来了一对夫妻；从长相，从嗓音，你都无法判断出他俩任何一人的性别。其中一位问道："手相学的书放在哪里？"

待一切安定，铺地毯工的工作也进入正轨，我从一个女

---

[*]　Kate Moss（生于 1974 年），英国著名模特。

人手里买了一箱书。其中有本初版《世界大战》*（1898，海涅曼）。

流水：165.98 镑
顾客人数：16

6 月 26 日，星期五

网店订单：2
找到的书：2

妮基 9 点 15 分才来，一如既往迟到。她劫持了"脸书"主页，发了条评论："今天的第一个失望……两个啤酒箱，八个葡萄酒箱，装的全是……呵，书。"

跟纽顿·斯图尔特的理疗师约好下午 2 点见。她给了我两页纸的锻炼要点，每天做三次。

下午 5 点打烊，跟卡勒姆去了酒吧。7 点回到家，发现门阶上有一小坨狗屎。我百分百确定是谁家的狗拉的。

流水：298.36 镑
顾客人数：28

---

* *The War of the Worlds*，英国作家 H. G. 威尔斯（Herbert Georhe Wells）创作的科幻小说。

6月27日，星期六

网店订单：2

找到的书：2

妮基决定在"脸书"上更新我们改建棚舍的进展：

截至昨天下午5点10分的"园艺室"棚舍最新情况……

"那么，我们今晚把门装好吗？"

"呃嗯……"

"你可以去车里把门搬过来，我们今晚装好。"

"呃嗯……"

"或者我们也可以明天装。"

"嗯，不过我有车可以放。"

"是啊，但我们可以今晚把门装上。"

"也许是应该装上。"

"或者明天也行。"……

门没有装。

考虑到她一直在"打扫"地志类书籍的区域，而现在那块地方就像一所刚遭搜查的房子，她这样说我们不免有点可笑。

吃过午饭，我开车去邓弗里斯坐火车去参加艾略特儿子的洗礼，或者用委婉的说法，命名仪式。因为出了事故，去那儿的道路封了，得从卡尔斯鲁伊斯走。田里有辆路虎，但看起来撞得并不严重。一个小时后，当我在火车上时，安娜发来信息说罗比·墨菲——他太太菲奥娜在我隔壁开店——驾驶摩托车在刚才那场车祸中丧生了。罗比是个十足的正派人，还是位出色的全科医生。每个认识他的人都对他怀有最大的敬意，虽然说谁谁"英年早逝"总听起来有点俗套，他确实是社区里响当当的人物，人缘很好，他不在了，大家是能深切感受到的。他时时刻刻都那么好心、机智和善良——这三种品质难能可贵地集于他一身。

流水：286.27 镑
顾客人数：19

6 月 29 日，星期一

网店订单：4
找到的书：1

今早第一件事，打开"脸书"，发现我们的主页再次遭到妮基劫持。星期六她发了这样一条：

> 咿咻嘿！广场上来了传统音乐乐师（打开扬声器！——把你面前的收音机调到广播 3 台），马队缓缓走过店门口时，它们散发的汗味让一头小公羊发了情，看到这一幕，人群也兴奋起来，因为我们这里已经有六十年没看到骑队游行啦！上啤酒！还有更棒的事吗？有！肖恩去伦敦啦！

弗洛在店里。她老样子，在寻找网店订单里的书这件事上做着最低限度的努力，她敢这样，部分原因在于今天是她的十八岁生日，按她的理解，这可以免除在工作场所按要求从事生产性劳动的义务。

院子里的花都盛开了，花香充溢着傍晚的空气。最爱我毗邻门口种下的那丛灌木，Viburnum x Burkwoodii*。据盖勒韦宅第（盖勒韦郡郡长府邸）的退休园艺师说，最后一位住在那儿的主人坚持要让人把这种植物栽种在餐厅的落地窗旁边，这样他就可以在用餐时品味香气。

接近 11 点，天光还亮得足以让我坐在户外凳子上，陪伴我的，有啤酒，有书，还有轻快飞过身旁的蝙蝠。

流水：260.47 镑

顾客人数：27

6 月 30 日，星期二

网店订单：2

找到的书：2

弗洛当班。她昨晚去过十八岁生日了，还带着点宿醉。

一个胡子编成辫子的客人问我："这本《爱丁堡和利斯邮

---

* 拉丁语，布克荚蒾。

政通讯录 1938》多少钱？我很感兴趣。"

我：35 镑

客人：什么？太黑了！有谁会想买这本书？

呵，起码你就想买。

换工作装（刷墙、拾掇花园一类工作，而非给书标价）的时候，我发现卧室里有好几只蛾子在飞，于是我检查了一下我的苏格兰裙和花呢正装。两件衣服都在蛾子的消耗战中蒙受了巨大的损失。等我下次出几天门，我要祭出"厄运"牌杀蛾剂，好好熏一下整间屋。

必须要抽时间做运动了。看起来实在无聊，我一直在找借口逃避。

流水：193 镑
顾客人数：13

七月

我们二手书商是不大光顾那种干净整洁的地方的——里面的一本本书穿着完好书衣，仿佛拥挤的火车站台上身披五颜六色雨衣的一个个女人。如今的新书店为了生存，很可能得冒险把自己打造成高档百货，让商品从钢笔尖到相框一应俱全。这是可悲的下坡路，也是时代的征象。不知道会不会有那么一天，二手书商必须同时经营一家你可以买到止咳片、阿司匹林和腌菜的百货商店？但愿不会。我们讲自尊。帕姆弗斯顿先生从来不用"二手"一词；他说这会让他想起旧衣服店。他家店门上方的字告诉人们他是位古董书商。不知门口的"六便士书摊"上那几本破烂书抬头看到这行字，会作何感想。也许它们会挺起衣衫褴褛的胸膛，感怀书之将死，毕竟有几分高贵存焉。

奥古斯塔斯·缪尔，《书商约翰·巴克斯特私语录》

缪尔说得对，我们二手书商不去玷污那些"干净整洁的地方"，不过这主要是因为大部分干我们这行的，店主得亲自看店，也不再雇得起员工，所以大多数时候得守着一方小天地，被积灰的书堆包围。我想不到更令人愉快的办公环境了，虽然缺点还是有的。旅行路上，一有机会我就会去找其他二手书店，看看他们在做什么，有没有我可以借鉴或者改进的地方。

他说的另一点也没错：卖新书的书商必须顺应时代，销售其他商品。这种看法似乎非常具有先见之明，直指在亚马逊的冷酷压迫下新书和二手书行业遭受的毁灭性改变，简直像是几年前刚刚写下的，不过亚马逊这个话题已经谈得够深入了。但真心希望我不至于为了获得让我可以继续卖书的经济保障，沦落到卖止咳片、阿司匹林和腌菜的地步。

在另一点上缪尔更有着超乎寻常的预知能力，他说"止咳片、阿司匹林和腌菜"会在货架上与书比邻而售。其实他那份简短的清单上可以加上几乎任何商品——现代超级市场的样子就出现了。

至于"古董"与"二手"的区别，前一个词的意思本就足够模糊，既然帕姆弗斯顿"经营，或者说关注古旧珍本书"，我想他管自己叫"古董书商"并无问题。不过一般说来，"古董"意味着书龄远超一百年，同时，书本身的意义和品质足以赋予其重要价值。一本廉价的百岁宗教赞美诗集也许从技术上来讲可以算作"古董"，但极少有书商会如此滥竽充数。

7月1日，星期三

网店订单：3

找到的书：1

弗洛当班。卡勒姆来给水暖工帮忙，后者好像一整天都在聊街坊的八卦，只装了两根管子。卡勒姆确定地对我说，这点活儿半个钟头就能干完。即便如此，水暖工程还是前进了一小步。

安·巴克莱过来拿大帐篷（几年前买的，当时我自欺欺人地以为我会办一场四十岁庆生派对），"生命补给站"要用。安是威格敦图书节的负责人和顶梁柱，不知疲倦地组织各种事情，其中就包括癌症募捐会"生命补给站"。

下午我开车和安娜去爱丁堡参加荷里路德宫的女王游园会。人山人海，我们撞见了好几个认识的人。安娜想着万一女王决定同她讲话，为此专门准备了一段发言，但考虑到现场还有 8,000 人，最后她没有被列入谈话的对象也就不足为奇了。安娜对现实的理解完全符合一个看了太多伊灵喜剧[*]的美国人的胡思乱想。我想在她的想象里，女王会定期邀请我们这样的人参加茶会。

回家路上，我们途径普利斯特威克机场去接伊曼纽埃拉——就是那个自荐来店里做暑期工的意大利女人。普利斯特威克很美，但没什么人知道。甚至机场的广告语（"绝赞，死赞"[†]）也很难让人联想到高大上的国际航空旅行领域。我经常琢磨，是什么样的智慧才会让一个人同意一家机场在品牌推广中使用"死"这一字眼。伊曼纽埃拉高高瘦瘦，衣着入时，到

---

[*]　伊灵（Ealing）是伦敦伊灵区的一个地名，该处的电影制片厂在 1950 年代出品了很多喜剧电影，即"伊灵喜剧"（Ealing Comedies）。

[†]　原文为"pure dead brilliant"，流传于苏格兰格拉斯哥的一个短语，在 1970 年代末、1980 年代初开始为人广泛使用。后面经常会接"by the way"，通常用来形容某样极具特色的东西。普利斯特威克机场用这一短语来打广告曾引起争议。

达大厅的人群里数她最时髦亮眼。回家的一路上她都在说话，可我几乎一个字也听不懂。她写英语明显比说英语强——虽然她的表达本身可能毫无问题——口音太浓了，基本不知道她在说什么。许多意大利人口音里典型的"影子原音"当然也存在于伊曼纽埃拉的说话习惯中，所以每个词都多了字母"a"的前缀和后缀。到家时7点，屋里多了个女人，安娜显然不太高兴（可想而知，棚舍还没建好）。不像伊曼纽埃拉，从普利斯特威克回来的一路上，安娜一言不发，往常的她，阳光开朗，周遭的一切都能给她带来快乐，今天却好像被阴云笼罩了。

流水：108.20镑

顾客人数：22

7月2日，星期四

网店订单：2

找到的书：1

亚马逊的FBA市集好像出了点问题。我们已经有段时间没接到订单了。弗洛给他们写了邮件，让系统赶在今天结束前恢复了运行。

上午9点，伊曼纽埃拉从备用房间里出来了。我带她在店里看了一圈，关照她打扫书架的同时顺便熟悉一下店里的布局。接手书店前，我在约翰·卡特手下干过几个星期，他派给我的第一份工作就是这个。这无疑是对我帮助最大的工作之一，因为知道哪个地方放什么书足以让你回答顾客百分之八十的问题，只是我不知道伊曼纽埃拉如何靠她的口语办到这一点。每次我一和她说什么，她就伸长脖子，像只火鸡般透过厚得夸张的眼镜看着我，说："对不起，你说什么？"通常要重复三四遍才能让她勉强明白我的意思。另外，她非要把我的名字念成"修恩"，说自己说的是"中式英语"。听她说话，简直像在看拙劣的模仿秀：学的是 1970 年代某个以政治很不正确的方式扮演意大利人的喜剧演员。

语言并非我的强项，所以我不该对她尚在学习阶段的英语评头论足，不过那确实给我们带来了不少欢乐。我爸是英格兰人，我妈是爱尔兰人，他们在农场里把我带到四岁，送我去了威格敦小学。虽然我也有朋友（当年我妈办学龄前儿童游戏班，就是为了给我找伴儿），我却并没有完全身处威格敦方言的环境之中。等我上了学，我发现其他人好像互相都认识，而我几乎听不懂别人在说什么。在威格敦小学念书的那几年里，我常常觉得自己在说两种语言。哪怕是"一"和"二"这种在任何语言里都非常基础的概念，威格敦方言也和英语不同：它们成了"yin"和"twa"。小时候，我父母每次听到我和朋友说话，总是觉得非常有意思。

傍晚 7 点，粉刷匠马克来了，终于把棚舍粉刷完毕。等石灰一干，我准备立马开始给墙面上漆。如果水暖工及时来装好管道，伊曼纽埃拉就能搬进去了。过了一会儿，我和伊曼纽埃拉一起待在厨房里，此时收音机里开始播放《阿彻一家》[*]。她竖起耳朵，全神贯注地听了起来。片尾曲结束后，她问我："介是什么？喜剧吗？"[†]

流水：322.48 镑
顾客人数：22

7 月 3 日，星期五

网店订单：1
找到的书：1

妮基今天在店里。找到今天唯一的一单书后，她又寻出了这星期早些时候弗洛没能找到的三单书。她做向导带伊曼纽埃拉在店里转了一圈，逛的时候——我猜——她会向她提出一些有用的忠告，比如"老板喜欢你把一摞摞书堆在地上"和"如果你没办法把一本书放进类别正确的书架，随便找个地方一塞就行了"。不过她也不像往日那样兴高采烈了。不知道她是不是觉得伊曼纽埃拉威胁到了她的工作。

---

[*] *The Archers*，首播于 1951 年，内容为乡村背景下的当代故事，是世界上最长寿的广播肥皂剧。
[†] 伊曼纽埃拉说话带口音，比如此处将 this 说成 dis，译者相应做了处理，除少数情况，后文不再一一说明。

三昧耶林 * 的人（他们会把不要的书从邓弗里斯郡的藏传佛教寺院拿到我店里）拿来了四箱书，其中一箱清一色是关于乱伦的书——既有幸存者的可怕自述，又有性虐主题的心理学书。我不确定店里卖这类书能有多大市场。

今天阳光很好，所以我给妮基和伊曼纽埃拉做了飘仙酒，打烊前在店里一起喝了。伊曼纽埃拉几大口就把自己那杯喝光了，说这是她人生中第一杯飘仙酒，味道"非常好" †。

流水：131.99 镑

顾客人数：11

7 月 4 日，星期六

网店订单：4

找到的书：3

昏暗的一天，天空阴沉沉的。

伊曼纽埃拉好像对新环境挺适应，工作也很卖力，不过她坚持要戴白手套理书。我不敢说妮基喜欢她，但伊曼纽埃拉根本意识不到妮基的轻慢，说来也是福气。

---

* 三昧耶林佛教中心，位于距威格敦小镇 60 英里的埃斯克代尔缪尔。

† 原文为 a-very-a good-a，即作者前文所说的"每个词都多了字母'a'的前缀和后缀"。伊曼纽埃拉说英语时夹带"影子原音"（ghost vowel）的习惯在译文中似乎难以体现。

下班后我给伊曼纽埃拉做了晚饭，她瘦归瘦，竟吃了三倍我的量。跟飘仙酒那次一样，她说这顿饭"非常好"，随后上楼回屋了，一晚上都没再出来。

流水：159.99 镑

顾客人数：23

7月6日，星期一

网店订单：10

找到的书：9

早上下楼时，我看到伊曼纽埃拉坐在厨房里，头上戴着的好像是一块很大的包头巾。其实是条毛巾。她解释说她洗完头后得这样包一个小时。

卡勒姆来继续装修棚舍。弗洛不在——这周她和她妈妈去巴黎了。伊曼纽埃拉自告奋勇说书店前屋可以交给她打理。至少，我觉得她是这样说的。

连接棚舍的线路没通电。自从电工来给新安装的颗粒锅炉接完线后应该就这样了，所以我给电工罗尼打了电话——他一向是随叫随到的——罗尼很快就过来解决了所有问题。

下班后，我和两位老朋友安和戴维去了纽顿·斯图尔特的独角兽中餐馆。安曾是威格敦图书节的主席，是我发小。我们到家时已经11点了，戴维和我没去睡觉，聊钓鱼和板球一直到凌晨 1 点。我看伊曼纽埃拉很无聊，就主动要向她解释板球的规则。她从她那副特厚的眼镜上方向我投来拒绝的目光，坚定地说："不了，斯页斯页你。"[*]

流水：333.81 镑
顾客人数：24

7 月 7 日，星期二

网店订单：3
找到的书：3

今天的订单里有本叫《R. F. D.[†] 国度！美国乡村的邮箱与邮局》。翻开封面是作者照片——这两位或许是我这辈子见过的最像极客的怪人了。

清理书架的时候，我在放企鹅版图书的区域里看到了一本金斯利·艾米斯的《幸运的吉姆》，便把书放进包厢，准备晚点读。

吃过午饭，我提心吊胆地留下伊曼纽埃拉看店，自己去了河边。那是我在盖勒韦最中意的地方之一，卢斯河下游的水

---

[*] 伊曼纽埃拉还有个说话习惯，会将 / θ / 发成 /f/，比如此处她将 thank 说成 fank（同理，后文中她将 think 说成 fink）。在译文中，译者姑且设想她将汉语拼音中的辅音 x 发成 s。

[†] Rural Free Delivery（乡村地区免费邮递）的缩写。

流懒洋洋地在峡谷柔和的风景间蜿蜒而过，随后汇入大海。河的两岸布满林荫，幽静安宁，我几乎是从出生起就与它结缘。我爸第一次带我去钓鱼我才两岁，那天我捕到了一条小鳟鱼（在他的帮助下）。从那一刻起，我一门心思只想钓鱼，以至于不管何时看到他把渔具扔进车里，我都激动难耐，非要他带我去。今天我就在我捕到平生第一条鳟鱼的池塘里钓鱼，我捕获了一条大约三磅重的海鳟。安娜（她眼下跟费恩和埃拉同住）来了，我们晚饭吃的就是这条鳟鱼。伊曼纽埃拉看到死鱼好像很害怕，指着它的头，说了好几次"可怜的玉"，结果她吃了差不多半条。

流水：325.53 镑
顾客人数：35

7月8日，星期三

网店订单：3
找到的书：3

弗洛从巴黎回来了，今天上班，所以早上我带伊曼纽埃拉去了趟邮局，教给她网店售出的书应该放哪里，顺便再见一见维尔玛这位在邮局工作的杰出女性。回家路上伊曼纽埃拉表示："哇哦，介都太赞了。那不单单是家邮局。它什么东斯伊都卖。"路过药房时，门外有个男的在对他的贵宾犬说，不行，他不能进去，因为药房不准狗入内。但他好像依然很乖。伊曼纽埃拉说着意大利语摸了摸那条狗。

接近傍晚，一个客人拿来了十一箱根本卖不出去的书：书脊贴了胶布的钱伯斯百科全书、破烂不堪的迪克·弗朗西斯和杰弗里·阿彻[*]的平装书、哈姆斯沃斯自学教材、读书俱乐部版的约翰·高尔斯华绥作品，等等。从那十一个箱子里，我好不容易挑了大概二十本或许能勉强在店里卖一卖的书。

下午 4 点左右，我去河边钓了一个小时鱼，不过一无所获。下班后安娜和我去了趟里格湾，想找一根漂流木用来做棚舍里的旋梯中柱，最后找到了一根身上爬有常春藤的上好梣木。

晚上 7 点我回到家，又看到伊曼纽埃拉华丽地裹着她的包头巾了。我问她想什么时候吃饭，她回答"半个钟头以后吧。我斯安上楼死一下腿"。我想最好还是不要再多问了。

流水：233.47 镑
顾客人数：20

---

[*]　Jeffrey Archer（生于 1940 年），英国保守党政治家、作家，1985 年至 1986 年间曾担任保守党主席。

7月9日，星期四

网店订单：2

找到的书：2

核对订单里的书时，我发现其中一本的封面里夹着一封信，这位倒霉的收信人名叫亨利·H. 克拉波。

下班后，伊曼纽埃拉不见了，后来才知道她去了联合超市。她过了大概一个小时才回来，脸上浮现出恍惚的神情。我问她去了哪里，她说："联合超市。我太爱联合超市了。那里的人太友好了，店里什么东斯伊都有。从今往后，我要每天去逛一个钟头。"

流水：196.80 镑
顾客人数：20

7月10日，星期五

网店订单：2

找到的书：2

妮基当班。她在"耶和华见证人"那边的心上人这周末会来这里，他在斯特兰拉尔王国会堂[*]有场演讲。

> 妮基：我得在两天之内减重两石[†]。
>
> 我：你准备怎么办到？
>
> 妮基：这个嘛，我已经刮了腿毛。这就减掉四磅了。
>
> 我：你准备穿什么去见他？
>
> 妮基：到时我会带着[‡]1972年波兰共产主义者的表情。

我俩商量下来决定，妮基要在两天之内减重两石，最好的办法是截掉身体的某些部分。我们一致认为应该截她的脑袋，因为这同时也解决了她应该做什么发型的问题。

下午，我同安娜和卡勒姆一起参加了罗比·墨菲的葬礼。来了很多人。他女儿克里斯蒂回忆父亲的那席话感人至深。

流水：270.58镑

顾客人数：31

---

7 月 11 日，星期六

网店订单：1

找到的书：1

    妮基没有迟到。

    天气晴朗，非洲鼓队在花园里待了一个上午，给镇子带来了一股异域情调。他们主要在郡西部活动，成员基本是女性，不过"文身控"桑迪一度是其成员。他乐不可支地对我说起过，他是"被打击出打击乐队"的。他们通常会在节庆期间造访威格敦；兴致来了，也会在春夏的其他时候出现。

    店里来了个穿着漂白短裤的白发男人，他同伊曼纽埃拉说了半小时话——"希腊有棵很大的树，树上长满钱，人们需要钱的时候，只要从树上采摘……SNP*有同样的问题，这是种凶残的文化，现在给你讲个好玩的故事，在诺曼底登陆……"——为了加强语气，讲话的全程他又是撅屁股，又是"短袜配凉拖"跳起舞，还凑到她面前大吼大叫。那可怜的姑娘根本听不懂他在说什么。也许听不懂是好事。

    妮基卖了一张 180 镑的地图给一位顾客，她一口咬定那人是再生的基督徒（原因嘛，也就她自己知道）："我跟他们有心灵感应。"她和伊曼纽埃拉似乎处得好一点了。伊曼纽埃拉的英语——虽然肯定强过我只会几个单词的意大利语水平——造成了一些同顾客的沟通问题，而她的白手套也不像她第一天

---

* Scottish National Party（苏格兰民族党）的缩写。

上班时那么白了。

　　下班后我在院子里拍了段视频，教给大家如何把你的
Kindle 升级成"Kindle 之火"。只需半加仑汽油和一盒火柴。

流水：546.46 镑

顾客人数：30

7 月 13 日，星期一

网店订单：7

找到的书：6

　　今天，弗洛和伊曼纽埃拉都在店里。我吩咐她们做一下
大扫除，再把新到的货录进"季风"，随后上午 9 点出发，直
奔耶索尔姆（位于边境区，大概三小时车程），先看一批军事类
藏书，再去梅尔罗斯的一个私人图书馆。耶索尔姆那批藏书是我
朋友斯图尔特·凯利牵线的，现在的主人在中东工作，要处理掉
已故父亲的收藏。我为这批书报价 350 镑。正当我打开货车后门
往上搬书的时候，一罐我买来准备刷棚舍厨房的乳胶漆掉到了
车道上，盖子开了，涂料洒得满地都是。所幸他非常通情达理。

　　位于梅尔罗斯的房子是一栋巨大的联排别墅；卖书的人
家要搬家，新房子没这么大，容不下这批书。他曾经参与发起
梅尔罗斯图书节。书都堆在一个全尺寸的台球桌上，我得穿过
好几间房间，再路过一个室内泳池才能拿到。我只想买下其中

三分之一，但因为他们要搬走，就问我能否全部拿下。幸亏现场还有三个搬家具的工人在把屋里的东西一一打包，他们好心地帮我把书拖到了车旁边。我花600镑买了我想要的书，其中包含若干种颇有意思的古籍。

结束了精疲力竭的一天，我去皮布尔斯*附近跟朋友住了一宿，明天上午要去不远的一栋宅子看另一间书房。

流水：253.50镑
顾客人数：48

7月14日，星期二

网店订单：3
找到的书：3

早上8点30分，我接到今天上午本来要见的那个人的电话，说他突然有事得跑开，能否另约时间，我便开车回家了。到家时差不多是午饭时间，却发现弗洛和伊曼纽埃拉把书和箱子堆得满屋都是，此情此景，连妮基看了都会羞愧。

下班后，我带伊曼纽埃拉出去散了会儿步，让她熟悉熟悉周边。经过田里的一群奶牛时，她突然停下脚步，抓住我的手臂。我问她怎么了，她指着不远处的一头牛（在一条干涸石

---

* Peebles，英国苏格兰东南部城市。

堤的另一边），说："牛在看我。看，看他的眼睛！他恨我！"
我试图向她解释那头牛并不恨她，可她已经抱定信念：恨她的
不光只有牛，是所有动物都恨她。

流水：259.49 镑

顾客人数：29

7 月 15 日，星期三

网店订单：1

找到的书：1

今天弗洛在店里。她打包了"开卷随缘书"，一共大概
150 本。她一边打包，一边对我说她"在巴黎做了个梦，梦见
你在电脑后面藏了台摄像机，拍下我工作时睡觉的样子传到网
上"。啊，今年夏天我店里招的都是能人。

店里没地方了，我只好把从梅尔罗斯收来的那批书大部
分放在费恩那儿。我对他说，如果他想，其中大部分都可以放
到"打开的书"去卖。

傍晚我炖了一大锅萝卜苹果汤当晚饭（这星期后面几天
的午饭也解决了）。8 点，伊曼纽埃拉走近厨房，问这是什么，
听到我说的菜名，她回应道："什么是卑鄙苹果汤 * ？"我让她

---

* 伊曼纽埃拉将"parsnip"听成"bastarding"。

想吃自己盛，说完去花园里采草莓了。我二十分钟后回来时，她坐在椅子上笑嘻嘻的。那锅汤一滴也不剩了。

读到《幸运的吉姆》里威尔奇家办派对、狄克逊留下过夜的章节。我已经好久没在读一篇东西时笑这么大声了，尤其是当浮夸的威尔奇教授问狄克逊要不要喝一杯的那一刻："不一会儿，他从餐具柜里拿出一瓶波特酒——柜里放满了半架子的雪利酒、啤酒和苹果酒。前一天晚上，威尔奇就是从这个瓶子里给狄克逊郑重其事地倒了一杯少得可怜的酒，比他哪一回喝到的都少。"[*]

流水：172.49 镑
顾客人数：20

7 月 16 日，星期四

网店订单：5
找到的书：5

出人意料，我开了店却不见伊曼纽埃拉。半小时之后她出现了，神色有点慌张，道歉说她迟到是因为"我得打理打理脸"。

11 点，"诺曼家具"的人来给棚舍装了地毯。

---

[*]　译文出自译林出版社《幸运的吉姆》（2013 年，谭理译、刘重德校），有调整。

吃过午饭，我留下弗洛和伊曼纽埃拉照看书店，自己去"大庄园"看一批书。"大庄园"是离邓弗里斯约6英里远的一所农学院，每次学校要清东西，图书馆员卡伦都会给我打电话。多数是馆藏书，品质也不太好，但里头偶尔会有些好货让我值得跑一趟。开车去的路上，我在通向格伦基恩的支路前吃了个红灯，这时电话响了，是弗洛。通常只有急事才会这样，所以我接了电话。原来是有个钢琴演奏家来店里推销她的音乐CD，如果没听错的话，还搭配了讲给孩子听的故事。我不喜欢这类东西，就让弗洛告诉她我们不卖CD。那位钢琴演奏家显然对这番回复很不满意，要求同我说话，我就让弗洛告诉她不行，我正在开车。我能听见那位钢琴演奏家在背景里的声音："叫他停车，我好跟他说话。"于是我挂掉了电话。

流水：157镑

顾客人数：15

7月17日，星期五

网店订单：5

找到的书：5

今天妮基上班。她拿来了一些恶心的羊奶干酪和菠菜，都是昨晚她参加完"王国会堂"的集会后去莫里森超市的垃圾箱里捡的。

这星期早些时候接到过一个卖家的电话，所以今天我开车去特鲁恩（65 英里远）看一批航海历史藏书。那家人家门外有只小猎狗在狂叫，还有个留着蓬松八字须、穿着刚熨过的尼龙裤的男人在洗车。当时我就隐隐感觉不妙。他对他的狗和车(或许还有那两撇胡须)都过于爱护了。一个六十多岁、身穿涤纶裙子的女人（她每次从沙发上站起来产生的静电也许能给半个特鲁恩供电）对我说这些书原本属于她已故的兄弟。我把书过了一遍，选了大概一半，报价 200 镑。她丈夫本来在抚摸他那辆黄得像呕吐物一般的蒙迪欧，这时走过来看看事情进展如何。听我解释完情况，他让我把我要的和不要的书分开——我通常一开始就会这样做，但今天是应他妻子的要求才没分的。几分钟后，正当我把书理掉大约四分之一时，他打断了我，说："200 镑实在没得谈。"有时候，卖家对一批藏书的要价是会比我的报价高，但很少见。更少见的是碰上一个卖家既不懂礼貌地表达这一想法，又不给任何商量余地，不过今天算让我赶上了。我很乐意空手离开，钱包里的 200 镑还在。

新锅炉开始嘎嘎作响，显然出了什么问题。

流水：202.96 镑

顾客人数：25

7 月 18 日，星期六

网店订单：1

找到的书：1

妮基来开了店。她用巧克力软糖、樱桃派、草莓和酸奶做了份"特调"。据说这很"健康"，因为有水果也有酸奶。她邀请我尝一点，我礼貌地回绝了。

临近饭点，一个客人快步走到柜台前，问："附近有没有人做书架？"

我：我们是自己做的，不过你有需要的话，大部分木工都会做的。

客人：但我要找的是专业人士，经常做书架的那种。

听到我说附近没有那种"经常做书架"的人，他准备离开，结果推了好几次那扇你得往里拉才能打开的门，至少花了十秒钟才出去。

流水：310.47 镑

顾客人数：33

7 月 20 日，星期一

网店订单：3

找到的书：3

　　弗洛花了大半天给"开卷随缘书"贴标签。我们找不到皇家邮政四十八小时投递图章了——我们仨（我、弗洛和伊曼纽埃拉）找了大约两小时（它通常和所有别的邮政用品一起放在柜台下面的塑料盒子里）——于是我只好把几箱包裹带去邮局交给维尔玛处理。大概有 150 包。我们和皇家邮政订了合同，用他们的网上邮政系统寄 RBC* 的包裹，每本书的费用约 1.80 镑。拿去邮局寄，每本则须花费 2.20 镑。弗洛今天的白痴话："苏格兰岛区算不算海外？"

　　弗洛和伊曼纽埃拉继续整理从梅尔罗斯买的那批书。她们翻到了一套"黑娃娃"† 系列，顿时非常兴奋，因为在网上可以卖大约 40 镑一本。

　　每周一，珍妮塔照例来搞卫生。下午 3 点，她来了，才到没五分钟，就找到了那枚失踪的皇家邮政四十八小时投递图章。

　　晚上同安娜和伊曼纽埃拉一起吃了饭，其间伊曼纽埃拉开始抱怨她身上的各种病痛。我说很少看到有哪个年方二十五的人遭受这么多病痛折磨（膝盖不好，背有毛病，视力很差），对此她回答道："是的，不过我内心已经八十五岁了，就像个

---

* Random Book Club（开卷随缘俱乐部）的缩写。

† Golliwog，形象为黑脸黑发的布娃娃。现在通常会引起黑人不适。

老奶奶一样。"这一刻，她的新绰号诞生了：奶奶。

流水：699.29 镑

顾客人数：53

7 月 21 日，星期二

网店订单：2

找到的书：2

我留下弗洛和奶奶（伊曼纽埃拉）顾店，跑去边境区见
另一个童年好友特里斯。他很好心，花一整天教会了我一种抛
竿技法——在大一点的河里钓鱼，或者河岸附近有树的时候能
用到。俗称"飞蝇钓"。我们约在特威德河 *（大概三小时车程）
碰头。钓了几小时鱼后，我和他，还有他太太迪莉娅喝了下午
茶。迪莉娅是我少年时代就认识的好友，也是我长大成人的农
场上的邻居。她在边境区的莉莉斯利夫经营着一家咖啡馆兼画
廊。我们比较了各自生意的季节性变化和我们面临的类似考
验——雇人的开销和其他一些只有当你在苏格兰乡村做小本
生意才会真正发现的问题。晚上 9 点到家，看到弗洛把那套"黑
娃娃"的书大张旗鼓地摆了出来。我立即撤掉了书。这些书太
政治不正确了。事实上，每次收购书时碰到这类东西，我都非

---

* River Tweed，苏格兰东南部和英格兰东北部河流。

常纠结。这种书既有经济价值也有史料价值，可谁又知道它们会落入谁的手里：可能是一个对历史上人们对待肤色的不同态度抱有奇异兴趣的人，可能是一个希望把它们放进当代语境中或是加以嘲弄，或是引起种族偏见的争议的人——也可能是一个种族主义者。我肯定不希望顾客走进书店，第一眼就看到摆了许多这种书。

流水：299.67 镑
顾客人数：30

7 月 22 日，星期三

网店订单：1
找到的书：1

今天只有一个订单。弗洛这一整天的工作就是在 FBA 上刊登新书。她昨天上了 120 本，不过其中有些书吧，我都无法想象它们在亚马逊上的售价会超过一便士，却被"季风"定价到 5 镑或 6 镑之多，比如埃德温娜·嘉莉*的自传。或许我该同弗洛坐下来解释清楚：妮基倒是不说也明白这一点，可能是因为在店里工作很久了，可如果"季风"显示一本 P. G. 伍德

---

* Edwina Currie（生于 1946 年），英国保守党政治家，在政界失势后成为产量颇丰的作家。

豪斯在亚马逊上有人卖一便士，弗洛就会高高兴兴地把书扔进垃圾箱，但其实伍德豪斯的每部作品都是抢手货，哪怕是破旧的平装本，也能在店里卖 2 镑或 3 镑一本。

伊莎贝尔来店里做账。

下午我给弗洛演示了如何完成 FBA 的货运流程和安排 UPS 来取走她刊登好的那十一箱书，这样一来，书就会进入亚马逊设在邓弗姆林的仓库，有望从那儿销往各地。

奶奶学了一招黑手党的动作，很上瘾：看不惯我所作所为，她会先指指自己的眼睛，再指指我的眼睛，随后做一个割喉的手势。幸好她的靴子后跟又大又硬，她只要在店里一走动，响声好比行军中的部队，所以我能早早听到她要过来，及时避开。我向她指出这点时，她回答："哦，是的，我就是头大斯样。"

流水：254.48 镑
顾客人数：27

7 月 23 日，星期四

网店订单：2
找到的书：1

弗洛今天继续上班。她自豪地说她掌握了一款新的面部表情——显而易见，她昨晚对着镜子练习了很久。那表情是皱眉和噘嘴的结合。试图给它起个名字。目前想到两个，"皱嘴"

或者"噘眉"。我问她是为了谁才苦练这款迷人的新表情的，她这才承认她有了一个"秘密"男友。

今天明明很暖和，阳光也好，奶奶却抱怨了半天温度。她一口咬定自己的视力在变差，还脱下眼镜抗辩："看什么东斯伊都只有颜色，没有斯银状。"

中午，UPS的司机过来拖走了那十一箱书，送往亚马逊的仓库。

邻居威尔过来抱怨锅炉吵得他晚上睡不着觉，于是我发邮件给"太阳能"，看阿什利能否来检查一下。

这个周末是"威客满"，一个办在邓德伦南（离这里大约40英里）的音乐节。会有佐伊·贝斯特尔，一个很有天赋的当地歌手/歌曲作者的演出。这音乐节已经办了十五年左右了，如今能吸引来一些大牌音乐人参演。佐伊的父亲彼得问我周末他能否借车一用，后来在我快打烊时他把车开走了。明天弗洛会过去，等着周末看演出。

流水：275.80镑

顾客人数：39

7月24日，星期五

网店订单：0

找到的书：0

奶奶给书标价时，翻到一本书叫《上帝之母：圣母玛利亚的历史》*。扉页上有一行字——用铅笔写得很潦草，跟妮基的笔迹很相似，令人不禁怀疑到她头上——"耶稣基督之母，不是上帝之母"。

奶奶和我探讨了二手书的品相问题。从我身为一个书商的视角看来，我希望书的品相尽可能地好，但奶奶的观点不一样，更有意思。她对我说："我爱读被很多很多人读过的书。我爱书的折角，因为我会好奇，那个人为什么读到这里停了？发生了什么事？是猫要吃饭？是警察来敲门，告诉你你丈夫被杀了？还是你只是要去撒尿？所有这一切，都会让你斯养到另外那个读过这本书的人。"

流水：254.99镑

顾客人数：26

---

* *Mother of God: A History of the Virgin Mary*，Miri Rubin 出版于 2009 年的作品。

7 月 25 日，星期六

网店订单：2
找到的书：2

妮基今天的第一句话是"噢噢，我给你从莫里森超市垃圾箱里带了美味的酥饼，是比利时巧克力和焦糖海盐口味的"。

我：来的路上你把它吃掉了，是不是？
妮基：是。

10 点多戴维·布朗打来电话，提醒我说我答应星期一早上借他车用。完全忘了。车让彼得·贝斯特尔开去"威客满"音乐节了。但愿星期一早上之前他能把车还回来。

天气好极了，所以吃完午饭，我留妮基和奶奶看店，去新卢斯骑行了一圈，全程 55 英里。

谢天谢地，下午 5 点，彼得·贝斯特尔把车还了回来。

流水：174 镑
顾客人数：22

7 月 27 日，星期一

网店订单：5

找到的书：5

安娜会去阿姆斯特丹小住，见几个朋友。她把奶奶在洛克比放了下来，好让她去爱丁堡"观光"几天。

这星期的第一组客人是一家五口，他们在店里浏览了一小时，空手而去，吐槽说"选择太多了"。

弗洛打电话来说她病了。说是她不大跟得上"威客满"音乐节上大家喝龙舌兰的劲头。我只好打电话给妮基，她答应来代班。从前，姑娘们（学生）不管宿醉多严重，哪怕还醉着，都照样来上班。我绞尽脑汁才记起有那么一天，弗洛的前任萨拉·皮尔斯没来，因为她酒精中毒了。从没想到有天我会怀念她。有天我吃好午饭下来走进店里，发现她给自己照了张相，相片还裱了框，写着"月度员工"。当时那相片傲然竖立在柜台上。

老朋友克里斯·布朗带着家人来到店里。他们住在中国，听说中国人很喜欢《读者之乐》，我们便在店外拍了段视频，让她女儿说了普通话投他们所好。一起来的还有我朋友科林的女儿莱拉，但她没有随他们离开：莱拉要在店里待一星期，积累工作经验。

流水：527.45 镑

顾客人数：45

7 月 28 日，星期二

网店订单：2

找到的书：2

雨下了一整夜，白天也没有停。刚过 9 点，弗洛一瘸一拐地来了，看起来心情很糟，所以我去了河边，让她独自传授莱拉工作上的窍门。

下午 3 点回来时，我发现那个爱尔兰人在等我。他拿来了七箱关于火车和巴士的书，我给了他 140 镑书款。

罗伯特（水暖工）和卡勒姆今天都在，一起忙着装修棚舍。

流水：414.99 镑

顾客人数：41

7 月 29 日，星期三

网店订单：7

找到的书：4

阳光灿烂的一天。弗洛继续当班，终于变回了曾经那个整天皱着眉、噘着嘴的自己。卡勒姆来装修棚舍。水暖工罗伯特是上午 9 点来的。

弗洛和我整理了一遍从"大庄园"买的书。我们把四十七箱待回收和被淘汰的书装上货车，然后我开车跑了趟格拉斯哥的废纸回收厂。我在斯莫菲特·卡帕的厂里扔下书，直接回了家。到家时书店刚打烊。

"太阳能"的阿什利来电说他得换掉锅炉里那个害得威尔整晚失眠的风扇。他把风扇拆下来一看，原来有具无头的乌鸫尸体卡在了叶片里。它准是掉进了暖气管。

流水：197镑

顾客人数：32

7月30日，星期四

网店订单：3

找到的书：2

水暖工罗伯特在装棚舍里的热水水箱。我那台全新的颗粒锅炉出现了一个全新的问题：缓冲水箱的水压下降了。罗伯特不情不愿地承认，这或许是他乱弄水管造成的。

流水：467镑

顾客人数：35

7月31日，星期五

网店订单：0
找到的书：0

　　今天早上妮基在店里。

　　我发现弗洛一星期都没看过亚马逊卖家中心的信息，我们接到了好几条投诉，于是我向她演示怎样打开页面，一一处理。大部分卖家生活在被亚马逊暂停账户的长期恐惧中，他们不用花多少代价——在我看来简直随心所欲——就能让你滚蛋。

　　奶奶给我看她的手指，指尖（指甲周围）发炎红肿了。她觉得是搬弄积灰的书造成的。她应有尽有的病痛列表上又添一项。

流水：212.69镑
顾客人数：23

八月

> 我得说，这些老家伙是书业真正的脊梁。随着他们像片
> 片落叶般逐一凋零，出现了一道徒有干劲的新店员完全
> 无法弥补的缺口，而他们留下的回忆，芬芳宜人，远非
> 那些"万事通"头上臭烘烘的发油可以相比——"万事通"
> 们来向我求职，口气却自信满满，仿佛教我如何经营我
> 的生意不在话下。我怀着敬意目送老麦凯洛和他的同事
> 从我们中间离开。
>
> 奥古斯塔斯·缪尔，《书商约翰·巴克斯特私语录》

大部分"老麦凯洛和他的同事"都从我们中间离开了，不过还剩下几个。代替他们的却并不是抹了臭烘烘发油的滑头"万事通"们，而是一头面无表情的巨兽，它吸走了二手书（和新书）买卖里的人情味。缪尔说的书业的脊梁差不多都不在了，这一行面临沦为无脊椎动物的危险。就在我写下这段话的几个小时前，一个爱丁堡的老朋友带着他的老父亲顺道来访，跟我问声好。老人面带怀念的神色，漫步经过一个个书架，时不时摸摸某本书，又充满留恋地四下里看看，流露出孩子第一次走进一家糖果店时的惊喜。他们之后要去和几个我们共同的朋友吃饭；离开书店时，他来到柜台前，说："你知道的，爱丁堡曾有许许多多这样的地方。我一辈子都在逛书店，建立我的图

书馆。1940年代，我在利斯买过一册十六世纪印的霍林希德*《编年史》——我看到你有一册更晚的印本。我记得清清楚楚。那些书店都不在了，只剩下不多几家还开着。"

藏书显然是他生命中重要的一部分，而没了书店，这爱好也就没什么乐趣可言了。发现一件你甚至不知道其存在的东西带来的意外之喜，或者请一位书商推荐某一主题的相关书籍，目前还无法通过网络真正实现，虽然我想我们有一天可以做到。几年前我联系过纳皮尔大学，说的正是实现这一可能的想法；建立 3D 书店模型，由线上顾客控制的虚拟人物行走其间，翻看书架上的真实书籍，甚至互相交流。他们对我说这尚且需要技术进一步发展。在某种程度上，我庆幸事情还没有到那一步，但只怕改变就在不远的将来。尽管如此，味道、氛围和人与人的交往将依然是实体书店的"专属保护区"。也许，就像黑胶唱片和 35 毫米胶片一样，书店会迎来一场小小的复兴，足以让我们中的一些人再多撑一阵子。

---

* Raphael Holinshed（？—1580），英国历史学家。《编年史》全称《英格兰、苏格兰和爱尔兰编年史》（*Chronicles of England, Scotland and Ireland*），出版于 1577 年。

8月1日，星期六

网店订单：2

找到的书：2

妮基当班。她做的第一件事是抬起她穿着凉拖的脚放到柜台上，给我看她被一大块木头砸伤的脚趾。说句公道话，她的小脚趾确实又黑又青。过了一会儿，她更新了书店的"脸书"主页：

> 妮基来了！
>
> 今天早上是这样吵的……"你为什么已经把那一大箱地图标好价整整齐齐摆上书架了？你又为什么老是推销"废话"和"火箭"？*客人们买那么多书，谁关心你脚趾有没有断，干活快点就完事儿了。"

上午10点，接到"太阳能"的电话。老板鲍勃告诉我如何重置锅炉的设定，我照做了。很快锅炉又因过热而关机了。

下午我去邮局取了一份《卫报》，从那边的几个姑娘口中听到传闻，说去年停业清盘的布拉德诺赫酿酒厂（苏格兰最靠南的酒厂，所以也是世界上最靠南的苏格兰威士忌酿酒厂）被一位澳大利亚富豪收购了。

---

* 此句中的"废话"和"火箭"分别指《废话顾问》和《关于火箭，你该了解的三件事》。

奶奶戴着一副全新的档案手套出现在我面前，她说这样她就不会在理书时弄疼肿胀的手指了。我说她看起来像迈克尔·杰克逊，她骂了我一声"操蛋的杂种"。

流水：187.93 镑

顾客人数：38

8 月 2 日，星期日

网店订单：4

找到的书：2

弗洛当班，半梦半醒的她脾气比往常更臭。

午饭后开车去盖特豪斯（20 英里），沿途在纽顿·斯图尔特把奶奶放了下来。她想走走。去凯利宫酒店庭院里的一栋宅子看一批书——主人是位老太太，她要搬去老人院了。我的书常常是这样得来的，借此我更是获得了有益的提醒：人终有一死。上了年纪的人走出这一步，真正进入人生的最后篇章，仿佛什么都可以放弃了，这种感觉令人沮丧，不过就这位老太太而言，她似乎对结局充满期待。我选了三箱书，各种都有，给了她 100 镑。

船长遭逢劲敌，对方穿过猫洞溜进来吃掉了他的午饭。今天奶奶听到他俩在楼下激战。我或许还是不告诉安娜为好，因为这只会进一步加重她本来就种类繁多的神经官能症。

奶奶是下午 6 点到家的。

流水：199.78 镑
顾客人数：21

8 月 3 日，星期一

网店订单：1
找到的书：0

弗洛今天当班。她昨天做事很卖力，所以我觉得我应该以若干促人积极向上的鼓励性话语开启这一天："谢谢你，弗洛——你整理了许多书。干得棒。"弗洛愣住了，一阵沉默过后，她回答道："我能把你说的这个录下来吗？"

过了一小会儿，一个推着婴儿车的年轻女人说："我在找关于挂毯的书，但不是你们那种花哨的新式挂毯。是高档的老式挂毯。"

弗洛和我整理新收来的书时，我又翻到了一本《著名临终遗言》。我暂时最喜欢 H. G. 威尔士对他护士说的那一句："走开，我没事。"

下班后我又和奶奶去散了个步。我俩再度经过牧场时（田里都是盖勒韦牛，小母牛居多），其中一头牛把头抬到了石堤上方，大口嚼着边沿的草，于是我走到它跟前，开始轻挠它的脑袋。奶奶一脸惊恐，大叫起来："你在干啥啊！当心，修恩！"

我向她保证盖勒韦牛是性情温顺的生物，她应该过来看看，于是她怯生生地慢慢靠近，转眼就挠着它的头对它说起了意大利语。后来我问她是否还认为牛恨她。她回答："哦，是的，牛都恨我，这一头除外。它们看着我的时候，愤怒的眼神在说：'滚开，这是我的地盘。'"

回到家里，她消失去了楼上，洗完腿和头发后，（像往常一样）裹着头巾下来了，而我则在给她和莱拉做晚饭。

流水：390.89 镑

顾客人数：36

8 月 5 日，星期三

网店订单：1

找到的书：0

威格敦农业展览会日。下了一天暴雨。奶奶和莱拉拍了牛；我拍了羊，下午 3 点走的，开车去莱尔格 *（六小时车程）跟几个朋友钓鱼。随身带了《新忏悔录》。

流水：528.22 镑

顾客人数：52

---

* Lairg，苏格兰萨瑟兰（Sutherland）的一个村庄。

8月6日，星期四

网店订单：2
找到的书：1

钓鱼。弗洛和奶奶打理书店。

流水：480镑
顾客人数：36

8月7日，星期五

网店订单：3
找到的书：3

钓鱼。晚饭大喝了一通后，我坐到炉火边读了一会儿《新忏悔录》。托德成了战犯，一个德军守卫（卡尔-海因茨）会暗中撕几页卢梭《忏悔录》给他，换取他偷偷吻他。博伊德下面这一段，完美俘获了读者如饥似渴的热情：

> 在接下来七个星期里，卡尔-海因茨"喂"给了我整本书。这比喻很恰当。那薄薄的一沓沓书页好比决定生死的食物碎渣。我大口吃掉了一页又一页。我咀嚼、咽下、消化掉了整本书。我咬开它的骨头，吸尽它的骨髓；每

271

一丝肉纤维，每一块软骨组织，我都带着老饕的热诚品尝。

读到后来发现，他是用红十字会的救助包裹跟卡尔-海因茨换得后半本书的，他说："我以食物换一本书。"我在店里一面墙上印了伊拉斯谟的一句话："我一有钱就买书。剩下的，用来买食物和衣服。"

流水：114.94 镑
顾客人数：10

8月8日，星期六

网店订单：1
找到的书：1

在奥凯尔河* 钓鱼一整天。

流水：349.89 镑
顾客人数：34

---

*　River Oykel，位于莱尔格。

8 月 10 日，星期一

网店订单：1

找到的书：0

今天上午，弗洛和奶奶打包了"开卷随缘俱乐部"下一期派发的书。奶奶说"把书放进糖果盒"是她最喜欢的工作。

昨天我在瓢泼大雨中从莱尔格驾车回家。今天上午，在翻看我离店期间堆积的邮件时，我发现有人给我寄来了一本漂亮的书。书是全中文的，只有护封上的书名是英文[*]。书名叫《书城旅人》，其中收了几幅我书店的照片。随书附了一张明信片，写着：

亲爱的白塞尔先生：

我叫丽贝卡·李（中文名李亚臻）。我是个台湾女孩，去年夏天参观过你漂亮的书店。你的书店和"开卷随缘俱乐部"带给我许多启迪。回到台湾后，为了推广"书镇"的理念，也为了纪念我的书镇文化之旅，我把这趟旅行写了下来，并出版了。给你寄一本我的书，虽然你也许不认识中文，书里却有不少你书店的照片，希望你喜欢。丽贝卡谨上，2015 年 7 月 30 日。

---

[*] 此书的英文书名为 *Wanderlust for Books*。

看来在东方，正有越来越多人知晓我们的恶名。

"开卷随缘书"打包完毕后，弗洛和奶奶清理掉了剩下的几箱从"大庄园"买的书。我们还收到了三昧耶林递来的另一批书，我会给他们寄上一张30镑的支票。

奶奶在柜台里干活时，有个客人走到她跟前，说了声"制服"。再无二话。她听不懂可以理解，便以她标准的方式回应，连着说了几遍"抱歉"，事情才稍许明了。

离开之前，弗洛对我说："你跑去高地浪的时候，有个怪怪的小个子男人来过。我之前见过他，可他一句话也不说，哪怕他付钱时我跟他搭话他也不理。我给自己布置了一项任务：跟他聊上几句。"基本不需要再多探讨，我们就能确定这一神秘人物的身份——"鼹鼠人"。

流水：454.51镑
顾客人数：36

8月11日，星期二

网店订单：1
找到的书：0

弗洛是9点过一会儿到店的。

午饭后我开车去威廉港看一个私人图书馆。一个极有风韵的北爱尔兰女人同她丈夫和兄弟一起带我转了一圈。房子是他们父母的，现已堆满杂物，包括几千本书，几乎全是基督教神学类的。我挑了几箱书，给了他们250镑。他们态度很和善，但显然有点失望。又聊了几句才知道这些书他们十五年前请人估过价，1200镑。听我解释了网络是如何把书价压低到难以维系的地步，他们表示同情和理解。她兄弟甚至帮我把书箱搬上车，这种情况很少见，着实出人意料。后来听说他们的父母是传教士，曾经周游世界。

5点钟收到艾略特的邮件，他问明天晚上能否来过夜。每间卧室都有人了，住了卡特里奥娜、爱德华（图书节公司理事会成员，他来开会，需要一张床）和奶奶，我们满房了。所以我在包厢里给他铺了张沙发床。

上星期有两个亚马逊订单里的书我们没找到。我给两位买家分别写去了一封言辞卑微的道歉信，退了书款。他俩的反馈如下：

顾客1，4星："没收到货，退款已到账。已与卖家友好协商解决。"

顾客2，1星："书最后没货，卖家取消了订单，很不开心。"

打烊后去里格湾游泳。现在海水已经暖和，你在里面泡上半个小时左右没问题；只要别老是扑腾，你会看到吃食的鲻鱼画出的一圈又一圈同心圆水纹在你身边的水面上漾开。

我比现在年轻许多的时候，夏天我们一群人经常在沙滩上烧烤，有次我们决定就地过夜。半夜里，我们游着泳，惊喜地发现四周激荡的海水被磷火照亮了。

流水：360.81 镑
顾客人数：39

8 月 12 日，星期三

网店订单：3
找到的书：3

　　弗洛和奶奶开了店。奶奶把店里每样东西严格分门别类的运动如今推进到了莎士比亚区域，她决定将其进一步细分为传记、批评、作品集和单行剧本。新来的员工常常痴迷过度分类。弗洛刚上班的时候，决心将占据了两个书架的心理学书再次分类。标签从"女权主义"到"弗洛伊德"再到"教育心理学"，贴得到处都是，再下去她就要给架子上的每本书分别写一张标签了。我向她解释道，客人的智商足以让他们在几百本书里找到要找的书，不必用这一堆标签去徒增干扰。她听了好像有点受伤，我便不再提了。

　　下午 2 点，牧师杰夫来了，正赶上我和安娜在比较天主教和犹太教中"罪"扮演的角色。杰夫之前不知道安娜是犹太人，从她口中得知这点后，他说："噢！我老板是你们的一员！"

　　艾略特是 4 点钟到的。他、卡特里奥娜和爱德华都留在这里过夜。半夜，安娜开车载我们一行人去了托尔豪斯巨石阵，碧空如洗，我们一起看了英仙座流星雨。托尔豪斯是青铜器时代形成的花岗岩巨石阵，距离威格敦大约 4 英里。那是个风景秀丽的地方，下方的布拉德诺赫山谷一览无余，四周环绕着鼓丘和矮树林。

流水：241.50 镑
顾客人数：25

8 月 13 日，星期四

网店订单：2
找到的书：2

《幸运的吉姆》读毕。今天弗洛在，我趁机躲了起来，然后去理了个发。

流水：320.27 镑
顾客人数：26

8月14日，星期五

网店订单：2

找到的书：1

妮基上午9点到的，她一看到我的新发型就无法自持地笑起来，对我说："你的样子像条巨型贵宾！"她刚把眼泪擦干净，就开始分享她的新闻，说她参加的"耶和华见证人"会议遭到了再生基督教徒的抗议。我问她为什么，她回答："他们没别的事可做。"

卡勒姆在棚舍里忙活了一天。

我带奶奶去"蒸汽班轮"吃了午饭。她全程都在聊艾略特。"他为什么要跺着脚走来走去？""他为什么要摔门？""他为什么要在浴室里待一上午？"

上午来了两个订单：一个价值4镑，一个94镑。果不其然，我们找不到94镑的那一个。

我和奶奶吃完午饭回来后，弗洛说有人留话让我给道格拉斯城堡一个叫珍妮的人打电话，但我无法辨认她写的末一位数字是4还是9，只好两个都打。都不对。这已经是第四次她记下某条信息，结果却写错了数字。我只求不是什么要紧事。

妮基晚了二十分钟打烊，因为有个男的在看书。他拿着一堆书来到柜台，总价47镑，他还价40镑。妮基咬死最低价42镑，他就空手走了。随着沉闷的一声"嘭"，他身后的门关上了，这时奶奶说道："我们需要一八千。"她重复了一遍又一遍，我们快挠破头才明白过来，她说的是："我们需要一把枪。"——大概就是为这种客人准备的。

流水：292.99 镑

顾客人数：39

8月15日，星期六

网店订单：0

找到的书：0

艾略特再一次在浴室里从8点30分待到9点。

妮基今天上班，天气依旧晴朗宜人，所以我又去惠特霍恩岛吃了午饭，这一次是和安娜一起。开车回家的路上她告诉我——带着巨大的悲伤——月底她就要搬回美国了。如今我们的恋情真的结束了，即便我俩建立起了非常牢固的友谊，不知道这是否终究不足以让她愿意留在威格敦。

克里斯蒂安——图书节公司理事会成员——拿来了一些他为我修复的书，其中包括一本三昧耶林卖给我的初版《肯辛顿花园的彼得·潘》。从格拉斯哥的市民剧场退休后，克里斯蒂安决定专攻书籍装订，不让自己闲下来。他手艺极佳，收费又很合理，所以在采购的时候，我会把修复费用考虑进去，如果还留下一定利润空间，我就可以接受买入品相糟糕却有价值的书。

妮基今天在书店的"脸书"上更新了这样一段：

妮基来啦！噢，回来的感觉真是太棒了！

"今日最佳顾客"的两位候选人目前打成平手。

1——"2.50 镑，谢谢。"……"我可以付美元吗？"

2——"你能把这个藏在柜台后面吗？"（这种情况，往往是客人想买一本书给人惊喜）……"我儿子想要，可我不想给他买。"

谁赢由你们决定！注意，投票时间还剩四小时……

卡勒姆和西格丽德来吃了晚饭。西格丽德是卡勒姆的新女友（他和佩特拉分手了），是个他在去圣地亚哥朝圣的 Camino*上认识的荷兰女人。

流水：197 镑

顾客人数：15

8 月 17 日，星期一

网店订单：1

找到的书：1

我从地下室里翻出了黑板，吩咐弗洛在上面写点风趣幽

---

* 西班牙语"大路"的意思，特指向西班牙西北部加利西亚（Galicia）的圣地亚哥–德孔波斯特拉圣雅各祠朝圣的路线，在骑行爱好者中间颇为流行。

默的话，再把它摆在店门口的人行道上。她今天的成果：

常见问题

1. "我能给那台 Kindle 拍照吗？"

当然可以。

2. "你们所有书都编目了吗？"

没有。我们太懒了。

3. "我能把狗带进来吗？"

可以，不过它得肯让我们摸才行。

4. "这是什么气味？"

……

5. "你家有童书吗？"

有，就在上面写着"童书"的牌子旁边。

6. "肖恩在吗？"

显然不在 / 也许不在 / 他躲起来了。

流水：195.45 镑

顾客人数：15

8 月 18 日，星期二

网店订单：0

找到的书：0

阳光明媚的一天。安娜和两个朋友一起爬了梅里克，西南部最高的山（海拔 843 米）。安娜对威格敦的爱极富感染力，在她旅居此地的这些年里，她凭一人之力也许就比"畅游苏格兰"*吸引来了更多游客。单单是她的书就明显提升了书店的客流。

弗洛在店里，我则得去格尔斯顿（威格敦往东大约 40 英里）的一户人家看一批书。我带奶奶同往，让她看看书商上门收书是怎么一回事。又是一座小平房：这一次的老夫妻是要搬去更小的房子，离邓弗里斯近一些，那样等他们年纪更大的时候，就能离地区的大医院更近。我们选了五箱品质非常一般的书，付了他们 130 镑。跟这些实际年龄同她的心理年龄相近的人相处，奶奶得心应手，全程都在同他们比较病痛和身体的弱项。他们跟她聊完后，准会觉得同她比起来，自己还算是相对硬朗的。

今天我让奶奶写黑板上的话，结果出现了这样怪异的一条：

拜托，不要吃书。

（我们喜欢封面）

---

* VisitScotland，一家苏格兰官方的旅行社。

下午 1 点，一块大石头从我和邻居合用的一面山墙的烟囱上掉了下来，砸穿了他们家的屋顶，我赶紧打电话给当地的一个建筑工人，给他留了言。幸好没出人命，也没人受伤。那块石头肯定重达四分之一吨。

肯·巴罗——一位偶尔光顾的客人，也是小有所成的自传作者——拿来了两箱钓鱼类书。我对他说这星期之内我会联系他。

流水：369.49 镑

顾客人数：35

8 月 19 日，星期三

网店订单：1

找到的书：1

吃早饭时，奶奶来找创可贴，说脸破了。安娜顺道过来取邮件，奶奶出现时她正好在厨房里。她找出一张创可贴交给奶奶，心想她大概是挤破了痘痘之类的。她对安娜说，她是在刮体毛时把自己弄伤的。她又告诉安娜，在意大利女人刮体毛很寻常，其间安娜的惊恐肯定都挂在脸上。如果我们对某一国人的刻板印象其实是对的，愿上帝保佑这些成见。她对安娜说，她是在"打理脸"的时候受伤的。

这星期"打开的书"由安娜主理。我跑过去同卡罗尔–安和安娜吃午饭，豪饮了一顿。她们决定开一瓶卡瓦酒，再去联合超市买点小吃。

修烟囱的建筑工人没有回复我，我只好给另一个打了电话，给他留了语音邮件。我急着找人过来看一眼，生怕再有砖块间的灰浆松动断裂，造成进一步的，或许是致命的，伤害。

流水：529.52 镑

顾客人数：45

8 月 20 日，星期四

网店订单：1

找到的书：1

弗洛和奶奶在店里，奶奶下巴上的创可贴依然醒目。

弗洛今天发布在黑板上的作品是一幅粉笔画，画中男子身穿短裤，邋里邋遢（显然是我），旁边的对话泡泡里写着："写点'脸书'会喜欢的东西。"

一位老妇拿来了五箱平装本科幻小说。我觉得她不像读科幻小说的人，便问她这些书是谁的。听到她的回答我立刻就后悔了：她说书是她儿子的，十年前他自杀了。直到如今她才依稀觉得自己终于可以忍受同它们分别。我道歉说我不该问的，给了她 100 镑书款。

上午 11 点，阿什利来了。他终于让锅炉重新启动了。

下午我开车去卡隆布里奇（距此地大概 40 英里）的一户人家买书。两个谈吐极其文雅的女人（"《德布雷特贵族年鉴》*里有我们家，你知道。"）在清理她们已故双亲的房子。那是座庞大的维多利亚时代别墅，带有绝赞的庭院。这批射猎和钓鱼类的收藏非常不错，包括一些 BB 的作品（永远好卖）、索尔伯恩†的插图本和一本二十世纪早期捕鲑鱼大师马洛科‡的书，还有一些其他的维多利亚时代书籍。我选了五箱书，给了她们750 镑。她们看起来很满意。

那两个我想叫来清走那块从烟囱掉落的石头的建筑工人都没有回应。

流水：325.95 镑
顾客人数：31

8 月 21 日，星期五

网店订单：1
找到的书：1

妮基带来了"老饕星期五"大餐。这一回是两块巧克力

---

* *Debrett's*，全称 *Debrett's Peerage and Baronetage*，初版由英国出版家 John Debrett 于 1803 年编纂出版。

† Archibald Thorburn（1860—1935），苏格兰艺术家，以画鸟类闻名。

‡ Peter Duncan Malloch（1852—1921），渔具制造商、自然主义者。

泡芙，但上面的巧克力不是化掉了就准是被她在上班路上舔掉了。不管是哪种情况，我都不准备冒险尝试。

今天早上我发现——把我给吓坏了——有个客人把肯·巴罗那几箱钓鱼类书和一堆我们准备在 FBA 上刊登的书混在了一起，弗洛偏偏没有发现，直接一起刊登出来了。书已经寄去邓弗姆林，我根本来不及跟他们谈价钱。发现自己处于这样的境地，总是很尴尬的。如果他想把书要回去，我几乎不可能从亚马逊手里讨回那些书了。

一连三天只有一个订单。亚马逊、Abe 或者"季风"肯定出了什么问题。

妮基一直在为瑞贝卡·普伦科特做她要在明天晚上的婚礼上穿的礼服。瑞贝卡是玛丽和威尔逊的长女，他俩是我们的朋友，住得不远，就在纽顿·斯图尔特。他们的二女儿叫夏洛特，有年夏天来店里工作过。妮基的小屋就在瑞贝卡要举办婚礼的农场上，她非常好心地主动让我、安娜、卡勒姆和西格丽德留下过夜。她将一对窗帘缝制在一起，给瑞贝卡做了结婚礼服——"我只好用飘窗的帘子。其他的都太小了。"

去邮局的路上，我撞见了威格敦居民斯图尔特·麦克林恩——"黑色外界"背后的智囊。他提醒我说我还没有提交今年的活动上要用的音频。我是少数几个每年提供一段音频的人之一。"黑色外界"是斯图尔特智慧的产物。几年前，斯图尔特有感于数字音乐已经沦为可以无限复制、无限分享、无限传播的领域，便起念要制作一些完全与之相反的东西，于是他邀请音乐行业的人录制一段全新的音乐（或者任何种类的音频）发给他，然后删掉原始音频文件，拥有这些录音的就只剩下斯图尔特。他在盖勒韦山区设了一个 FM 发射台，把这段之前从未有人听过的素材播放上十二个小时，只要 FM 收音机在发射台的 4 英里半径范围内，你想听就能听到，到时间后他也会删除自己手里的那份文件。用他在自己网站上的话来说："《黑色外界》FM 无线电广播节目你只有带着收音机来到这一地点才能收听到，不会有流播，也不会有录音，所有文件播放过后一律删除。"

他放送广播的地方在一座山的山顶上，上面有一块亚历山大·默里的纪念碑，他是个羊倌的儿子，自学成才，1811年当上了爱丁堡大学的东方语言教授。默里纪念碑那儿的景观非常棒，虽然它跟马查斯半岛连绵起伏、青葱肥沃的风貌只相隔几英里，差异却很惊人。它四周都是荒无人烟的原始山区——未经开垦，只有山羊和赤鹿的足迹。瀑布和高声奔腾的小溪在花岗岩荒野间流过。那里就像另一个国度，就是如此不同。它有着高地的壮丽，却没有一车一车的游客光顾。几百平方英里尽是人迹罕至之处，而山下那条竖有纪念碑的道路被称为"女王道"，因为据说维多利亚女王形容它是全苏格兰最漂亮的路。

凯文——我后院小屋的租客——向我借梯子。我在电话里向他说起烟囱的问题，他便给了我一个建筑工朋友的电话。我拨电话过去，对方立马就答复说他星期一来看一下出了什么问题。

肯·巴罗来店里和我就那批钓鱼类书谈价钱。我说很多我都不想要，但想要的那些，我乐意给他 40 镑买下。他说他想看看我感兴趣的是哪些书，好把剩下的拿回家。听到我说书找不到了，他很生气，对我说下星期他再来。我精心算计，想赌一把他会拿了钱问我能否把剩下的书留在店里，结果没得逞。

流水：270.96镑
顾客人数：30

8月22日，星期六

网店订单：0
找到的书：0

今天没有订单。检查了一下"季风"，似乎运行正常。

肯·巴罗打来电话。是奶奶接的，事后她给我留了张便条："肯·巴罗打电话来。他非常生气！"

妮基今天请假了，去继续为今晚的婚礼做礼服，所以我和奶奶轮流在店里坐班。

晚上我开车去参加了瑞贝卡的婚礼。每个人都喝了很多酒，跳了很多舞。

流水：214.68镑
顾客人数：22

8月23日，星期日

我们在妮基的小屋中醒来，阳光流淌进房间，眺望卢斯湾对岸，景色绝美。我们一行人坐到屋前，吃了早饭，喝了茶和咖啡。记忆所及，我已经很久很久没有活得如此田园牧歌了。

8月24日，星期一

网店订单：3

找到的书：3

弗洛在。她今天发在黑板上的作品由一幅粉笔画和上方的文字构成：一节发出低电量警告的电池，"真正的书籍永不消亡"。

上午 11 点，卡勒姆和屈赛来喝了茶。

奶奶搬书时弄伤了膝盖。她抱怨说膝盖肿了，可在我看来相当正常。她问我药店卖不卖泥敷膏，我说如果她真的想要泥，我可以去河口那边弄一点回来。她看起来很高兴，还说这但愿不会过于"打老"我一天的安排。

我上周联系的建筑工人打电话来说他下午 3 点左右到，而且——让我惊奇的是——他 3 点准时出现了。

弗洛在把一本书放上架子的时候，一个客人在她面前放了个屁。他看了看她，说了句抱歉，接着来了第二发，然后继续看书了。

安娜邀请几位朋友过来吃晚饭看电影。我布置好投影仪，我们一起看了《逃狱三王》。屈赛留下来过了夜。

流水：300.47 镑

顾客人数：24

8 月 25 日，星期二

网店订单：1

找到的书：1

弗洛上午 9 点来的。

下午 1 点，建筑工人又来了一趟，说他和他的生意搭档肖恩明天早上会过来，确保烟囱主体是安全的。

奶奶今天在"打理"精装书的区域，一直干到吃午饭才歇手。吃饭时她竟然不小心把茶泼在她的笔记本电脑上，那台机器现在停止运行了。

快打烊时我给肯·巴罗打了个电话，把他那些书被失手送去 FBA 的来龙去脉说清楚了。我说我可以赔偿他清单上的所有书，或者给他 150 镑而不是一开始开出的 40 镑。经过沟通，我们说定了后一种解决方案。

奶奶从肉店买了份吃的给我，作为我之前说要去港口那边为她挖泥的谢礼。她告诉我，肉店的人费了好大工夫才弄明白她要买的是什么，最后三位店员（斯蒂芬、杰克和南希）

都加入了讨论，直到他们搞清楚"斯央前卷"[*]其实指的是，香肠卷。

流水：276.48 镑

顾客人数：19

8 月 26 日，星期三

网店订单：1

找到的书：1

弗洛当班。她今天在黑板上抄了一句《皆大欢喜》里的话，还用粉笔画了一张颇有水准的莎士比亚像。莎翁在说："我喜欢这地方，很乐意把时间浪费在店里。"

9 点 10 分，建筑工人约翰和肖恩带着脚手架来检修烟囱。肖恩从我卧室窗户爬出去，攀上屋顶确认了一下没有别的东西会砸下来。谢天谢地，没有了。他们离开后，一个留着帅气飞机头的小伙子拿来了三本伊恩·弗莱明初版，包括一本没有书衣的《No 博士》[†]。给了他 150 镑。

下午开车去了纽顿·斯图尔特的眼镜店，结果得知我约的是明天。铁证啊，说明我不配新眼镜不行了。我是带奶奶同

[*] 伊曼纽埃拉说的是：shoshageroll。

[†] *Dr.No*，弗莱明出版于 1958 年的"詹姆斯·邦德"系列小说之一。

往的——看我没空去河口挖泥，她就来找某种膏药，可以敷在膝盖上消肿。她两家药店都去了，还跑了几个别的机会渺茫的地方，最后毫不令人意外地并没有找到她要的药。据说"那药在意大利很常见"。

把她送回书店后，我下了趟河，捕到一条6磅重的鲑鱼，放生了。（这是惯例——在我年轻时，我们捕到什么都会留着，除了季末的鱼，因为它们的质量下降了。）在一年中的这个时节，倘若天气还暖和，这条河是最令人放松的地方，你能听到的，唯有微风拂过林间树叶的声响、水波轻柔的拍击声和鸟鸣。对于一切事物，这都是最灵的解毒剂。秋色的到来尚需时日，但秋意已开始显现。

奶奶为安娜和我做了晚饭。她对饮食古怪的挑剔劲头清楚体现在了奉献出的菜肴上：以某种全天然食物做面底的比萨饼，吃起来像卡纸板，而且不加芝士；古怪的一大碗杂烩，其中有烤南瓜、橘子瓣和肉桂条。这些都不合我的胃口。事实上，她准备这顿饭的时候简直像是被蒙住了眼睛，从冰箱和碗橱里随便抓点原料就动手了。别人给她做饭时，她食欲旺盛，一点都不讲究，可轮到自己下厨，她却极其严谨、挑剔，一定要用不含脂肪、油或黄油的食材。

流水：612.89镑
顾客人数：45

8月27日，星期四

网店订单：2

找到的书：2

弗洛今天在黑板上写的：

> 钱买不到幸福，但钱可以买到书（基本上是同一个东西）。

已经快一个月没接到过 Abe 的订单了，于是我给"季风"发了邮件，让他们帮我看看我们的数据库有没有正确上传。

奶奶的笔记本电脑还没好，所以她开始频繁使用店里的电脑。现在每次我登上"脸书"，面前出现的都是意大利语版。

顶着狂风大雨，我花了一上午在花园里挖了一条沟，用于给棚舍铺排水管用。我至少得赶在节庆开始前两周把活儿干完，让花园恢复正常。而且书店也乱成一团，因为我们把原本放在棚舍里的大部分库存都挪了地方，眼下都扔在"铁路室"里。我们着实需要在节庆到来前把那些也整理好，所以奶奶将书统统搬进了前屋，让弗洛查看一遍，能给 FBA 卖的就装箱送走。剩下的书我们装了箱子，准备送去格拉斯哥的回收厂。在此要表扬弗洛，她在过去几个星期里刊登了几百本书。虽然我很不乐意，但这个办法实打实解决了图书储存空间的难题，而那些书——眼不见为净——好像卖得比店里挂在亚马逊上的书更快。

我们还没有开始整理那几箱我花了 750 镑从卡隆布里奇买入的书。明天上午妮基可以在店里着手把它们一点点上架到网店。

流水：525.89 镑

顾客人数：42

8 月 28 日，星期五

网店订单：2

找到的书：1

妮基、卡勒姆和罗伯特一整天都在。

妮基一来就得意地把一袋焦糖消化饼干戳到我面前："瞧瞧我在莫里森超市垃圾桶里找到了啥——哎，它们是化成一坨了，但味道还是很赞的。"

奶奶一直在不停抱怨膝盖肿，于是我带她去了港口；带了提桶和铲子，好让她掘足量的泥来治膝盖。

我正在花园里挖一个可以插杆子的洞，为的是扩建柴棚，腾地方放新锅炉用的那一袋袋颗粒燃料，这时艾米——她来问过能否在洛肯克罗夫特（原本是我们的仓库，现在妮基决定在此过夜时就是她睡觉的地儿）楼下开间小酒吧——带着她的小宝宝来了。艾米是个年轻姑娘，她嫁给了比我小几岁的一个朋友。她是南方来的，不过好像非常适应盖勒韦的生活。我们仔细察看了周边情况，讨论了几个选项，包括入口位置。如果我们决定通过花园进门，那在节庆前就会有巨量的清扫工作留待我完成。艾略特还问过节庆期间我们能否在花园的帐篷里开一家"快闪"餐厅（去小酒吧 en route*）。我得看一下日期，确定活动开始的时间，但那总是在九月底，所以我最好抓紧，尤其是下个星期过完弗洛在书店的工作就告一段落了，而奶奶要去主理"打开的书"，所以节庆那周，大部分时间店里只有我一个人。

下午 3 点，UPS 的快递员又来拿走了十四箱存货（弗洛已经把书在 FBA 上架），把它们送去邓弗姆林的亚马逊仓库。

奶奶告诉我——在她为数众多的病痛中——她还深受腰痛之苦，于是我告诉她我也是，我手里有理疗师开给我锻炼的方子。我懒得做这些锻炼，我是说——如果实话实说——其实我根本就没有做。她说从下星期一开始我们一起锻炼。她又学黑手党的动作指了指我，然后作势割喉，她的意思大概是我没得选。我叫她"墨索里尼"。她叫我"操蛋的杂种"。

列了一个节庆前待办事务的清单：

　　清理"园艺室"和"铁路室"地上的书，把书刊登上 FBA，装箱送走
　　清理花园里的木块和棚舍里的全部垃圾
　　装修好棚舍（粉刷、清理需要一星期）
　　把过去几次交易里新买入的货标价、上架

---

* 法语：在途中，半道上。

整理大房间以备"作家休憩处"之用

搬走艾米莉在洛肯克罗夫特／节日咖啡馆的东西，给艾米的小酒吧腾地方

竖起艾米小酒吧的牌子

移动棚舍前面的花园小径，在草地上播种

开启"铁路室"和"苏格兰室"的扬声器

为斯图尔特·凯里和罗伯特·特威格*准备房间，节庆期间他俩会住这儿

换掉洛肯克罗夫特巷楼上那房间的阳台门

铲平地势最高的花园，好让"快闪"餐厅的帐篷支起来

为我们从棚舍里搬出来的书做一些新的书架标签

剪辑威格敦展览会视频

为朱丽娅·缪尔·瓦特剪辑惠特霍恩的视频

准备好下一次要寄出的"开卷随缘书"

为烟囱造成的损失索取保险赔偿金

修好烟囱

做个遮挡，保护新锅炉

给书店大门做台阶

给花园的长椅上漆

在花园里支好"快闪"餐厅要用的帐篷

把多的隔音材料拿给卡勒姆

给书店的地板上漆

---

*　Robert Twigger（生于 1962 年），英国作家、探险家。

给通往屋子的侧门上漆

更换花园里所有电灯的电池

卡罗尔-安留下来过夜。我们一起做了顿饭：妮基搞蔬菜，安娜做了布朗尼（她做饭水平一塌糊涂，却是个出色的烘焙师），我则做了面拖烤香肠*。

谢天谢地，奶奶什么都没有贡献。我们很晚才睡，喝了很多酒。大家都吃饱喝足后，奶奶像条饥饿的水虎鱼一样向残羹剩饭发起猛攻，将所有东西扫了个干净——跟我们所有人已经吃下去的量差不多。

流水：236.79 镑

顾客人数：23

8月29日，星期六

网店订单：2

找到的书：2

醒来时我听到厨房里传来咯咯的笑声，还闻到烧东西的气味。下楼一看，发现卡罗尔-安在给一片烤焦的吐司抹黄油，妮基在吃昨晚剩下的布朗尼，而奶奶在用豆奶、麦芽粉和一

---

* 原文为 toad in the hole。

根香蕉调配着某种可怕的食物。与此同时，安娜正在吃一块化掉的焦糖消化饼干，正是妮基昨天带来过"老饕星期五"的。上面的巧克力都泛白点了，我不由得把它跟有毒的蘑菇联系在一起。

卡勒姆在。罗伯特也在。上午 11 点，罗伯特接到一个紧急电话出去了，不过 2 点他回来了，然后 4 点又离开了。

夏天威格敦会办星期六集市，有时会雇一个风笛手来吹奏一小时，今天就是这样的日子。我一边打包去爱丁堡的行李，一边想到安娜，想到她要离开如此深爱的地方和人，会是多么沮丧。下午 3 点，风笛手吹起了《何日君再来》*。随着她行将离去的阴霾步步逼近，我自问这么做究竟对还是不对。我四十四岁了，想要一个家庭。她三十二岁，尽管有各种分歧，还是有更多更多的东西让我们彼此相连，而不是分离。

一年一年过去，我眼看着朋友们有了孩子——我们刚认识的时候，朋友们自己也都还是小小孩——送他们去上大学，或者自力更生，而我看到自己拥有家庭的机会慢慢从指间溜走。随着时间流逝，孩子的形象在我脑海中变得愈发模糊。如今，我向往拥有的孩子已几乎消失不见了：不仅是鬼魂，而是鬼魂的幻影。他们好比《牛奶树下》†中的罗茜·普罗伯特，仿佛"永远遁入了黑暗的黑暗之中"。

下午 1 点 30 分，安娜和我离开威格敦向爱丁堡出发。中

---

* "Will ye no come back again"，苏格兰经典民歌，由 Carolina Oliphant 作词，是苏格兰高地人怀念邦尼查理王子（Bonnie Prince Charlie）的歌曲。

† *Under Milk Wood*，英国诗人迪伦·托马斯（Dylan Thomas）创作的广播剧本，在 1972 年的电影版中，Rosie Probert 一角由伊丽莎白·泰勒客串出演。

途我们停了一下，让她同我父母道别；5 点半左右到了我妹妹露露家。露露请了我另一个妹妹薇姬和妹夫阿历克斯，还有他们的两个孩子罗茜和莉莉，一起吃晚饭。露露的同窗好友米奇和她未婚夫本也来了。放下最初的拘谨后，我们喝酒、跳舞、唱歌，一直闹腾到凌晨 5 点半。

流水：436.14 镑
顾客人数：45

8 月 30 日，星期日

网店订单：
找到的书：

下午 2 点醒来，比我预料中感觉好多了。安娜和我在爱丁堡漫步，看了艺穗节的街头演出，在草市场*吃了顿很晚的晚饭。晚上 7 点回到露露家。

---

* Grassmarket，位于爱丁堡市中心，是有名的旅游景点。

8 月 31 日，星期一

网店订单：1

找到的书：1

弗洛开了店。我开车送安娜从爱丁堡去了格拉斯哥机场，她要坐经停都柏林飞往波士顿的航班。早上 8 点 45 分，我俩在机场一起吃早饭，其间我因为看到隔壁桌的一个男的而大倒胃口——那个矮胖男非要叉开他裹着紧身尼龙裤的双腿对着我，当他用勺子往海象似的胡须下方洞开的食道里塞入苏格兰全餐时，他的肚子／生殖器充满期待地颤动着，这一幕让我看了个一清二楚。

这对于我俩都是一次伤心欲绝的告别。在她走进望不到尽头的安检迷宫前，我交给她一封信。信是我星期五写好的，在信里（但愿）我为我没办法承担起一段关系的责任做了无力的道歉，表达了我对她的欣赏，说我认为她是我这辈子有幸遇上的最慷慨、最善良、最了不起的人。

我在"巴洛赫的缺口路"上驱车返程——那是一条 20 英里长的单向道山路——才开到格伦特鲁尔就发现因为要重铺路面，暂时封路了。我只好掉头一路返回梅博尔，走另一条路回家。

流水：156 镑

顾客人数：12

九月

有些客人爱说话；有些则阴郁寡言。我防范的正是爱说话的那一类人。他们会眼神闪着光芒拖住你聊上半小时，有时候更久，完全不顾旁边还有三个客人在等我招呼。只要稍加练习，识别这一爱饶舌的人群并不难。他们进屋时带着一抹期待的假笑，热情洋溢，咂着嘴准备发表一大段高论。碰到这类人，我总是埋头干活。一旦报之以回应的傻笑，或者哪怕点点头，我的衣纽就会被紧紧抓住不放。他们是友善的群体，这些饶舌家。过去，他们会聚集在书店里，因为那是爱书人时常出没的场所。

奥古斯塔斯·缪尔，《书商约翰·巴克斯特私语录》

巴克斯特对顾客行为的描述异常准确。他笔下那种爱说话的客人如今还是会常来书店，我不知道还有没有别的行业受惠于他们如此冗长的高妙见解。很难解释为何我们这些在书店工作的人会成为这类人的受害者。在某些情况下，听一个人聊上四十五分钟核反应是颇有意思的，但当你忙于工作，当你看着周围有待清理的一箱箱书和还未标价、上架的书，或者成堆尚需放上网店的书，或者其他需要你帮助的客人，这种种时候，并不属于"某些情况"。这样的客人我们有几个，虽然不多，但其中有一人，每次他一踏进店门，我的心都会一沉。考虑到不要伤到别人面子，我不应该披露太多他的身份信息，因为他就住在当地，但有太多次我都被长时间堵在柜台后面，听他的各种看法，关于苏格兰独立（反对）、同性婚姻（反对）、移民（反对）、大型跨国公司（极力赞成），还有许许多多其他话题。有一次他买过一本2.50镑的书。我想以后我得根据他在工作日浪费掉我的时间量按分钟向他收取费用。

巴克斯特坚决不理这种人的策略有时候是管用的，但只是有时候。他们往往并不是要寻求讨论，或者辩论，整件事完全是在自说自话，而需要你的关注，只是为了让这一场面在几个恰好路过的倒霉蛋眼里显得不那么自恋。很难有什么办法能让他们闭嘴，不过最近我频频使用的一招，是偷偷用手机打店里的座机，接起来，假装处理客人的退货事宜或者类似的事情，来打断那单调的独白。我挂上电话的那一刻，对方又几乎势必会说下去。

"文身控"桑迪则是谈话的大师。他总是那么有趣、迷人而诙谐。我经常发现他在店里同完全不认识的人聊得热火朝天。但他最大的天赋在于掌握时机。他完全知道聊天聊多久不会打扰到别人，所以每次看到他总是令人愉快。

9月1日，星期二

网店订单：1

找到的书：1

弗洛今天上班。她今天早上在黑板上写的是：

> 优惠大促——你给我们
> 钱，我们给你书！

我跟弗洛谈妥了一笔交易：她不上班后（星期四是最后一天），她每一条黑板上的创意如果能在"脸书"获得二十次分享，我就给她5镑，但她不准发动朋友分享。今天这条刚在"脸书"上发布一个小时就被分享了四十九次。昨天那条被分享了六十五次。

奶奶提醒我，我们说过要一起做理疗师为我设计的背部康复练习。我俩一致同意，来点金汤力可以大大提升整个体验，于是我给我俩一人调了一杯很烈的。奶奶刚喝完就问我："里面放了金酒吗？喝起来像水。"过了片刻她上楼去洗腿了。

下班后我给通往院子的侧门上了油漆。我给威利·赖特发了信息，问他明天上午是否有空来帮我运走剩下的碎石。威利是本地人，时不时给我打点零工，威格敦人都认识他。他一直在街上走来走去，看起来像是有什么重要的事情要处理，还透着一股威严的使命感，但其实大部分时候他只是在联合超市

303

和家之间往返。

流水：239.22 镑

顾客人数：23

9 月 2 日，星期三

网店订单：1

找到的书：1

弗洛在店里。让她把科幻小说刊登到 FBA。

上午 9 点 15 分，奶奶下楼了。她对我做了个黑手党的手势，说："修恩，昨晚半夜 3 点我起来撒尿，听到奇怪的声音。我斯养：'是啥呢？一只动物吗？'然后我懂了，是你在打呼喽*。好大声啊。"

11 点，我爸来跟我讨论钓鱼的事，还有明年他还要不要去卢斯河试一把。他不再去卢斯河的那一天，将会是悲伤的一天。他在那条河钓了四十年鱼了。

现在这已成惯例了：下班后我和奶奶一起做了背部康复练习。今晚她耗时七秒就将她那杯金汤力一饮而尽。她越来越快了。

---

* 伊曼纽埃拉把 snore（打呼噜）说成 snork。

打烊后，我给通往花园的侧门刷完了漆。

流水 145.49 镑
顾客人数：10

9 月 3 日，星期四

网店订单：1
找到的书：0

卡勒姆和罗伯特是 9 点到的，弗洛则有点迟到，不过既然今天是她最后一天上班，提这茬儿好像也没啥意义。我之前又不是没说过她，但丝毫不起作用。

今天上午我开车去纽顿·斯图尔特拿根据新的验光单配的两副新眼镜。一副有点时髦，另一副则和我戴了二十年的旧眼镜非常相似。我把眼镜戴给奶奶看了，她说我戴上时髦的那副还挺像个"潮人"。这副眼镜不会重见天日了。在纽顿·斯图尔特，我还买了刷棚舍门的油漆和装在侧门上的锁。"家用硬件"的克莱尔告诉我，她女儿强迫她看了我们的说唱视频《读者之乐》。她不大感冒。

回家路上我去父母家拿了笔记本电脑。这台电脑是我两年前买的，但现在他俩人手一台 iPad，从来不用笔记本，所以我准备把它给奶奶用，因为她的电脑进了茶水失灵了。戴了一下午新眼镜，结果头痛欲裂，仿佛服用了巨量致幻剂。

弗洛下班准备离开的时候，我试图拥抱她，感谢她（相对而言）勤劳的工作，可她把我推开了。

下午 6 点，奶奶和我照例做了背部康复练习。我一边把低垂的身体从地面上翘起来，骨头吱嘎作响，嘴里呻吟不断，一边抱怨说，当一个四十多岁的人真没劲。她回答道："不，肖恩，四十岁是全新的十三岁。"今晚的金汤力只存在了——我估计——两秒钟。她简直像在为参加某种比赛而苦练速度。

整个傍晚都在给棚舍上漆。9 点才弄完。

流水：125.50 镑
顾客人数：8

9 月 4 日，星期五

网店订单：1
找到的书：0

妮基带来了燕麦蛋糕、芝士和酸黄瓜，都是她从莫里森超市的垃圾箱里抢到的。没到午饭时间奶奶就把它们吃光了。

上午 10 点，丹尼斯——书店（我接手之前）前雇员，也是钓友，只要有空，总是热心来做点零工——来了。我们从棚舍装了一拖车碎石，倒进了鲍勃的田里。随后我们又装了一车，正准备把碎石倒进之前那一堆时，妮基却开始在里面翻检起来，问能否把木材边角料统统给她，于是我们开车去了奥亨马尔格，把东西扔在了她的小屋外面。回家路上我们把拖车还到了卡勒姆家。

花园开始有点样子了——到节庆来临时它或许勉强能见人。开车去妮基家的路上，丹尼斯对我大话连篇。他爱编故事在威格敦是出了名的，到头来总是以一场激斗收尾，每次他都深陷不利的局面，可他总能依靠巧劲和蛮力反败为胜。今天我听到的故事是说他有个朋友从170英尺高的地方摔下来，背骨折了，却还能站起来，拍拍身上的土，回去干活；还有一年，他在各种各样的打斗中掉了二十七颗牙齿，他是如何在被捕后从警车里逃脱，又是怎样把他小学校长暴揍一顿的。即便在他掉落牙齿之前，他说话我们也完全听不懂；现在他把最后几颗也拔掉了，他相当于在讲斯瓦希里语。

奶奶走到外面说："不好意思打老你，不过我能打扫一下'铁路室'吗？"那屋现在乱得一塌糊涂，所以我欣然答应了。到下午3点，她擦干净、重新整理了每个书架，整个地方看起来完美无瑕。4点钟，她指出虽然我买了两副新眼镜，我却戴回了旧的那副。我实在不知道怎么会这样。肯定是我上床睡觉时从盒子里拿错了。

流水：357.29镑

顾客人数：20

9 月 5 日，星期六

网店订单：1

找到的书：1

妮基在。天气晴朗、暖和，现在风又开始从西边吹来了。

网店的销售似乎已经从小小的水流缩减成涓滴细流了。

丹尼斯又来了，我便让他给准备铺在棚舍外面的小路掘一些草皮。上午 11 点，我开车去潘基林锯木厂买了点材料，还订了一些木材和沙砾，这样节庆到来前小路就能铺好了。另外，从我们开建棚舍起就一直在店门外的那袋沙子终于快用完了。每次我看到它，都会想起罗比·墨菲说它已成为街道设施的一部分。

奶奶写了今天黑板上的标语。我突然意识到她已经来这边两个月了，却什么地方都没游览过，遂决定下午休息半天，开车带她去趟圣美丹——一座古老的教堂和墓园（她痴迷于逛墓园），拥有漂亮的沙滩。"这里很漂亮，这里的水，很漂亮，不像意大利的水。"

傍晚 7 点到家，和奶奶一起做了背部康复练习（今天她那杯金汤力存在了几乎足足一分钟才被她消灭掉），然后做了饭，又出去给棚舍上漆。10 点 20 分才干完。

流水：249.45 镑

顾客人数：12

9月7日，星期一

网店订单：2

找到的书：2

奶奶开的店。上午11点，爸妈过来喝咖啡，我们讨论了他们是否可能再在镇上买一宗房产，设立一间"作家工坊"供人居留。毫不令人意外，这是安娜的主意。

我对奶奶说——开玩笑的——她不可以午休。她叫我"操蛋的臭杂种"，随后告诉我，我昨晚又"打呼喽"了。我们觉得在节庆之前收拾一下科幻小说的区域或许是个好主意，便着手做了。我从来不把自己视为这一文学类型的爱好者，可整理着整理着，我惊讶地发现原来自己读过那么多科幻作品：道格拉斯·亚当斯的所有书，哈利·哈里森"不锈钢老鼠"系列的大部分，一些艾萨克·阿西莫夫、特里·普拉切特和约翰·温德汉姆，多数是我少年时代读的。[*]

丹尼斯和水暖工罗伯特今天在。他俩都有连续不断讲几个小时话的本领，所以两人都没有做成多少事。

为图书节做准备，去银行换了160镑的1镑和50便士面额的硬币。你可不想在一年中最忙的一周里没办法给人找钱。

---

[*] 这里提及的作家分别为：Douglas Adams（1952—2001），英国广播剧作家、音乐家、科幻小说作家；Harry Harrison（1925—2012），美国科幻作家、评论家；Isaac Asimov（1920—1992），俄罗斯犹太裔美国科幻小说作家；Terry Pratchett（1948—2015），美国奇幻小说作家；John Wyndham（1903—1969），英国科幻小说作家。

今天的邮件里来了一堆账单，其中还包括安娜写来的一封美好的信。

流水：326.40 镑

顾客人数：17

9月8日，星期二

网店订单：4

找到的书：4

今天奶奶开始了她在"打开的书"的工作，这意味着我将几个月以来第一次独自看店，所以今天的黑板是我写的：

> 你刚走过了一家书店。
>
> 你是有什么毛病吗？

上午 11 点把这条发在了"脸书"上。让我大为惊讶的是，几分钟之内它就被分享了二十次。今天结束的时候，它被分享了超过 1400 次，创下了书店"脸书"主页发布内容的新纪录。

罗伯特来了，问我能否给棚舍浴室里的取暖器做一个底座。

图书节的经理安·巴克莱中午来了一趟，同来的还有今年的两位实习生，贝思和林赛。她说星期四要拍照，问我能否安排一些书给每个人拿在手里。

午饭时间接到斯图尔特·凯里的电话，他确认节庆期间会住我这儿，还问第二周有没有空房间给他一个朋友住。

下午2点，潘基林锯木厂的卡车运来了新建颗粒燃料棚要用的材料和铺完贯穿花园的小径所需的砾石。这些都需要在节庆开幕前完工，现在只剩两个多星期了。

流水：256.95镑
顾客人数：14

9月9日，星期三

网店订单：3
找到的书：3

上午9点我下楼准备开店，却听到传来奶奶的硬底高跟靴标志性的一声声"咔嗒、咔嗒、咔嗒"。她早早开了店门，我接过她的班，她则去"打开的书"了。

斯图尔特·麦克林恩回来把剩下的若干箱科幻作品仔细筛检了一遍。到打烊时，我收到了三封他朋友的邮件。他们都是通过他才知道这批书的，多亏他帮忙联系，我们卖掉了价值70镑的书。

今天的信箱里有封菲利普斯太太写来的信（她以前每次给店里来电话，都以"我九十二岁了，失明了"开场，不过现在她准已经"九十四岁了，失明了"），收信人一栏只写了"肖恩，书店，威格敦"。菲利普斯太太实在了不起。她经年累月向我订购她认为她的重孙辈应该阅读的书。她来信的落款尤其令人喜爱，简简单单一个"菲利普斯"。

下午 5 点 10 分，店里有个客人（我们 5 点关门）问奶奶："你们几点关门？"

伊曼纽埃拉：我们已经关门了。我们 5 点关门。

客人：哦。

十分钟后我看到他还在，便提醒他我们关门了。又过了十分钟他终于走了，什么也没有买。

天气逐渐转冷，我决定做一份炖菜，明天吃。我关照奶奶明天我要出去大半天，她会一个人在店里。（"打开的书"由一名志愿者暂时负责。）她管我叫"操蛋的贱人"。刚来那几个星期她一直怯生生的，现在好像已经克服了这一特点。

流水：203.48 镑
顾客人数：21

9 月 10 日，星期四

网店订单：1
找到的书：1

晴朗灿烂的一天。奶奶在。只有一个网店订单，所以 Abe

显然还没有通过我们重新上传数据库的申请。今天开工的第一个小时，我向奶奶演示了如何在 FBA 上刊登书籍，然后把弗洛刚开了个头的整理那堆积如山的一箱箱科幻作品的任务交给了她。我解释流程的时候，她提了好几次弗洛，管她叫"那个弗洛"。

今天的邮箱里有封建筑工人寄来的信；整修烟囱的费用估计需要 7500 镑。我必须尽快给保险公司写邮件。哪怕保险公司同意出一份钱，看来也不可能在节庆开幕前把烟囱修好了，不过听上次电话里他们的口气，要他们出钱不大可能。

11 点 30 分离开书店，开车去克莱德班克[*]看一批书。书是去年离世的一个男人的。他的遗孀要卖掉他关于美国内战的藏书。我稍微有点迟到，进屋发现那位遗孀、她女儿和她外孙都坐在架子上放着那批书的小房间里。我做了自我介绍，随后开始一本本翻书，地上逐渐堆起一摞又一摞；整个过程中她们一言不发地坐在那儿，注视着我。这种情况很少见，因为你去翻书的时候人们一般不会管你，而是接着做他们一天里原本通常要做的事情。意识到六只眼睛在监视着你的一举一动令人很不舒服。我选出大约四十本的一摞书后，那个女儿要我大概让她们知道一下可以期待我为这批书开出什么价格，于是我说平装本（都是全新品相）大概 1 镑一本——有的贵一点，有的便宜一点，平均这个价——精装本每本从 2 镑到 20 镑不等，取决于书的稀有程度、品相、题材和市场需求。她们好像松了一口气，随后那位遗孀告诉我已经有另一个书商来看过这批书了，

---

[*]　Clydebank，苏格兰中西部自治市（burgh）。

报价 50 便士一本。我不想得罪那位既不在现场也不知姓名的同行，解释道二手书行业现状很混乱，我们各有各的定价策略和收书价格。那位遗孀说他的报价一出口，她们就"让他滚出去了"。这批藏书品质相当高，每本的品相都近乎完好，我选了七箱书，向她们报价 365 镑。她们当即接受了，于是我把书装好箱，给她们开了张支票，离开了。美国内战题材的书在店里卖得非常不错，而入手一批藏家在收藏过程中明确知道他在买什么的书，永远是件美好的事。

到家时已经 5 点 30 分，我加热了昨晚做的炖菜当晚饭。8 点，奶奶和我坐下来吃饭。8 点 30 分左右，我出门去棚舍里干了一会儿活。10 点钟回来，我发现奶奶又一次把整份炖菜都吃完了。我原本以为这盆菜我可以吃到星期天，但根据经验，我或许本该猜到她会全部吃完。我向她提起这点时，她回复道："滚犊子，操蛋的杂种。"自从她来到这里，她说脏话的英语词汇量倒是显著扩大了。

同安娜用 Skype 聊到很晚，凌晨 4 点 30 分睡的。安娜好像已经无奈接受了回美国定居的现实，不过她显然觉得苏格兰才是她的精神家园。

流水：257.88 镑
顾客人数：26

9 月 11 日，星期五

网店订单：1

找到的书：1

刚过 9 点，妮基拖着脚来上班了。她今天的第一件事就是虚张声势地发表了一通关于进化论的演说，说那是多么荒谬的观念。我只睡了三个钟头，实在没心情听她讲话。

今天风大，阳光却不错。11 点 30 分，三个苏格兰国家剧院的人来到店里，他们要拍些照片给图书节预热宣传用。

奶奶去"打开的书"了。她离开不久，安娜从美国给我发来邮件，说她接受了新西兰广播电台的采访，聊的正是这一项目，于是我上网听了一下。她的表现精彩至极，只有一个问题：她把《清水的涟漪》*的作者说成约翰·巴肯而非加文·麦克斯韦。

等妮基抨击进化论的夸夸其谈告一段落，我开车把一些棚舍里清出来的废料运去了惠特霍恩(距离 12 英里)的垃圾场。

下午两三点，"腰包戴夫"来了，大概是在照例坐巴士巡游吧。如今他有了免费的乘车票，他就要用足。他好像经常利用免费公共交通从一家公共图书馆逛到下一家。他在店里待了十来分钟，身上的各种手表、电话和别的东西一如既往频繁发出"嘟嘟"声。临走，他对我说他准备去看看谁在管"打开的书"，于是我赶紧打电话给奶奶提醒她小心。4 点 30 分她关店后回

---

* *Ring of Bright Water*，Gavin Maxwell 出版于 1960 年的畅销作品。

到我这里，问我："那个背了很多包的人是谁？是个 clochard*吗？"等她确信他不是个无家可归的人后，我紧接着说我们叫他"腰包戴夫"，她听了回答道："他的名字是哑巴戴夫†？"

流水：212.40 镑

顾客人数：17

9 月 12 日，星期六

网店订单：2

找到的书：1

醒来闻到烘焙的香味，下楼发现奶奶在用啤酒和培根做麦芬。她严令我要全部吃完。虽然原料听起来颇令人期待，成品的味道却实在恶心。

早上 9 点 10 分，妮基来上班了。我感觉人不舒服，看她来了就回到床上又睡了几个钟头，不过睡觉前我关照她把从卡隆布里奇买的那批钓鱼类书籍标好价格，她却觉得她的时间更应该用来检查已经上架和已经刊登的书。

午饭后接到书商同行伊恩的电话。他问我有没有在亚马逊上被举报过销售"违禁书籍"。据说他们责难他售卖一本封

---

* 法语：流浪汉。

† 伊曼纽埃拉把 Bum-Bag Dave 听成 Big Bad Dave。

面上印有"卐"字标志的"二战"历史书（几乎所有关于"二战"的书封面上都有"卐"字标志）。他请他们提供违禁书籍的清单，他们告诉他没有这样的清单，他们是接到了顾客的投诉，必须做出回应。伊恩——非常正当地——询问他们书商如何能知道是什么书引起冒犯，又会冒犯到谁，对此他们好像无法提供答案。

伊恩是一位书商，从事这一行大约有三十年之久了。他在赫尔经营着一家成功的书店，直到几年前"牛饥委"在他隔壁开了一家店。经过交涉，他们的管理部门向他承诺，新开的店不会变成一家慈善商店，可他们开的就是慈善商店，店员是志愿者，书是免费捐赠的，享受特许的地方税和租金，还不用缴税。这么一来，只有一种结果。伊恩要付雇员工资，要花钱采购书，要缴税，要付地方税和全额租金，他根本无力与之竞争，只好关掉书店。

下午6点，准备洗澡，问了声奶奶她是否需要用浴室，不用的话我就冲澡了。她说她习惯早上洗澡，因为她喜欢好好泡个澡，希望在面对这个世界前把自己弄得漂漂亮亮的——"在浴色里我是个拖延症。"

我：你知道还有谁在浴室里是拖延症吗？艾略特。

奶奶：没错，不过艾略特看起来斯样个女人。

流水：296.49镑

顾客人数：18

9月14日，星期一

网店订单：3

找到的书：3

奶奶今天在店里。轮到她写黑板了：

猜猜！
在这家书店我们卖：
——词语
——纸张
——梦想
——幻想
——葡萄柚
——波……什么来着？

不知道她想表达什么。

上午11点，一个客人提着一只笼子里的鹦鹉（名叫雅各布）
来到店里，她看书的时候鹦鹉就放在柜台上。我试图推销给她
一本《我知道笼中鸟为何歌唱》[*]，但她十分明智地拒绝掺和这件
事。奶奶迷上了那只鹦鹉，对它说了大约十分钟意大利语，仿佛
被关在一只小笼子里对这只可怜的生物而言惩罚力度还不够似的。

"牛棚书店"的劳拉发来邮件，提醒我星期三下午5点30

---

[*] *I Know Why the Caged Bird Sings*，Maya Angelou 出版于 1969 年的作品。

分我们在贝尔泰书店有一场 AWB 的会议。丈夫罗比去世后，菲奥娜（我隔壁的店"一箱青蛙"的老板）辞掉了秘书的工作。我自告奋勇接替了她的职位，所以我写了会议的议程，把它发给了所有其他成员。

流水：170.46 镑
顾客人数：18

9 月 15 日，星期二

网店订单：3
找到的书：3

今天奶奶去了"打开的书"，所以我独自守在店里。

开店的时候，我听到了——你绝不会弄错——野鹅的叫声，抬头一看，只见五十来只的一群低空飞过。我可以想象，如果你此前从未见过这一幕，一群低空飞翔的野鹅会是相当吓人的场景。有一次，我在黄昏时分散步去威格敦一个朋友家，看到几百只——甚至上千只——的一群鸟以近乎完美的 V 字形在空中飞行，它们齐声鸣叫着飞去盐沼过夜。我长大成人的农场有一大片盐沼，所以小时候每年冬天都能看到鸟群，这并不是什么稀罕事，不过在布里斯托尔生活了五年搬回来后，目睹它们秋天里飞回来，让我懂得了欣赏那其实是多么非比寻常的一番景象。

今天的信箱里有封来自国内税务局关于新出台的雇员养

老金计划自动登记法规的公函。我给他们发去邮件核实我是否属于例外的人群，因为我的雇员都是兼职的。他们答复了我，结果我比收到回复前甚至更困惑了：

> 自动登记法规适用于所有雇有至少一名员工的雇主。任何一名受雇人员只要属于下列类别，都需要建立养老金计划。符合条件的人如果已有养老金计划（例如，股东的养老金计划）且该计划达标，则可以保持原计划不变，不会自动登记。
>
> - 二十二岁——SPA
> - 月薪超过 833 镑或周薪超过 192 镑
>
> 如果无人属于上述类别，则雇主仍然需对员工负有自动登记之责。你需要写信向这些雇员详细说明他们自动登记的相关权利，还可能需要建立一项养老金计划（只在他们要求的情况下）。

回邮件请他们解释了一下 SPA 的意思。据说是"国家养老金年龄"[*]的缩写。

上午 10 点，卖鱼人威利来了，于是我向他购买了一些熏黑线鳕，因为我答应奶奶今晚要给她做卡伦黑线鳕汤[†]。威利一般星期五出现。他有辆白色的小货车，会走不同路线——一星期每天都不同——打开后备厢卖鲜鱼。他的鱼不仅品质大大优

---

[*] 原文为 State Pension Age。
[†] Cullen Skink，苏格兰的一种用熏黑线鳕、土豆、洋葱和牛奶烹制的汤。

于超市里的，种类也非常赞，而且他送货上门。珍妮塔——负责让书店和整座房子保持干净整洁——这几天聊起她小时候在农场生活的日子，说最近的商店都距离好几英里。那时候农场雇用的人比现在多多了，也没有很多人有车。许多农场根本不在公共巴士的路线上，珍妮塔记得肉贩子的货车每星期跑一轮农场，杂货店和面包房则两星期来一次。很多人一生中的大部分时间都很少需要离开农场。甚至他们的衣服都是从那些来农场兜售的小贩那里买的。

下午4点，一个客人问："你有没有什么带插图的书？"除此以外，再没有什么具体要求了。

晚饭做了卡伦黑线鳕汤，随后去棚舍里一直干到10点。可惜棚舍完工、可供人居住得太晚了，奶奶已赶不上使用，不过它或许可以在图书节期间作为备用房间派上用场。

流水：110镑

顾客人数：7

9月16日，星期三

网店订单：3

找到的书：3

今天奶奶在店里，"打开的书"交给一位志愿者打理了。

艾米——节庆期间她会在花园尽头的旧仓库位置开一家

"快闪"酒吧——和她公公罗宾来看场地。还是小孩子时我就认识罗宾，他和我喜欢以粗鲁至极的方式互相打趣。我想艾米或许会觉得有点难堪。

三位顾客（两个老太太，一个老头）一边在店里乱转，一边对我说着他们想要卖掉的莎士比亚作品集和"威弗莱小说"，这时那个老头道出了他们来这儿的原因：是读了安娜关于来到威格敦生活的书《关于火箭，你该了解的三件事》。据说他是在读了尼尔·阿姆斯特朗的自传后很想进一步了解火箭，就在莫克姆*当地的图书馆里借了安娜的书，结果发现此书跟火箭几乎毫无关系。他心态很平和，照样读完了安娜的书，乐在其中，还送了一本给他太太当作生日礼物，然后决定来威格敦朝圣一番。

老样子，下午6点和奶奶做背部康复练习。稍过了一会儿，我在做肉末土豆（让她见识见识苏格兰菜）时把一片洋葱皮掉在了地上。我俩都弯腰去捡，随着背部"咔嗒咔嗒"开始痉挛，我俩痛苦地呻吟起来。

8点30分，我想起要去出席AWB的会议，而且初次担任秘书的我本该提早三个小时到贝尔泰书店。太迟了。会议7点钟就该结束了。

艾略特来了。我洗漱后准备上床，发现奶奶吃完了剩下的肉末土豆。

流水：338.81镑

顾客人数：30

---

* Morecambe，位于英格兰西北部兰开夏郡的一个小镇。

9 月 17 日，星期四

网店订单：0

找到的书：0

早上 8 点 15 分下楼吃早饭，看到奶奶在厨房里咯咯傻笑，因为艾略特从 8 点钟起就待在浴室，收音机却开得很响。他还没有把厨房里的收音机（固定调在广播 4 台）调到广播 5（体育）台。他一般到这儿差不多一小时之内就会调过去，这样他可以收听足球比赛实况。

11 点钟玛丽亚来讨论节庆期间的饮膳安排。过去几年办节的时候她都在"作家休憩处"供应餐食。周末尤其忙，她通常会请来两个姑娘帮忙，主要负责招呼客人和打扫卫生。有时候屋里挤满了作家和来访的演讲人，我们只好一起搭把手满足需求。其他冷清的时候，来帮忙的姑娘们就静静坐在厨房里，刷"脸书"或者用手机发信息。

奶奶向我解释了她非同寻常的饮食习惯。据说好几年前她通过节食瘦了很多。这需要你一星期每天只吃蛋白质，只有其中一天可以放开了吃碳水。造成的问题是现在每当她面对含有碳水的食物，她的自然反应就是放开了吃，即便她已经不再节食了。

午饭后我开车去垃圾场又扔掉了一堆棚舍的建筑垃圾。图书节下星期五就开幕了，水暖工却还没干完活。我给他打电话，他向我保证星期一他会过来。从纽顿·斯图尔特的肉商肯尼那儿买了份哈吉斯。

奶奶一天都在 FBA 上刊登那批科幻书。

7 点 30 分，艾略特来了，当时我正在棚舍里干活。奶奶告诉我说他溜达进厨房，打开冰箱，看了一眼，脸上流露出不快和失望，拿出一瓶酒给自己倒了一杯，随后坐下来喝掉了。据说今天早上她最后好不容易进了浴室"打理脸"，她去洗头，却发现艾略特用光了她的洗发水。她已经不觉得艾略特的古怪行为好玩了，现在为此很生气。幸好他对此完全不知情。奶奶出来帮我给棚舍上漆，也许是为了寻求一点平静和安宁。

流水：122.30 镑
顾客人数：9

9 月 18 日，星期五

网店订单：3
找到的书：3

早上 7 点 30 分醒来，听到"砰砰"的关门声，还有人在很大声地讲话。起来一看，是艾略特踩着重步走来走去同他太太打电话。奶奶在厨房里，默默喝着咖啡，试图专心读书。我放上水壶烧水，这时艾略特径直走进屋坐了下来，边继续打电话边飞快翻着桌上的一摞纸，其中有我的人寿保险单、安娜寄来的一封信和过期的发货清单。我偶然看到了奶奶的眼神。她看起来怒不可遏。我端着一杯茶想上床睡个回笼觉，结果让艾略特的鞋子绊了一下——进屋时他一脚蹬掉鞋子，放在门口。好不容易救下了三分之一杯茶；剩下的洒在了地毯上。

睡到 8 点 30 分。起来发现浴室门锁了，艾略特在里面听收音机。9 点 15 分他才出来。

我开始意识到等节庆结束奶奶离开后我会多么想念她，不仅因为她干的所有这些活儿，更是因为我开始喜欢她了，即便她说的话我一个词也听不懂。她真是太有趣了。昨天傍晚，我俩在外面给棚舍上漆，谈到了人终有一死。她对我说："我斯养我会在三十岁时死掉。"

流水：375 镑
顾客人数：21

9 月 19 日，星期六

网店订单：3
找到的书：3

妮基今天又在店里。为节庆做准备的这段时间，她非常热心助人，始终以冷静的头脑来应对持续上升的压力。她今天的"脸书"新动态：

"今日最佳顾客"短名单……
拿了两本全新品相的书来到柜台前："正是我要找

的。"随后对我说了十分钟自己家族与上述书籍的联系，当听到价钱是 4 镑时把书留在了柜台上，因为"定价是2.50 镑"。

"大姐，我能付钱撒个尿吗？""哎，我能从后面出去吗？"……回来后，说："你们家的排水管道真棒。"

一位客人站着，用钱不停敲打柜台，看着爬在很高、很晃的梯子上的我。等我下来后，客人问："我能去哪里买张彩票——你要是中了几百万，会去买什么？买双新白袜子来搭配你的灰色"接屎裤"*吗？"

在棚舍里待了一天，刷油漆，打扫。晚饭后，我们去了旧仓库洛肯克罗夫特——艾米的"快闪"酒吧会开在那儿——给混凝土地面上漆。因为我们要过节，艾米莉（一位青年艺术家，租了那地方当工作室）已经把东西都搬出去了。艾米会在星期一开始布置场地。

流水：661.90 镑
顾客人数：35

---

* 原文作 jobby catchers，指裤脚收紧、内有橡皮筋的运动裤。jobby 为苏格兰俚语，意思同 shite。

9 月 20 日，星期日

网店订单：

找到的书：

醒来听到厨房传来喧闹声。下楼发现艾略特在每一个罐头、盘子和托盘里都装满了吃的。他对我说他决定请一些朋友过来吃午饭。这顿午饭从下午1点一直吃到6点。实习生来了，还有费恩和埃拉。吃饭时艾略特全程都在看他的手机，打字、发邮件。为节庆做准备的这段时间，他承受着诸多压力。十天里满满当当安排了超过200场活动，他不得不全天候回复信息和邮件。

9 月 21 日，星期一

网店订单：7

找到的书：6

没睡多久，清晨5点就醒了。喝了杯茶回到床上，却没睡着。我起来时，奶奶在厨房里读书。我问她为什么起这么早，她说她一向是5点起床的。

9点15分，我去了趟浴室，发现抽水马桶的座圈断了。我必须在节庆开始前修好它。冲水时，马桶还开始发出很响的嘎吱声，在整幢房子的每一根管道中回荡。

晚上 8 点,同"书店乐队"的本和贝思在"庄稼人"喝酒,随后摸黑去给艾米的"快闪"酒吧刷了窗户。不知道它们在白天的冷光中看起来如何。

流水：311.99 镑

顾客人数：17

9 月 22 日，星期二

网店订单：5

找到的书：3

清晨 5 点醒来，下楼发现奶奶又起来了，正在喝茶。给自己泡了一杯茶，同她聊了十分钟，又回去睡觉了。奶奶喜欢聊的话题往往是人生中偏阴暗的一面；今天早上聊的是死亡。

白天重刷了木窗框——昨晚摸黑试图去完成这项工作是个错误。干完之后,我给棚舍挂上了画,修好了供"作家休憩处"使用的马桶座圈,修剪了草坪,设法把那十六箱奶奶已经刊登在 FBA 上的科幻小说搬到了高处。其间奶奶一直在照看书店,穿着硬后跟的靴子"咔嗒,咔嗒,咔嗒"走来走去。

下午 4 点 30 分，我正在艰难地支起花园里的帐篷，因为图书节的第一个周末"快闪"餐厅就要开张，这时本和贝思来了。他们溜达进来的时候，我正同帐篷的骨架搏斗，研究如何把它撑起来。本当即表示要帮忙，但我婉拒了，正好趁机休息一下，请他们喝了杯茶。我们在厨房聊着天，艾略特来了，我给他泡了杯茶，提议我们一起去看看给"快闪"餐厅准备的空间和帐篷。他一到那儿，发现我还没有成功支起帐篷，就露出失望的神色，还抱怨说帐篷实在太小了。并不小。肯定够用的。后来，等店打烊了，我又独自在花园里费劲地搭着帐篷，这时奶奶出现了，问我要不要帮忙。大约十五分钟后我们搞定了这件事。

6 点 15 分，我正躺在地上做背部康复练习，只见艾略特踩着重步走进厨房，径直从我身上跨了过去，给自己倒了一大杯金汤力。

练完背，我走到屋外继续打扫花园，但干到 8 点钟时，天太黑了，没法继续，我便进屋开始做饭。8 点 15 分左右，奶奶走进来问："吃饭前我来得及洗一下腿吗？"

流水：428.49 镑
顾客人数：18

9 月 23 日，星期三

网店订单：5
找到的书：3

奶奶一天都在店里。

上午 9 点 15 分，水暖工来了，告诉我说需要找一个电工来给热水水箱安装电线，于是我给罗尼打了电话。

奶奶算清楚了 RBC 的运费，这是我很厌恶的工作。她离职后，我又得困守书店前屋，这会让我不太适应。

流水：452.36 镑

顾客人数：32

9 月 24 日，星期四

网店订单：3

找到的书：2

妮基今天在店里上班。阳光灿烂的一天。

威格敦图书节明天开幕，而且下星期我就四十五岁了。尽管秋天对我而言是一年中最压抑的时节，但通常说来，节庆开始前一天小镇上和书店里的兴奋情绪会蔓延开去，整个地方都散发着一种活力。节庆的最后一天情况则相反：每个人都精疲力竭，大扫除近在眼前，再往后是冬季寒冷、凄清、黑暗的日子。

吃过午饭，我又开车去了一趟纽顿·斯图尔特的垃圾场，扔掉了一车废书和纸板箱。不幸，现在没时间赶在图书节前把它们运去格拉斯哥回收利用了。这不会是我最后一次去垃圾场——那种带轮子的垃圾筒容量有限，远远装不下"作家休憩处"产生的垃圾，节庆期间，我不得不定期开车把一整袋一整袋纸盘、厨余和龙虾壳运过去。空瓶子收在箱子里，能回收利用的东西我就回收利用。

今天早上，奶奶果不其然在黑板上写了令人费解的一段：

没有书，你看起来非常迷茫。
我头脚颠倒了吗？

中午，水暖工罗伯特来了，电工罗尼则是下午 2 点来给热水水箱装电线的。

4 点钟玛丽亚拿来了给"作家休憩处"准备的全部酒水，所以现在厨房里塞满了食物，大概有二十箱红酒和过节时的餐饮设备。节庆期间我的客厅会用作"作家休憩处"，这一区域只对要做讲座的来访作家开放。我们请玛丽亚来提供餐饮服务，让作家们在逗留威格敦期间好吃好喝。前书店雇员劳里负责确保一切运转顺利，不过从来没顺利过（倒也不是她的错）。有一年图书节的第一天早上，借宿我们这里的一位客人洗了个澡，结果他一拉塞子，浴室的排水管就开始漏了。湍急的水流从浴室里哗啦啦奔泻出来，浸湿了电炉，随着一声巨响，炉子炸了。我只好打电话给一个朋友，让她从邓弗里斯买个新的炉子亲自送过来。电炉爆炸的冲击力损坏了无线路由器，导致我们断了网，这天后来洗衣机也不工作了。

卡罗尔-安打电话来问她节庆期间能不能用棚舍，我答应了。傍晚我去棚舍里给装修收了尾：挂上窗帘，安好碗橱的把手。

安娜回威格敦来了。她住在费恩和埃拉（在大约 8 英里外有座农场的朋友）那儿。这是她一年社会活动的高光时刻。她对此贡献巨大，既出了很多主意，又在任何有人需要她的时候提供帮助。

流水：568.48 镑

顾客人数：20

9 月 25 日，星期五

网店订单：2

找到的书：2

　　妮基一早就来到店里。今天是图书节的第一天，第一位光临"作家休憩处"的嘉宾是梅丽·海德维克[*]。"凯蒂·莫拉格"系列就是梅丽创作并插图的，深受孩子们喜爱，她还写了许多其他书，主要关于苏格兰群岛。我第一次见她是在大约十年前的图书节上。自那以后她回来过好几次。我父亲有个表亲弗朗西斯·沃克是她的艺术家同行，她跟沃克是朋友。

　　上午 10 点，我给木柴筐添满了料，为"休憩处"生了火。添木柴是节庆期间让我忙个不停的许多例行事务之一，不过罗伯特·特威格——作家，图书节的常客——常常抢在我前头做这件事。当我早上下楼，会发现他已经起床把木材添满了。

---

[*]　Mairi Hedderwick（生于 1939 年），苏格兰插画家、作家。

今天特威格在包厢（通常是节庆期间我唯一的避难所）里开了一间摄影工作室。中午"作家休憩处"正式开放。从现在起的十天里，客厅会变成这一活动场地，厨房则将充斥着脏盘子、塞满的洗碗机和洗涤槽、一板条箱一板条箱的橙汁、瓶装水、纸盘、热水沸腾的水壶和诸如此类的东西。慢悠悠地开了场，可到一天结束的时候已经很忙，不禁让人预感到明天会是什么样子。

我剪短了花园里一些植物的叶子，好让艾米的小酒吧入口不受遮挡，搬了一些椅子给她，又多做了几个给客人引路的指示牌。清走了街上的那袋（已经空了的）沙子，在棚舍前面腾出了一片空间。下午 1 点，艾米的"快闪"酒吧开张了。

又运了一车垃圾去纽顿·斯图尔特的垃圾场。去得多了，管垃圾场的女人（我爸叫她"匈奴王阿提拉"）态度已十分友好。

上午 11 点，两桶啤酒送到。妮基认定现在这么多酒还不够过节喝，这两桶酒是她用我的信用卡订购的。

5 点 30 分，普鲁（艾略特的太太）来了，片刻之后，艾略特也出现在包厢里，问有没有 iPhone 充电器，因为他自己的丢了。"保证不会偷走。"每年图书节，他平均弄丢三个手机充电器。

没过一会儿，卡特里奥娜（节庆的理事会成员）来了。她溜达进厨房，大声问道——当着每个人的面——"你为什么跟安娜分开？"

流水：326.98 镑

顾客人数：32

9 月 26 日，星期六

网店订单：0

找到的书：0

我正在厨房搬椅子，这时费恩带着一个身穿伐木工格子衬衫的魁梧挪威男人走了进来。费恩介绍他是拉尔斯·麦廷[*]，写过一本关于砍伐与焚烧木头的书。此书名叫《挪威的木头》，销量惊人。这人有意思极了。

中午，菲尔·朱比图[†]来吃午饭。西蒙·罗伊和劳拉·米奇森分别要在正午、下午 2 点 30 分和 5 点给客人准备餐食，上午的大部分时间，我都在为这些事忙活：去花园里布置西蒙的"快闪"餐厅，敷设延长电缆，搬煤气罐，找小刀，等等，虽然艾略特担心帐篷不够大，每顿饭都来了不少人，但看起来运转顺利。

傍晚我们一起去看了在大帐篷里举办的"威格敦有天才"——这个节目能办起来，安娜功不可没。那是她第一次来这边参加图书节时的事了。在"作家休憩处"忙了几个小时后，我们一行十来个人围坐着聊天，这时，马丁（曾经和我合租房子的人）号称他可以在鼻子上钉一个四英寸长的钉子。安娜立即抓住了这个机会，问还有没有谁拥有特殊技能。她事先都没告诉我，直接组织了一场表演晚会，请我、我妹妹露露和特威

---

[*] Lars Mytting（生于 1968 年），挪威作家。

[†] Phill Jupitus（生于 1962 年），英国演员、作家。

格当评委。艾略特觉得这创意棒极了，第二年将其列入了图书节的节目单，到了这天晚上，就会有当地人和来访的作家一起去表演。

晚上 8 点打烊。凌晨 1 点上床睡觉。

流水：829.98 镑
顾客人数：84

9 月 27 日，星期日

网店订单：1
找到的书：1

早早醒来，给木柴筐添满了料。早上 9 点开了店，正好来得及让劳里进来。我开门不久，奶奶就接过了看店的任务，我便上楼去了。10 点，给"休憩处"生了火。

今天的第一场活动开始于上午 10 点，是阿拉斯泰尔·里德的追思会，以悼念这位取得巨大文学成就的当地人。他虽然相对而言名气不大，英国所有大报却都给了整版的篇幅刊登他的讣告。说起个人的天赋在有生之年得到认可，身后的声名亦将在文学世界中永垂不朽，他是完美的例子。

迅速紧跟在阿拉斯泰尔追思后的一场活动叫"节日娱乐赛跑"——起名的人仿佛是故意在用矛盾修辞法。活动是10 点 15 分开始的，我认识的人一个都没参加。

一如往常，一整天我都在同"休憩处"里的垃圾奋战，不停打扫。菲尔·朱比图和夏洛特·希金斯[*]在，他俩今天都还有一场活动，瓦尔·麦克德米德[†]也是。今天"休憩处"远没有昨天热闹，不过这是图书节期间星期日的常态。

12点30分，我让奶奶去午休，她上楼直奔"休憩处"。玛丽亚做了布朗尼，这对奶奶来说相当于强效可卡因。甜品一端出来，她就肉眼可见地流起了哈喇子。有奶奶在旁边，别人还能闻一闻布朗尼的味道已堪称奇迹，别说尝一口了。

下午3点30分左右，西蒙和劳拉的"快闪"餐厅里的第二顿饭供应完毕，我收起了帐篷，把它放回货棚，随后顺道去了趟艾米的"快闪"酒吧。令我震惊的是，里面挤满了人。似乎在两场活动中间，尤其当两位主讲人都是大牌，人们会聚集在那儿吃东西喝酒。瓦尔·麦克德米德是大概2点30分讲完的，所以我估计眼前这些人里大部分都是她那场结束后过去的。

7点30分打烊，好让奶奶去看《生死狂澜》，郡大楼里设了个临时影院放这部片子。

流水：842.43镑
顾客人数：92

---

[*] Charlotte Higgins（生于1972年），英国作家。
[†] Val McDermid（生于1955年），苏格兰犯罪小说作家。

9 月 28 日，星期一

网店订单：1

找到的书：1

早上 9 点开店。10 点 30 分，我妈来了——和电工罗尼完全是同时到达。在用闲聊填满沉默的能力上，能和我妈旗鼓相当的，就属罗尼了。他俩直接移师厨房——肖娜、凯蒂和劳里正在里面准备——一屁股坐上椅子，聊了整整一个小时罗尼驾驶摩托车环游世界的旅行。

中午我开车去了趟惠特霍恩的垃圾场（也叫"便民福利中心"，正如市政会在路标上给它的委婉称呼那样），车上载的是"作家休憩处"一个周末制造的十八个垃圾袋的纸盘和腐败食物，还有两只聚苯乙烯龙虾冷藏箱，腥臭的龙虾汁水从里面漏了出来，把小货车后面滴得到处都是。这味道通常要持续到节庆结束后一个月左右。

特威格参加了一场关于哈珀·李的《守望之心》的讨论。听他对活动的描述，傻子都知道，他并没有读过那本书。

今天在"作家休憩处"用午餐的嘉宾是 BBC 的记者艾伦·利特尔——他的祖上是斯特兰拉尔附近人氏——和温斯·凯博[*]。见到了温斯的妻子，她很谦逊地称呼自己为"温斯太太"。

流水：603.99 镑

顾客人数：38

----

[*] Vince Cable（生于 1943 年），英国政治家，2017 年至 2017 年间任自由民主党党魁。

9 月 29 日，星期二

网店订单：2

找到的书：1

早上 7 点，珍妮塔来打扫了"作家休憩处"。

下午 1 点，伊莎贝尔来做账。奶奶负责看店。今天上午，有个客人找零时（20 镑的钞票找 17.50 镑）要求收英格兰币 *。奶奶听不懂他在说什么，便跑进厨房——我正在同斯图尔特聊天——说："抱歉可能要打老你，店里有个非常粗鲁的男人。"我跟她下了楼，掏出一张 5 镑和一张 10 镑的英格兰币找给了他。

今天，"作家休憩处"里相当冷清，但我还是把木柴筐添满了，以防万一。

我翻了一下今天活动的节目单，注意到第一场活动是游览克里敦附近的茶园。那地方距离这儿大约 10 英里，在威格敦湾的另一边。

傍晚 7 店 30 分打烊，去"庄稼人"参加斯图尔特·凯利的"酒吧文学知识竞赛"，我和李·兰德尔、特威格、安娜一队。我毫无贡献，但我们还是拿到了第二名。

流水：425.47 镑

顾客人数：42

---

* 英格兰和苏格兰使用的是不同版本的英镑。

338

9 月 30 日，星期三

网店订单：2

找到的书：2

　　今天妮基在。冬天果真是要来了，因为她穿着一件厚外套，还戴了她那顶毛毡软帽。这是她冬天的装束里我最喜欢的一套——我总是说，她只要再来一条吊带花饰皮裤，就能去冒充一位蒂罗尔的约德尔唱腔歌手[*]了。她很喜欢在节庆这段时间过来，到最后必然会和一两位作家发生稀奇古怪的对话，跟她聊过的人离开威格敦后也许都会患上几分"炮弹休克症"。船长和妮基是同时出现的。他深深厌恶图书节，因为重新摆放的家具扰乱了他的导航系统，而且总是有各种响声和动静。大部分时间他习惯躲在我的卧室里，安娜便把给他喂食的地点也换成了那儿。

　　上午 11 点我才想起去生火，结果发现特威格已经生好了。

　　戴维为 BBC 苏格兰工作，还和安·布朗一起运营着威格敦广播电台，他问我能否同他，还有约翰·希格斯[†]一起在"殉道者牢房"里录一期访谈。录制花了二十五分钟。录完后我去"休憩处"找东西吃，看到莉兹·洛克黑德[‡]在炉火旁的一张扶手椅上睡着了，膝上摊着一张报纸。她准是读着读着打瞌睡了。

---

[*]　Tyrol 是欧洲中南部一地区，位于奥地利西部和意大利北部；yodel 是一种真假嗓音反复变换的唱腔，流行于瑞士、奥地利山区。

[†]　John Higgs（生于 1971 年），英国小说家、文化历史学家。

[‡]　Liz Lochhead（生于 1947 年），苏格兰诗人、剧作家、翻译家。

吃饭时，我同历史学家马克思·阿瑟聊起在战争中使用无人机的伦理问题，我提了一句我有一架航拍无人机。他来了精神，问我他能不能看一眼，于是我俩开车去了盐沼，我操控无人机飞了一会儿。他好像有点过于兴致盎然了。

下午 3 点，安娜和我去了约翰·希格斯谈如何理解二十世纪的活动——引人入胜的一个小时，花得很值。有人在"作家休憩处"落下了一本希格斯的书，如果节庆结束时书还在那儿，我准备读一读，不过我猜，对很多人来说，参加文学节的活动是读书的替代，而不是读书之余的补充。

在一年中最忙碌的时候，规划部门决定派一个代表团来检查混凝土"书螺旋"。我得为他们说几句好话，他们认错极为诚恳，而且好像非常欣赏那两个螺旋体。

斯图尔特、特威格、安娜和我在厨房里同西蒙·罗伊和劳拉一起吃了晚饭。吃完饭，大家围坐在桌边，开始背诵自己最喜欢的诗。临睡的时候，每个人都醉了，此情此景，透着一股唯我独尊的派头，别说之前在厨房里不是这样的，或许就连整座镇子都闻所未闻。

直到今天，我也不知道她是从哪儿来的，又是如何进来的，反正晚上 11 点左右，来了一个小个子的年轻德国女人，她问她能否在这里过夜。大家都完全不知道她是谁，但我还是在店里给她安排了一张床，说欢迎她留宿。

流水：489.83 镑

顾客人数：37

十月

还有一种是神秘兮兮的客人。他蹑手蹑脚走进店里，压低声音跟你耳语。他会脸红，左顾右看，仿佛在干什么违法勾当。也许他只不过是想买休姆·布朗的《苏格兰史》，却让你觉得他是踏入警察局准备自首。你拿他没辙：无法让他放松下来。他从你这里拿走一包书，像一个羞愧的小偷。与他形成对照的是那种说起话来声音洪亮的直言不讳之人。那种人不会听你在讲什么；他拿出钱来用力往下一拍，仿佛要把一根钉子敲进柜台。虽然他认为他知道自己要买什么，但往往他并不知道。不过没必要担心。一本书他买了就是买了，他是永远不会回来承认自己的错误的。

　　　　　奥古斯塔斯·缪尔，《书商约翰·巴克斯特私语录》

我并不想花太多时间给客人划定类别，但下面我要做的正是这个。说来遗憾，巴克斯特描述的第二种客人实在太常见了。他们往往会问你一个问题，然后沉默一阵，留给你答复的空当，可就在你张嘴准备回答的那一刻，他们会开始告诉你他们为什么要问那个问题，或者把问题重新提一遍，或者换一个说法问。不管是哪种情况，保管你每次一张嘴就会那样，而且一次得持续几分钟。有一回，一个澳大利亚女人问我园艺类书在哪里。

我尝试了准有十次，可每次我的回答都被她的嗓门压制，直到最后，我只好坐下来在电脑上刊登图书，让她讲完拉倒。

这同一种类型的人，正如巴克斯特所指出的那样，不管他们正好在讲什么，但凡遭到反驳，都会傲慢地忽视掉；当你解释是爱德华·吉本而不是伊夫林·沃写了《罗马帝国衰亡史》[*]，或者是 C. S. 福雷斯特[†]而不是 E. M. 福斯特写了"霍恩布洛尔"系列小说时，他们会高声说话压过你的声音。

支付款项的过程也让我们见识了丰富多样的行为。如巴克斯特所说，有些客人会把钞票拍在柜台上，仿佛是要展示自己的力量（我的经验所及，只有男性会这样），另一些客人则会像在反复思考，极其磨蹭地从钱夹或者钱包里取出硬币，把它们堆在柜台上。堆放完毕后，他们通常会轻轻地把硬币推向你。还有最后一种人，他们好像不那么害怕肢体接触，会把钱塞到你尚未摊开放平的手掌中。曼彻斯特以南任何地方的顾客收找零时往往要英格兰币。卡勒姆曾经告诉过我，有次他在英格兰的一家加油站里买了包烟，他付的是一张 20 镑的苏格兰币，柜台后面的男人竟然非常夸张地把钱拿到灯光下面照水印，嘴里还"啧啧"不已。等卡勒姆收到找零，他拿出其中包含的一张 10 镑英格兰币，报以同样的动作。

---

[*]　爱德华·吉本（Edward Gibbon, 1737 — 1794）是史学著作《罗马帝国衰亡史》（*The Decline and Fall of the Roman Empire*）的作者，伊夫林·沃（Evelyn Waugh, 1903—1966）是讽刺小说《衰落与瓦解》（*Decline and Fall*）的作者。两本书的书名有重合部分。

[†]　C. S. Forester（1899—1966），原名 Cecil Louis Troughton Smith，英国小说家、记者，Hornblower 系列写的是拿破仑战争时期英国海军军官的故事，是他的小说代表作。

买下书店的十四年来，我收过曼岛币、北爱尔兰币、欧元，乃至英格兰币，去存钱时，银行从来没有拒绝过，可不知为何英格兰的店——越往南，情况越糟——不待见苏格兰币。刚从学校出来的时候，我有次在伦敦需要坐巴士去某个地方（忘记是哪里了）。车费是45便士，当我把一张1镑的苏格兰币递给司机时，他拒收。最后我只好为这点车费开了张支票给他。

10月1日，星期四

网店订单：2

找到的书：2

今天是我的四十五岁生日。妮基在，所以我起床看了一下，确保一切正常，给"作家休憩处"生了火，便又回到床上睡了一个小时，当作给自己的生日犒赏。

每年我的生日都正好是节庆中途，正如我小时候，生日总是在我回到寄宿学校后不久来临。或许是这个原因，这一日子对我而言没什么大不了的。跨入八岁的那一天，我已经在寄宿学校待了一个月。有学生过生日，学校会准备一个蛋糕。那是一份非常恶心的甜品，放到现在，搞不好会违反健康与安全条例，但跟厨师斯威格斯先生（以前是监狱里的厨师，他会边煮一锅锅稀粥，边一根接一根抽烟）给我们做的其他食物比起来，它好比琼浆珍馐，我们会像秃鹫一样扑上去。

上午11点，我开车把"休憩处"的垃圾运去了纽顿·斯图尔特的垃圾场。我在那儿撞见了休·曼，一个相识多年的退休古董商。我们以前常在邓弗里斯的拍卖会上见面。我俩就"颓废艺术家"（用纳粹党的话来说）开展了一段奇特的对话——休认为他发现了一批重要的绘画藏品，不过休总是这样认为。从垃圾场回来的路上，我去卢斯河游了泳，以此纪念又一年的逝去。通常我会约上安娜和几个朋友一起做这件事，但不知为何（也许是因为我再也不能说自己"四十岁出头"了）我今年感到特别抑郁，宁可选择一个人去游泳。

　　2点钟，我爸妈捧着一只蛋糕（柠檬挞）出现了，蛋糕上的蜡烛小声播放着《生日快乐》，哪怕在我妈慑于我要用榔头砸烂它的威胁、把它塞进包里后，那曲子还是响个不停。作家、医生加文·弗朗西斯（他来做讲座）目睹了我妈唱《生日快乐》和拿出我的出生牌、婴儿鞋，还有其他各种令人尴尬的物件。不知为什么，我妈特别痴迷那些最最可怕的劣质小玩意儿：你点亮时会响起《生日快乐》歌的蜡烛、你走过时会开始唱《铃儿响叮当》的运动传感圣诞装饰品；让我和两个妹妹难堪的东西她好像都喜欢。几年前的一个圣诞节，她在家里卫生间装了一块假圣诞布丁，只要你坐上马桶，那东西就会突然唱起歌来。那个圣诞节它到底吓到了多少客人，只要听马桶上传来多少声"天哪"就一清二楚了。

　　出于或许显而易见的原因，过去几年里每当生日那天我见到我爸，总会思考他在我的年纪取得了什么样的成就。他四十五岁那年，我十六岁，我的妹妹一个十四岁，一个十岁。他成家了，跟我妈从萨默塞特搬到了盖勒韦，买下了一个农场，赚到了足够送薇姬和我去读寄宿学校的钱。我的成就实在比不上他。

佩吉——邓迪文学节的经理、威格敦图书节的常客、贪婪的读书狂、机敏的才女——和她的伴侣科林还有斯图尔特合送了我一瓶泰斯卡威士忌，特威格则送了我一瓶日本清酒。卡罗尔-安和劳里分别为我做了一个生日蛋糕。

傍晚 7 点 30 分，打烊。

8 点钟，斯图尔特的朋友瑞贝卡和奥利维亚来了。斯图尔特和劳里做了晚饭，说是十人份：两只鸡和一些蔬菜。结果来了大约三十个人。那只柠檬挞蛋糕被拿出来当作了饭后甜点，大家对它评价不一（其实令人作呕，但大家都很礼貌）。艾略特要了一大块，随后抱怨了一大通蛋糕难吃，与此同时却继续把它吃完了。

艾米的小酒吧今晚有场活动："蚊子"，这是纽约的活动"蛾子"*的威格敦翻版，一个随意讲故事的夜晚。大约三年前，我将仓库改建成了供节庆用的会客厅／俱乐部。所有东西(家具、画，等等）都是我从拍卖会上买的——其中包括一张装在镀金画框里的巨幅爱德华时代照片，上面是三个男孩的人像。"蚊子"活动的主题是"所失与所得"，参加的人可以讲讲关于他们所失和所得之物的故事。有个女的从开始坐到最后，随后举手示意要说话。她指了指那幅爱德华时代的照片，说："我从柴郡过来参加图书节。照片上中间那个男孩是我叔叔弗兰克。大约十年前，我们不小心把它送去拍卖了，自那以后一直在找。"

---

* The Moth，一个以纽约为大本营的非营利性组织，成立于 1997 年，在美国各地办"故事会"。

凌晨 2 点 30 分，读了二十分钟《新忏悔录》后，上床睡觉。读到托德熬过了战争，在柏林拍电影。厄运没有放过他，有声电影开始出现，他的杰作——卢梭《忏悔录》的电影版——却是以默片形式制作完成的，票房惨败也是预料之中的事了。

流水：308.16 镑

顾客人数：29

10 月 2 日，星期五

网店订单：3

找到的书：3

妮基今天来上班的样子看起来出奇整洁，还化了一点淡妆，说明她在节目单上看到了想参加的活动，或者"休憩处"里会来某位她想在上楼吃饭时借机搭讪的嘉宾。我把节目单从头看到尾，却想不出来那究竟是谁。我认识的名字只有雅尼斯·帕里奥洛加斯、唐·帕特森和科斯蒂·洛根[*]，但我确定不是其中之一。

劳里和姑娘们一起布置好了"休憩处"，星期一以来屋里就没有这么热闹过。艾略特往往会在图书节的第二个星期五安

---

* 　这里提到的分别是：Yannis Palaiologos（生于 1979 年），《希腊每日报》（*Kathimerini*）记者；Don Paterson（生于 1963 年），苏格兰诗人、作家、音乐家；Kirsty Logan（生于 1984 年），苏格兰小说家、演员、诗人、编辑。

排更多活动，因为人们想来过周末，可能会到得更早，听众的人数也通常更多。

本和贝思坚持要去游泳，于是午后，我们下海游了一会儿。

4点钟，一个女人问我们有没有什么地方可以让她热热身——她今晚要和苏格兰国家剧院的人一起在音乐会上表演。我带她去了包厢。下午剩余的时间里，那里一直传出曼妙的小提琴旋律。

听到"作家休憩处"里的一对夫妇的对话：

她：这酒我们能想喝多少就喝多少吗？
他：可以，我们来喝到饱吧。

根据特威格的说法，这是大部分作家面对任何免费东西的心理，尤其是食物和酒。

下午6点，盖勒韦烟熏室的人给"休憩处"送来两个装满龙虾的本聚乙烯冷藏箱。

7点，斯图尔特*和艾略特去参加一场他俩都需要出席的活动。活动上会讨论进入布克奖短名单的书，10月13日公布结果。几年前，斯图尔特当过布克奖的评委，他肯定读过今年短名单上的所有书，也许连长名单上的书都读了。我从来没见过谁能像斯图尔特那样飞快地狼吞虎咽掉一本书：他过目不忘，真的能在几小时内迅速翻完一本六百页的书，最后不光确实"读了"，而且能够精准地复述书里的任何细节。

---

* 指文学评论家斯图尔特·凯利（Stuart Kelly）。

晚上 8 点，打烊。

小个子德国女人又来过夜了。她很友善，很健谈，不过——目前为止——她为什么会在这儿彻底是个谜。

流水：419.83 镑
顾客人数：39

10 月 3 日，星期六

网店订单：2
找到的书：2

今天是图书节的倒数第二天，折腾了这么多晚，我已精疲力竭。上午 9 点开了店，片刻之后，一个朝气蓬勃的妮基信步走了进来。

奶奶问她能不能借辆自行车去周边逛逛，因为今天天气很好。上午 10 点，她出发了，对我说她会在下午晚些时候回来。五分钟之后她又出现了：车链条掉了。"噢，对不起，我把自斯迎车弄坏了。"我装好了链条，她再次出发了。

今天上午，费恩的兄弟罗伯和他妻子萨丽同当地人罗伊·沃尔特一起办了场关于乡村激进主义的活动。他们三位都在同试图强征他们土地辟作他用的大型组织的斗争运动中取得了胜利：罗伯和萨丽在澳大利亚的农场险些变成一座露天煤矿，而罗伊粉碎了要在威格敦湾上建一片离岸风力农场的计划。活动结束后，他们都来"休憩处"吃了龙虾和色拉。

今天阿历克斯·萨尔蒙*要在图书节上讲话。我在"作家休憩处"认出了他，但没有机会同他打招呼。他从书店去办活动的帐篷的路上，一大群人紧紧跟在他身后。妮基从窗口看到这番景象，评论道："呃，看那场面，你还以为 Jay-Z 来了，而不是那小傻帽儿。"

今晚是一年一度的凯利舞会†。我穿上了我的格子短裙，可因为过去三个月我瘦了很多，裙子老往下掉，把 WTF（"威格敦节日"——图书节上给青少年准备的那部分活动）的负责人西沃恩乐坏了。只要有机会，她就会抓住我的裙子用尽全力往下扯。我在舞会上最要紧的就是同她保持尽可能远的距离。同奶奶和劳里跳了舞，同西沃恩也（不情不愿地）跳了。

活动结束后，所有人（包括西沃恩和她父母）回到了"休憩处"，在那里玩到深夜。

凌晨 3 点睡的。

流水：519.50 镑

顾客人数：49

---

* Alex Salmond（生于 1954 年），苏格兰政治家，担任过苏格兰首席大臣（2007—2014）。

† Ceilidh，苏格兰、爱尔兰的一种社交集会，人们演奏民族音乐并跳传统的凯利舞，也称为"同乐会"。

10 月 4 日，星期日

网店订单：2

找到的书：2

早上 9 点开店，发现"季风"瘫痪了。

中午，科斯蒂·沃克[*]和他的出版人丽莎在"休憩处"。他们要去杜恩湖，科斯蒂的新书就是以此为主题的。杜恩湖是艾尔郡的一处水库，湖中心曾有座充满传说和历史的城堡。他们给水库灌水前，先让水力发电的工作人员移走了城堡，一块砖石一块砖石地搬到了未来湖岸的位置，再完全按照原貌重建。

下午 2 点，菲奥娜——就是在艾米的小酒吧举办的活动上说那幅照片上有他叔叔的那个女的——来了，问我她能否买下照片。我记得我的买入价很低，而既然她远比我有权拥有它，我对她说我可以免费送给她。我把照片交给她的时候，她快哭出来了。

今天"作家休憩处"的访客里有贾尼斯·盖勒韦和马特·黑格[†]。下午 4 点，马克斯·阿瑟过来道别，他要回伦敦了。

从"休憩处"把垃圾袋拿到楼下垃圾桶的路上，我与一位顾客擦身而过。那是个年轻女人，她本来在工艺类书那块浏览，这时突然抬头注视着顶层楼梯平台。她叫住我，问上面是

---

[*] Kirsty Wark（生于 1955 年），苏格兰记者、新闻广播员、电视节目主持人。

[†] 这两位分别是：Janice Galloway（生于 1955 年），苏格兰作家；Matt Haig（生于 1975 年），英格兰小说家。

不是有人。我向她保证上面没人。我五分钟前还在那儿，之后就没人上去过。她很肯定她看到有个黑衣人从平台一头走到了另一头。那不是猫就是她的想象。

下午 6 点打烊。图书节收官。

劳里和我在大房间里搬家具，艾略特全程旁观，惬意地抿着一杯白葡萄酒。后来我们看了一部伍迪·艾伦的电影。大约十分钟后，我发现几乎每个人都睡着了，又过了十分钟，我也睡着了。

流水：457.78 镑
顾客人数：40

10 月 5 日，星期一

网店订单：0
找到的书：0

有奶奶开店，我睡到了上午 10 点 30 分。起床后我同斯图尔特道了别，他 11 点要走。特威格中午走，正当我在店外跟他说再见时，我发现我的沙发在人行道上：是艾略特向我借的，节庆期间放在一个叫"客厅"的会场里用。拆掉帐篷的人准是直接把沙发扔在那儿了。特威格帮我一起把它搬回了楼上。

他离开后，老样子，我开车把一个周末"休憩处"产生的十八袋垃圾运去了垃圾场——车的后部充满了龙虾的腥臭味，难闻的汁液滴得到处都是。

下午2点，广场上的大帐篷落下来了，它曾经竖立的地方徒留一片变黄的草地。今天剩余的时间里，我基本上在把包厢里的东西——节庆期间一直存放在那里，比如电视机、脚凳等——搬回大房间。

书店打烊后，奶奶给实习生们做了自制比萨，我们着手整理屋子，把它变回相对正常的状态。吃完晚饭，艾略特和伊冯——他俩也是过来吃比萨的——在厨房里激烈地争论起来，于是实习生、奶奶和我就让他俩留下继续吵，拿着一瓶酒一道躲进包厢了。

凌晨2点上床的。

流水：76.30镑
顾客人数：5

10月6日，星期二

网店订单：3
找到的书：2

棚舍完工了，趁寒冬未至，今天卡勒姆过来开始给新锅炉搭建顶篷。卡罗尔-安似乎十分喜欢棚舍，问我她能否在里面多住几天。

午饭后，一对年轻夫妇拿来一箱子书，主要是些"威廉·布

朗"系列 *、"詹宁斯"系列 † 和伊妮德·布莱顿 ‡ 的平装本——都
很好卖——我给了他们 20 镑书钱。

一个夏天来过店里的意大利人打来电话订购他当时看中
的一套三卷本《格拉斯哥地理》。幸好电话是奶奶接的,让他
可以用意大利语买书。

晚饭时,奶奶和我讨论的是,在书店里打工了一个夏天,
她就要返回意大利了。她不愿回去。

流水:106.98 镑

顾客人数:5

10 月 7 日,星期三

网店订单:1

找到的书:1

我晚了十分钟开店,结果发现"鼹鼠人"在大门外透过
玻璃窗凝视着屋内,还用手挡在眼睛上方,好让自己看得清楚
些。他显然没看到我走近,门一开,他身体随即失去支撑,险
些扑倒在地。他迅速奔过我身边,钻进洞穴般的书店深处。

---

* 原文作 Just William,这是英国畅销书作家 Richmal Crompton(1890—1969)
创作的"威廉·布朗"系列小说的第一本,有时候用来指代整个系列。

† Jennings,应该是指英国作家 Anthony Buckeridge(1912—2004)创作的一
系列幽默儿童故事,一共包括二十四部小说。

‡ Enid Blyton(1897—1968),英国儿童文学作家,以高产著称。

上午 10 点,奶奶来了,我便上楼继续节庆过后的清理工作。图书节结束到现在,我已在屋里各种地方捡到了九根笔记本电脑线和手机线,多少弥补了艾略特一年来不慎四处弄丢的数据线数量。

我下楼换奶奶去吃饭的时候,正好赶上"鼹鼠人"小碎步飞奔出大门,怀里的书压得他都直不起身子了。奶奶问我:"他为什么从来不说话,介人?"

流水:171.48 镑

顾客人数:7

10 月 8 日,星期四

网店订单:3

找到的书:3

上午 9 点开店。

卡勒姆是 11 点来的。今天大部分时间里,书店到处回荡着钻孔、敲榔头和撞击的声响。

我留下奶奶看店,自己跑去"蒸汽包"吃了午饭,然后去克鲁格顿*和里格湾散了个步。

流水:180 镑

顾客人数:10

---

* Cruggleton,或是指克鲁格顿城堡,那是位于马查斯半岛的一处古迹。

10 月 9 日，星期五

网店订单：2
找到的书：0

今天妮基当班。早上我打开书店大门时，看到她站在门口刷牙。说是她在车上就开始刷牙了，以为自己来得及走进浴室刷完后半程，可随后反应过来我把钥匙插在门上了，她进不了屋。我出现的时候，她已经在那儿刷了好一会儿了。

11 点钟光景，本和贝思来向我道别。为了舒缓节庆过后疲惫的身心，他们在阿德韦尔（离斯特兰拉尔不远）租了一间度假小屋，似乎过得很畅快。我们在厨房里边喝茶边聊天的当儿，图书节办公室的伊冯来向我借用棚舍。本和贝思一走，她聊了半个钟头她的工作，但我真心不知道她要说什么。她一再重复自己的话，说些什么"我想说的是，我猜是，这个嘛，你知道的，我不确定"。她在威格敦好像待得不太开心。

流水：330.60 镑
顾客人数：17

10 月 10 日，星期六

网店订单：2
找到的书：2

今天是妮基开店的。现在所有人都走了，节庆已然过去，整座镇子好像再一次陷入一片死寂。一年中的这个时节可算不上我的最爱。

我把搁板桌搬回地窖的时候，妮基提醒我说有一年我在 eBay 买了一张巨大的榆木桌。好几年前，我觉得"作家休憩处"需要一些比塑料隔板桌更优雅的家具，然后正好在网上看到一张 10 英尺长的爱德华时代古董桌，售价 100 镑，好像很划算。那年图书节刚开始的一天，我将那张桌子的来头一五一十告诉了来做讲座的菲利普·阿德[*]，还得意地自夸说我只花了 100 镑。不幸的是，他是节庆晚宴的演讲嘉宾——就在大家吃到一半的时候——桌子塌了。劳里赶紧把我从"快闪"酒吧叫回去修桌子。在我组装桌子的时候，菲利普坐在沙发上，两手抱在胸前，得意地引用起我俩先前对话里我的那句："是 eBay 上 100 镑买的。很划算。"

流水：239.80 镑
顾客人数：20

---

[*] Philip Ardagh（生于 1961 年），英国儿童文学作家。

10 月 12 日，星期一

网店订单：3

找到的书：3

　　燕子出发迁徙去非洲过冬了。

　　吃晚饭时奶奶和我聊了聊她的人生。她说她讨厌热那亚的学校，因为她戴着厚厚的眼镜，人又聪明，就非常不合群，没什么朋友，在学校很受人欺负，只好在书本里寻求慰藉。等她去了都灵上大学，她本以为别人还会那样对待自己，却惊讶地发现她并没有因为自己的与众不同而遭受欺辱，同学们反倒觉得她很特别，对她热情相待，她交到了一大帮忠实的朋友。我们商定她下星期回意大利。看得出来她对前景的不安，但她不能永远在这里待下去，再说我也付不起她工钱。或许是因为她身上那些让她在学校格格不入的怪癖，她反而很好地融入了威格敦的生活。每个人——从肉贩到在慈善商店上班的退休妇女——都认识她，她对这座镇子的体验则是"每个人都好好啊"。

流水：170.45 镑

顾客人数：16

10 月 13 日，星期二

网店订单：1
找到的书：1

奶奶开了店；我睡到了 10 点。我的"节后复原期"一年比一年长。我出现在楼下时，奶奶对我说，我"打呼噜好大声。我斯养从来没有这么大声过，像只肥猪"。

天气晴朗。都快一个月一滴雨都没有下过了。

我下楼发现奶奶站在门口。她接连抽了三根烟——"噢，每次抽烟不到三根，等于没抽。"

傍晚和奶奶做了背部康复练习，也像往常一样喝了金汤力。听了她一再的抱怨，我不得不把酒越调越浓。现在酒和水的比例已经达到五五开。

今天的新闻说，水石书店宣布他们不再在店里销售亚马逊的 Kindle。"恩德斯的分析专家道格拉斯·麦凯布说，水石撤掉店里的 Kindle 设备销售板块'并不令人惊讶'。'电子书阅读器或许会成为最短命的消费型技术产品之一。'他说。"但愿他是对的。

流水：172.94 镑
顾客人数：13

10 月 14 日，星期三

网店订单：1

找到的书；1

上午下午各有一个客人带了些书来店里，他们都把书散乱地堆在车后备厢里，我看了看，都是垃圾。

下午 2 点，有个客人走进店里，问我们以前免费供应的咖啡怎么没有了。六年前我就把咖啡机处理掉了。我买下书店的时候，店里还留着前店主约翰的滴滤咖啡机和电热板，客人想喝咖啡就自己倒，不要钱。这台机器我继续保留了几年，直到有天，每日的清洗工作，还算不赖的咖啡粉的花销，还有希尔林公司旅行团的游客——他们大口大口喝光咖啡，如果牛奶没了还要抱怨——让我心生厌倦，最后我把咖啡机处理掉了。许多人甚至没有注意到这一点，再说了，镇上有其他商店是靠卖茶和咖啡维系生计的，免费提供咖啡令我过意不去。

流水：223.50 镑

顾客人数：24

10月15日，星期四

网店订单：1
找到的书：0

又是奶奶开的店。

在图书节办公室上班的珍妮拿来了两册佳士得拍卖图录，里面是邓弗里斯宅第待拍的物品。我说我愿意出 75 镑买这两册图录。她对我说图录是她妈妈的，她得跟她确认一下。

店里好像比往年这个时候热闹些，不过也许有部分原因是眼下苏格兰的学校正处于两周的假期中。这一长假——比英格兰的学校放得长——在我小时候叫"土豆假"，最初其实根本不是节假日，而是传统上的土豆丰收期。在前机械化时代，土豆是靠手摘的，所有人，包括儿童，都要被拉去地里干活。如今——寡淡无味的市政术语取得了胜利——人们只管它叫"十月假"而已了。

流水：281.99 镑
顾客人数：22

10 月 16 日，星期五

网店订单：1

找到的书：1

　　这次的"老饕星期五"，妮基拿来招待我们的是各种各样挤压变形的印度食品。她去"拾荒"的时候，好像特别喜欢捡这种东西。今天的食物一如既往令人毫无食欲，除了一点还说得过去：她上班路上至少没有舔掉几口。

　　下午，我开车带奶奶去邓弗里斯一片居民区的一座平房里看一批书。奶奶一直抱怨我不怎么带她外出收书，想跟着一起去，所以我把书店留给妮基看管，吃过午饭我俩就出发了。

　　我之前从这家人手里买过书，卖书的男人非常友善：他好心地给我俩一人倒了杯茶，还端上来一碟饼干。主要是些关于高尔夫的书，品质很一般，不过我还是给了他 50 镑，买了两箱。我在车站把奶奶放了下来，让她自己坐公交车回威格敦，而我则继续上路去爱丁堡我妹妹露露家，因为明天要参加一场婚礼。

流水：131 镑

顾客人数：11

10 月 17 日，星期六

网店订单：1

找到的书：1

　　在爱丁堡待了一天。

流水：160.49 镑

顾客人数：19

10 月 19 日，星期一

网店订单：1

找到的书：1

　　昨晚 6 点从爱丁堡回到家，发现奶奶花了一天打扫干净了书店前屋。我好几年没看到这块地方如此整洁了——事实上，也许得从妮基开始在店里上班算起。或许我找到了一个平衡：妮基可以把时间用来弄乱这地方，而奶奶可以把时间用来收拾妮基弄乱的地方，这样一来，两者的冲动都得到了巧妙的满足。

　　今天的订单是那两册邓弗里斯宅第的佳士得拍卖图录，妮基——她不知道我还在等待珍妮的妈妈接受我的报价——星期六把书挂到了网上，标价 45 镑。我给买家发邮件说明了情况，他们非常体谅人。

流水：136.48 镑
顾客人数：12

10 月 20 日，星期二

网店订单：0
找到的书：0

下午 2 点，我们家多年的家庭全科医生的遗孀唐娜突然来到店里，说我跟她约好 1 点 30 分去她家看她亡夫的藏书的。我完全忘记了，忙向她道歉，跳上小货车赶过去。那批书主要由铁路类书籍构成，这一主题的书在店里一向销路不错，于是我给了她 150 镑。

奶奶花了一天打包这个月要寄出的书。

流水：84.48 镑
顾客人数：9

10月21日，星期三

网店订单：1

找到的书：0

　　下楼去开店的路上，奶奶在考古类书的区域发现了一只蝙蝠。它倒挂在一本名叫《挖掘历史》的书上。我把蝙蝠的照片发到了"脸书"上，一位住在当地的朋友希娜看到后发来信息，让我找一只鞋盒将蝙蝠放进去，她晚点会过来带走它。我照她说的做了，但没看到鞋盒上有个小洞，让蝙蝠钻出去逃跑了，飞进了客厅天花板的檐口。我想最好的办法就是让它待在那儿，等希娜来再说。

　　10点钟，牧师杰夫来了一趟，神色略带疲倦。他的自行车停在门口。他问奶奶我们有没有新到货的神学书。她茫然看着他，听接下来发生的对话，两人明显都根本不知道对方在说什么。这让我想起奶奶刚来的那个月。

　　一个从道格拉斯城堡来的女人拿了四箱书到店里，主要是些自传，不过其中有本漂亮的插图版《天方夜谭》。给了她60镑。没过一会儿，一对住在柯尔库布里的夫妇拿来一批书，大部分是关于尼斯湖水怪的。她很强势，非要在我翻看书的时候告诉我每本书是在哪里买的，连带着说一连串无聊的逸闻。最后我建议他们出去逛一圈，趁这段工夫，我可以查一查这些我不大了解的书的价值。谢天谢地，他们去了。这批书里有些很有意思的东西，他们遛弯儿回来后，我为大约二十本书开出了130镑的价钱，那位妻子好像对此十分满意。

傍晚希娜来了，把蝙蝠从檐口里弄了出来，带它回家了。

跟奶奶聊到很晚。今天是她在店里的最后一天。明天我将开车送她去机场。她是个非常出色的帮手，失去她我很难过，但在这里一直待下去对她没好处，而且我想回到清净的独居生活。她打包的时候，我问她有没有记得带护照，她回答道："护照？我从来没办过护照。"又问了几句才知道，她旅行的地方——她去过不少地方——都是欧盟成员国，只需意大利身份证就够了。1970年代出生的我很难理解出国旅行没有护照怎么能行。

凌晨2点睡的。

流水：131.99镑

顾客人数：14

10月22日，星期四

网店订单：2

找到的书：0

醒来发现船长霸占了我的洗衣篮，他的头露了出来。

今天妮基在，于是我让她翻一遍我昨天买的那些尼斯湖水怪书，把值钱的都挂上网店。

开车带萨利（过去十天主理"打开的书"的女子）和奶奶去爱丁堡。我同眼泪汪汪的奶奶道别时，她递给我一本书作为临别礼物。是一本米哈伊尔·布尔加科夫的《大师和玛格丽特》。我文学知识的缺口本就又大又多，但俄罗斯文学堪称深渊。

流水：96.50 镑
顾客人数：11

10 月 23 日，星期五

网店订单：3
找到的书：3

妮基迟到了二十分钟："抱歉我迟到了，一辆拖拉机经过我家附近，刮掉了我车的后视镜，我花了二十分钟追上了它。"她花了二十分钟才追上拖拉机一点也不奇怪：她开起车来就像个近视的九旬*老太太。

今天有个订单正是昨天妮基刊登的尼斯湖水怪书中的一本。售价为 70 镑。

流水：173 镑
顾客人数：8

---

* 原文作 nonogenarian，疑为 nonagenarian 之误。

10 月 24 日，星期六

网店订单：3

找到的书：2

我打扫着放平装本小说的区域，看着那些我本该读过却没有读过的书，觉得自己实在无知，只好转而开始留意那些我读过的书：伊恩·班克斯*的《捕蜂器》；几本杰拉尔德·达雷尔†和伊恩·弗莱明的书；尼克·霍恩比的《失恋排行榜》；约翰·欧文‡的《为欧文·米尼祈祷》；霍华德·雅各布森§的《强大的华尔泽》；加夫列尔·加西亚·马尔克斯的《霍乱时期的爱情》；还有些别的，我完全不记得读过了。

大房间的沙发上有只棕色软毡帽，已经从图书节时放到现在了。我觉得这是妮基那顶蒂罗尔约德尔歌手帽，但总是忘记问她。

流水：143.50 镑

顾客人数：14

---

* Iain Banks（1954—2013），英国作家，生于苏格兰，*The Wasp Factory* 是他的成名作。

† Gerald Durrell（1925—1995），英国作家，致力于拯救濒危物种。

‡ John Irving（生于 1942 年），美国作家，*A Prayer for Owen Meany* 是他出版于 1989 年的小说。

§ Howard Jacobson（生于 1942 年），英国犹太裔作家、学者、电台主持人，*The Mighty Walzer* 是他出版于 1999 年的小说。

10 月 26 日，星期一

网店订单：4

找到的书：4

　　没想到今天上午黛西会来。两年前她作为《每日邮报》记者来报道过图书节，当时他们是我们的媒体赞助方。她是带全家一起来的：他们在波特帕特里克附近度假。她现在的工作是戏剧评论人。

　　一个小孩俯身穿过店里通往楼上的楼梯顶部的扶手，去了下厕所——我从厨房倒了杯茶出来，正好看到他试图神不知鬼不觉地溜走。他悄悄从扶手下面钻过，逃走了。不知道他是怎么知道厕所在哪里的。

　　另一个小孩发现了一本没有标价的书，对他妹妹说，我们就是这样"骗客人买东西的"，所以他们必须到柜台问清楚这本书多少钱。一个男的——我想他是男孩的父亲——问："你的店叫'书店'，是不是因为店里都是书？"这些人都是怎么养活自己的？

　　希娜打电话来说那只蝙蝠很健康，已经放归大自然了——它也许会被船长吃掉吧。

流水：333.99 镑

顾客人数：30

10 月 27 日，星期二

网店订单：4

找到的书：2

卡勒姆又来了。竟然弄丢了眼镜，今天的大部分时间里都感到极其无助。

流水：247.99 镑

顾客人数：22

10 月 28 日，星期三

网店订单：1

找到的书：1

今天上午接了个电话：

来电者：啊，我是从英格兰的斯肯索普[*]打来的。我在找一本书，里面有一个关于我祖父的故事。他是位著名的偷猎者。

我：好的，你能告诉我书名吗？

----

[*]　Scunthorpe，英格兰东北部城市，行政上属于北林肯郡。

来电者：啊？不能，我不知道书名。不过我知道我祖父的名字。

我：好吧，所以你想让我把店里的书都读一遍，直到在其中一本书里找到他的名字？

来电者：啊，你真是太好了。

一个上了年纪的女人和她女儿拿了三箱书来到店里。货色非常一般，不过其中有本品相如新的《威格敦郡的农学家与饲养专家》。这是本非常稀见的关于当地的书，有位买家会把我能弄到的每一本都立马买走，于是我给了她65镑。

流水：274.42镑
顾客人数：24

10月29日，星期四

网店订单：0
找到的书：0

亚马逊上终于可以买到我的"Kindle去死吧"杯子了。不知道多久之后他们会把它下架。

给书标价的时候，我发现了一本叫《藏书票拾珍》的书。刚买下书店不久，我曾去看过蒙特罗斯的一位摄影师的藏书。当我翻出一本关于莱卡相机镜头制造过程的书时，那位摄影师从他的眼镜上方注视着我，说："各行各业都有自己的色情产品。"对我而言，这本藏书票集子就是属于书商的情色书。现在我已经把它收好，纳入我的收藏。

卡罗尔-安还住在棚舍里。这是今天早上她告诉我的，因为我把花园门锁了，她昨天上午没法出去上班，只好找来梯子架在墙上，爬上去，跳到墙外。

流水：181.38 镑
顾客人数：24

10 月 30 日，星期五

网店订单：1
找到的书：1

今天妮基在。谢天谢地，她没有从莫里森超市的垃圾箱里带来任何美味大餐。

一个女人和她妈妈因为看了安娜的书来到店里，她们想亲眼看看这座镇子。

今天傍晚，关门后去了趟巴希尔火车站，6 点 20 分，我接到了林赛——今年的一位实习生。她回来过周末，跟大家叙叙旧。回到镇上，在酒吧偶遇玛吉（"打开的书"的房客），当时她正在同锯木厂的科林和其他几个常客开心地聊天。看到卡勒姆和几个朋友围坐着一张桌子，我俩便晃过去，在他们中间坐了下来。

流水：168.49 镑

顾客人数：15

10 月 31 日，星期六

网店订单：1

找到的书：1

妮基来了，她还是老样子，兴高采烈的，时髦地迟到了一会儿。

书店的"脸书"主页收到一封邮件：

> 丹
>
> 10 月 30 日，14:57
>
> 早上好啊书店！我叫丹，来自科罗拉多，是个已出版过作品的作者，我很想见见大家伙儿，说不定能办几场活动呢！我喜欢你们店！我手头有几本我的第一部诗集《36》，如果可以寄给大家伙儿，让店里的员工翻翻，我会感到很荣幸！也许还可以送一些给客人！我也乐意捐点书给大家伙儿，表示对大家伙儿的支持——这不过是一个本土艺术家在试图支持一家本土商店。
>
> 占用你们时间啦。感谢！

书店

10 月 31 日，12:43

丹，你好。感谢你的来信。不知道你在信里为什么说"本土"——我们在苏格兰啊。

丹

11 月 2 日，01:42

嘿！我的意思是，我是个我所在地方的本土艺术家！

我妈送来了我迟到的生日礼物：她在科罗拉多的一个八十多岁的瘾君子朋友简画的船长像。那是幅古怪的立体主义作品。简和她丈夫过去常来我父母农场的小度假村里住上一阵。他们成了好朋友，一直保持着联系。几年前，简得了严重的关节炎。她会定期写邮件给我妈悲惨地抱怨这一病痛，直到有天医生给她开了医用大麻。自那以后，她再也没有回头，除了健康得到好转，还成了消遣性毒品的深度用户。一开始，这让反对毒品的我妈非常困惑，不过最近她渐渐觉得简的来信相当有趣。去年圣诞节，简准备在她居住的保障房社区那套公寓里的树上挂彩灯。她从碗橱里拿出彩灯，随后决定在把它们挂到树上前试着点亮一下（那些灯现在还在纸板箱里）。她点亮灯，抽了根烟，觉得那些彩灯在棕色的纸板箱里亮得很好看，于是打定主意就把它们留在那儿算了。据我所知，那些灯还在那儿呢。

流水：104

顾客人数：12

十一月

客人们对价格的反应可能会很奇怪。听到你说一本书多少钱，有些人会抬起眉毛；另一些人会闭紧嘴唇。两种人都在委婉地传达：如果那本书再便宜一两先令，他们就愿意买。有些人会从眼镜上方向你投来希望的眼神；有些只摇摇头。这些暴民总把"各让一步"挂在嘴边。另一些人连这点礼貌都不讲。你说一本书七先令六便士，他直接冲你大喊："五先令！"对这种人，我会回答，抱歉，我没办法降低一本书的售价。"那你留着吧。"他说。所以我就把书留着了。不讲价是帕姆弗斯顿先生的原则。"这是家书店，"他说，"不是阿拉伯市集。"我知道他曾减价把书卖给一位老客户，但如果是顾客本人先开口还价，则没得谈。如果客人讨价还价，书就会被啪嗒合上，放回架子上。帕姆弗斯顿先生说，如果你起初就准备好了让价，很快大家都会觉得你定价太高。这句格言很有道理。

奥古斯塔斯·缪尔，《书商约翰·巴克斯特私语录》

如果你所在的是一个让人觉得还价天经地义的行当，那不管花多少笔墨来倾吐人们急于压价带给你的沮丧都不为过。做二手商品的生意，这是你日常生活不变的、磨人的特征，正如帕姆弗斯顿先生婉转道出的那样，许多人相信你在定价时就已经把还价空间考虑进去了。我们没有，而且我并不觉得会有多少商店预留好客人的还价空间。你看看一本书，想想你的买入价，然后根据买入价给它定价。顾客们不会在加油站或者超市讲价，明明那些老板和股东不说赚了上亿，也赚了上百万利润，却会认为在这种所有人都明知我们处境不利的时候——现在你已经知道是拜谁所赐了——压榨艰难生存的小店的薄利是可以接受的。和帕姆弗斯顿先生一样，一般我也明显更愿意给不还价的客人一点折扣。如果他们开口问——又比较礼貌——金额大的单子我或许会让价，但要求打折的人基本上会碰壁。遇到这种情况，我很想用他那句"阿拉伯市集"的话回击，正如我接到电话时很想学多萝西·帕克那样来一句："又他妈怎么了？"*

苏格兰人在外面有个小气的名声，这很奇怪。在我的经验里，苏格兰人简直慷慨到过分，我真的不记得上一次有苏格兰人跟我讨价还价买书是什么时候了。美国人一般也不会对我们的定价有异议。在前网络销售时代，二手书行业有条大家心照不宣的规矩，同行书商来买书，应该给予百分之十的折扣（不过爱尔兰书商总会要求百分之二十的折扣）。这点让利似乎少得可笑，现在连普通顾客都想要远大于此的优惠了。

---

* "What fresh hell is this?"——美国诗人、短篇小说家 Dorothy Parker（1893—1967）接电话前的口头禅。

11月2日，星期一

网店订单：3

找到的书：3

今天店里就我一个人，所以我决定读《失明症漫记》的作者何塞·萨拉马戈的另一本书《死亡间歇》。书是伊曼纽埃拉给我的。坐在炉火边，全神贯注地读起来。

下午2点去泡了杯茶，回来时发现船长抢了我炉火旁的位子。

BT* 来电，问我要不要在电话簿上投广告。电话簿这种东西，就跟书店一样，已经沦为过去时代的残留物，因为现在所有人都把通讯录存在手机里，再说总能在网上查到要找的信息。过去几年我一直在电话簿上打广告，每年花费425镑。我对推销员说今年不准备续费了，他问他过会儿能否再打来。他五分钟后又来电了，广告费降到了250镑。我勉强同意了。现在我开始后悔我的决定。

流水：65.50镑

顾客人数：8

---

* British Telecom（英国电信公司）的缩写。

11 月 3 日，星期二

网店订单：1

找到的书：1

今天上午，有家澳大利亚的杂志想让我提供书店相关的照片和趣事，两者我都提供了。

又去了趟格尔斯顿收书，还是同一户人家。这一批书里有本詹姆斯·伯恩*的《爱丁堡重访记》，品相不错，还有套四卷本的彭斯诗文集。没装满一个箱子，给了她 65 镑。

晚饭做了卡伦黑线鳕汤。

流水：361.50 镑

顾客人数：12

11 月 4 日，星期三

网店订单：4

找到的书：4

妮基当班。

---

*　James Bone（1872—1962），英国记者、编辑，长期服务于《曼彻斯特卫报》，写过好几本关于伦敦和爱丁堡的作品。

来了一个吉隆坡的订单，还有本情色类作品要寄到伊朗去。

有个老头从幽默类区域拿了四本崭新的平装书来到柜台前——一本标价 1 镑，两本 2 镑，最后一本 1.50 镑——说："你不会真的想让我付这么多钱吧？"他什么也没买，走了。

妮基翻到了一本法语常用语手册（1960 年重印本）。实在不知道你是计划了怎样一种假期，才需要用到下面的句子：

服务期间，请勿四处走动。

我吃不惯洋葱 [不过安娜的爸爸会觉得这句有用：他讨厌洋葱]。

饭菜很一般。

我掉进海里了。

那男孩淹死了。

我受到警方通缉。

他自杀了。

天气糟透了。

之后，妮基对我说她不准备在这儿干了。她已申请了一份养老院的工作——"毕竟我大部分朋友都住在那儿"——她想清楚了，她不赞成我的生活方式。我觉得根本的问题在于她觉得我不该和安娜分手，她是很喜欢安娜的。

流水：119 镑

顾客人数：9

11 月 5 日，星期四

网店订单：2

找到的书：2

阴冷的雨天，店开得比平时稍晚。

当地的农夫桑迪·麦克雷斯来了。他花了一个小时向我描述他的失读症。他想拍一部关于农民社区失读症现状的纪录片。虽然他明显非常了解情况，我还是很难想象那部纪录片会拍成什么样。我觉得他并不真的知道该怎么做。我建议他去找苏格兰失读症协会——"噢，没法去。我跟他们闹翻了。"

卡勒姆来了，因为他怕屋顶流下的雨水会灌进新锅炉的烟道——扩建部分的设计正是为了保护这一位置。我俩花了一个钟头，补好了一处要修理的地方。

伊莎贝尔来做了账。

流水：40.50 镑

顾客人数：5

11 月 6 日，星期五

网店订单：2
找到的书：2

    开车去阿伯丁，明天有书要收。收到奶奶的短信："抱歉打扰你，但今天早上我打理脸的时候，我的猫佐伊咬了我的脚踝。"

流水：42.50 镑
顾客人数：4

11 月 7 日，星期六

网店订单：2
找到的书：2

    开车回家，路上去了罗斯蒙特的一栋宅子。主人是个中年妇女，她的亡夫对历史感兴趣：他的收藏里有好几本斯帕尔丁俱乐部的书。选了五箱书，给了她 300 镑。下午 4 点 30 分到家的。

    斯帕尔丁俱乐部成立于 1839 年，以十七世纪历史学家约翰·斯帕尔丁命名。这家俱乐部的书主要出版于十九世纪后半叶，大部分作品跟阿伯丁郡的历史和古代文化有关。这批书很好辨认，尺寸基本一致（大八开本），橄榄绿硬麻布装帧。通常都是限量版，售价一般在 20 镑到 60 镑之间，具体看书。它们很难快速售出，但书本身做得很好，也是高标准的学术作品。这些书在网店也许有销路。

《死亡间歇》读毕。跟《失明症漫记》相比，这本书我读得磕磕绊绊。描绘一个人人长生不死的国度，虽然想法很棒，真的写起来，作者的用笔却好像比《失明症漫记》吃力，节奏也慢了很多。

流水：106.43 镑

顾客人数：8

11 月 9 日，星期一

网店订单：6

找到的书：6

上午 11 点，一个女人来到柜台，拿着一本她自己带来的书，说："这本书是我爷爷给我的，知道吧。他是位非洲的传教士，知道吧。他留给了我这本书。我不记得这个女人是谁了，但这本书是写这位女传教士的，书里的一页有她的照片，知道吧。本来就该在那儿的，因为有块贴照片的长方形区域，知道吧。这是你会感兴趣的那类东西吗？"

不是。

令人苦恼的下雨天。吃过晚饭，我生了火，开始读《大师和玛格丽特》。

流水：20.50 镑

顾客人数：3

11 月 10 日，星期二

网店订单：5

找到的书：5

刮风下雨的早晨，我找到了所有订单。

两位客人拿来一批很不错的平装本现代小说，我给了他们 50 镑。

11 点钟，一个女的来到柜台，说节庆期间她老板把一只棕色的软毡帽落在"作家休憩处"了。就是那顶我原先以为是妮基的蒂罗尔约德尔歌手帽的毡帽，于是我把帽子还给了她。

吃过午饭，我开车去邓弗里斯附近的格伦卡普尔的一栋宅子看一批书。又是一个寡妇要卖掉她亡夫的藏书，而那或许是我今年看到的最好的一批收藏：每件东西都触手如新，既有旧书也有新书，不少是钓鱼主题和射猎主题的作品（包括十来本 BB 的书），伊恩·尼奥 * 的书也是我前所未见的数量，还有

---

* Ian Niall（1916—2002），苏格兰作家、编剧。

一本早年间印的《卡尔佩珀植物全书》*（只有卷二——"解剖卷"）。她丈夫生前是位外科医生，他的书里有不少偏门的医学人物传记，（但愿）这些书印量很少，现在已变得物以稀为贵。我给了她 700 镑，买了十箱书。

4 点钟，艾略特发来短信，问他明天能不能过来住，至于要住多久还不确定。

流水：135.49 镑

顾客人数：9

11 月 11 日，星期三

网店订单：1

找到的书：1

开了店。下雨，天气令人难受，所以我在店里生了火。

上午 11 点，Abe 打来电话。说是有个客人不满意我们寄给他的书的品相。客人买书花了 7 镑，书我们寄到美国，亏了运费。我翻了翻邮箱，发现有封他写来的邮件（我忘了回复）：

> 亲爱的书店
>
> 你们最近寄给了我一本《苏格兰城堡修复论争》，托

---

* 应该是指英国植物学家、草药医生 Nicholas Culpeper（1616—1654）的代表作 *The Complete Herbal*。

运单上的订单号是 ××××××××。

就我记忆所及，Abe 商品页面上你们对此书的描述是"品相非常好"，而你们的托运单上也是这样写的。

封底靠下的两三英寸有几处皱痕，皱痕位置后面的五六页似乎都沾过水，越往后翻程度越轻，但封底后面那一页问题特别严重，封底内侧有一小块封皮都粘到前面一页上了。

在封面和封底边缘的好几处，塑料质感的外皮开始剥落，靠近书脊的书口上有块约两英寸的污渍，好在只影响到内页边缘的一点点地方，但还是很容易注意到。

这些损坏都不是运输造成的，因为包装完全没问题。

我知道过了几个礼拜才联系你有点迟，但我只有在某些间歇才能上网，而且我花了点时间想找一个办法在Abe 网站上给这个订单打差评，但似乎办不到，在不远的将来，我会就这一问题联系 Abe。

如果我来描述这本书的品相，最多就是"一般"，肯定不能是"非常好"。

多么令人丧气，他的第一反应竟然是写差评，而不是想办法同我一起解决问题。

3 点钟艾略特来了。7 点钟，他的鞋子还在厨房地上。

5 点 30 分，AWB 在"老银行"开会。幸好这次我没忘记，因为我是会议秘书。

流水：77.50 镑
顾客人数：6

11 月 12 日，星期四

网店订单：5

找到的书：4

狂风暴雨——据说我们这里正处在一场大西洋风暴当中。

我决定要为书店拍一部圣诞节短片，采用约翰·刘易斯百货[*]的圣诞广告风格。考虑改编《圣诞节前夜》[†]。

4 点钟，一个伦敦佬来到店里，买了三本伯纳德·康沃尔[‡]的书。他说等他读完这三本，康沃尔的书他就全部读过了。我建议他接下来读读帕特里克·奥布莱恩[§]。

晚上 7 点，艾略特在沙发上睡着了，我便继续读《大师和玛格丽特》。奶奶说我会喜欢这本书，如果最初一百页足以作为判断依据，她是过于保守了。我读得完全放不下来。

流水：29.30 镑

顾客人数：5

---

[*]　John Lewis，英国伦敦老牌百货商店，成立于 1864 年。从 2007 年起，该百货商店每年会推出一支温情的圣诞广告。

[†]　"Twas the night before Christmas"，美国家喻户晓的圣诞节诗歌，1823 年匿名发表，1837 年，Clement Clarke Moore 声称自己是诗作者。

[‡]　Bernard Cornwell（生于 1944 年），英国作家，著有以拿破仑战争为背景的"沙普"（Sharpe）系列等畅销历史小说。

[§]　Patrick O'Brian（1914—2000），爱尔兰小说家、传记作家、历史学者，代表作为描写拿破仑战争时代海上风云的"怒海争锋"（Aubrey-Maturin）系列小说。

11 月 13 日，星期五

网店订单：2

找到的书：2

上午 9 点，妮基准时到店，但她今天没有从莫里森超市的垃圾箱里带好吃的来。自从她宣布要走，她对我的态度就透着肉眼可见的冷淡。

暴风雨没停，天气依然很冷。早上 7 点，在一阵摔门声与跺脚声的合奏中，艾略特出去了。

妮基（压低声音，指着一个客人）说："看到那边那个家伙了吧——他上星期来店里待了两个小时。他什么也没买，还问我能不能从一本书里拍几页照。"我买下书店刚开始几年，经常碰上这种人。人们可能只想要一本书里某几页的内容（往往跟他们的某个祖先有关），而我们——难得一次——会答应，但近些年这种事几乎碰不到了。可能是现在的人会偷偷用手机拍下与己相关的页面，或者网上就能够查到想要的信息。

妮基和我把从格伦卡普尔买的那批书从车上卸了下来，随后她开始整理。我让她猜猜买这些书我花了多少钱。她说 100镑，说完她开始一本本翻看，在网上查价格；她翻到的其中一件东西是一本乔治时代淑女的空白笔记本，带锁和钥匙，有些地方配了插图和文字。书似乎并不如我预期的那么值钱，她的估价或许比我准确。

妮基和我讨论了应该怎样来给书店拍一支欢天喜地的圣

诞节短片：

我："我们为什么不以拜伦的《西拿基立的覆灭》为基础来做改编？"

妮基大声朗读了这首诗：

> 亚述人来了，像狼扑群羊，
> 盔甲迸射着紫焰金光；
> 枪矛闪烁，
> 似点点银星
> 俯照着加利利波光浪影。
>
> 日落时，到处是人马旌旗，
> 像夏日茂林，绿叶繁密，
> 天一亮，却只见尸横遍野，
> 像秋风扫落的满林枯叶。
>
> 天使展翅，把阵阵阴风吹向来犯之敌的面孔；
> 心房猛一跳，便永远静止！
>
> 战马倒地，张开的鼻孔里
> 再也喷不出得意的鼻息；
> 吐出的白沫还留在地下，
> 冷得像扑打岩石的浪花。

惨白，拘挛，躺着那骑士，

眉头凝露，铁甲锈蚀，

营帐悄然，残旗犹在，

枪矛不举，号声不再！

亚述的遗孀号啕挥泪，

太阳神庙宇里金身破碎；

何须用刀剑，上帝只一瞥，

异教徒威风便消融似雪！ *

妮基有了个主意："让船长扮演死亡天使；我们可以在他身上粘一对翅膀，把他扔向摄像机。"

这样的结尾不行。我俩说好分别以《圣诞节前夜》和《西拿基立的覆灭》各写一个脚本（两首诗韵律相同）。

锁店门的时候，我注意到书堆得到处都是，妮基没有把书放上架子，而是随手乱放。

流水：73 镑

顾客人数：7

---

* 译文出自外语教育和研究出版社《拜伦诗选》（杨德豫译，2011 年）。

11 月 14 日，星期六

网店订单：2
找到的书：1

妮基当班。我问她店里怎么到处都堆着书,她（果不其然）以老一套的说辞回应我："哎,当时有个客人挡道,我没办法把书放到书架上。"我就此放弃,随后我俩换了个话题,聊她最爱聊的：死亡。

妮基：如果我在哈米吉多顿来临前死了,我朋友乔治会用旧床垫给我做一口棺材,把我安置在我车的后面,扔进森林的某个地方。

我：我想要一场维京海盗船上的葬礼。

妮基：办八到的。唯一接近的办法是吉卜赛式葬礼。你先得给自己造一个移动小屋,然后点火烧掉它。噢,等等,那时候你已经死了。你得叫别人放这把火。

我开发出了一套连傻瓜应该都会用的办法,专门对付接二连三冷不丁打来电话让我更换供电商的推销员。

来电者：我能跟你们负责处理供电的人说话吗?

我：他不在。

来电者：他什么时候回来呢?

我：大概一年后。

来电者［每次说到这里，对方都会沉默良久］：一年？

我：没错。一年。

对方挂了电话。

下午花了点时间拍了妮基朗读《圣诞节前夜》的视频。

流水：59.50 镑

顾客人数：10

11 月 16 日，星期一

网店订单：4

找到的书：4

上午 10 点，卡勒姆过来给锅炉搭雨篷。

下午 2 点钟，有个人来到柜台前自我介绍说叫杰夫·谢泼德。他拿来了五箱书，都是些馆藏货，我选了一部分，给了他 50 镑。我不禁想到，如果有支单人的"威豹"*模仿乐队——也许还带着一条牧羊犬——叫"杰夫·谢泼德"，这名字会很赞。

下午 3 点，农夫桑迪来店里告诉我他要拍的失读症纪录片的进展。像往常一样，他想从我这里寻求我没能力提供的帮

---

* Def Leppard，英国摇滚乐队，成立于 1977 年。Jeff Shepherd 与该乐队名读音相近。

助：“你认识什么患有失读症的名人我们能请来参加拍摄吗？”我根本不认识什么名人，更不要说患有失读症的名人了。他还有一个老毛病，从来懒得问我是不是太忙，没空闲聊，只管自己拼命讲下去。直到我让他明显看到我有工作要做，他才终于领会了意思，说：“行吧，你忙着呢。先让你干活。”接着他又继续滔滔不绝地说了二十分钟患有失读症的名人的事。

流水：26 镑
顾客人数：3

11 月 17 日，星期二

网店订单：2
找到的书：2

大雨如注，寒风刺骨。

把那天 AWB 的会议记录打印了出来。

到下午 1 点为止，文身控桑迪是今天唯一的客人。他在找一本《盖勒韦的世袭法官》。店里一般都有存货，但今天我偏偏找不到。

桑迪和我谈事情的时候，妮基恰好出现：

桑迪：妮基！正说到你呢！过来给我个拥抱吧。我是个孤独的老头子。

妮基［往后一跳，反方向躲开］：没门！我才不要抱你——我是个苏格兰人。我来上班，可不是为了遭这种罪的。肖尼*——有没有收到寄给我的一袋黑羽毛？另外，我能明天干活吗？

接着她走到放古董书的区域，找出来一本《盖勒韦的世袭法官》，价格标低了（是她标的），才65镑。她把书塞到桑迪手里。他买下了。

我还是不知道她为什么需要黑羽毛，不过一切都会在适当的时候真相大白。

打烊前夕有个道格拉斯城堡附近的人打来电话，说有十二箱书要卖，于是我定了星期五去看那批书。

流水：125镑

顾客人数：6

11月18日，星期三

网店订单：2

找到的书：2

早上9点05分，妮基晃悠进来了。

又是恶心的雨天，风大，阴冷。碰上这样的天气状况，

---

* Shauny，Shaun（肖恩）的昵称。

店里的收音机从来没法正常工作，信号时通时断，我索性把它关掉了。

两个女的在店里待了一个钟头，最后拿着一本品相完好、带护封的关于绑钓蝇的"次新"书来到柜台。我的标价是 4.50 镑。她俩中的一个问妮基此书是否适合初学者。妮基指了指我，说："问他吧。"我看了一眼书——涉及的问题很全面，样式和工具的图示也都清清楚楚，于是我对她们说这是本理想的入门书。可她们还是决定不买，说要去纽顿·斯图尔特的渔具店看看。在那儿她们也许到头来得花 20 镑买同一本书。

妮基开始打包这个月要寄给"开卷随缘俱乐部"成员的书。她把店里弄得一团糟，混乱程度堪称现象级，只要是能放东西的平面，包括地上，都堆满了打包完毕和尚未打包的一摞摞书。我问她为什么不能保持环境整洁，她回嘴叫我"挑剔的老女人"。她正变本加厉搞破坏的时候，卡罗尔-安来了，说："妮基——为什么到处都是东西？看啊——连地上都有。"听到这里，妮基竟指责我俩都有 OCD*，还说："你们没听过一句话吗？'一个整洁的家背后是一个无聊的女人。'"我提醒她这是一家商店，我也不是女人，她摇摇头，看着地面。

下午，我在教堂的墓园里拍了些素材，准备用进《圣诞节前夜》。

诺里拿来了十二箱书。

流水：22.50 镑

顾客人数：4

----

* 即 obsessive-compulsive disorder（强迫性神经官能症）的缩写。

11 月 19 日，星期四

网店订单：1

找到的书：1

上午，我打包完了"开卷随缘俱乐部"的书，给它们贴好标签，随后算了算邮包和皇家邮政的网上费用。这个月的邮费支出总计 250 镑。

今天晴朗和煦，收音机又能用了。

今天的邮件里有一袋黑羽毛，（大概）是妮基订购来拍圣诞节短片时要用的。我这才想到，或许她是要以某种方式把羽毛粘到船长身上。

3 点，店里来了八个学生，他们走来走去，到处拍照，半个小时后才走。谁也没有买东西。

那个爱读伯纳德·康威尔的伦敦佬又来了，我卖给了他三本帕特里克·奥布莱恩的书。

一个客人买走了格伦卡普尔那批书里的一本 BB 作品，所以我的投资正逐渐收回成本。不过妮基是对的。那批书我买贵了。

流水：76.48 镑

顾客人数：7

11 月 20 日，星期五

网店订单：4

找到的书：4

妮基当班。上午 10 点，卡勒姆拿来了一只他在自家院子里发现的巨型南瓜。他都不知道那里有只大南瓜，所以它准是去年播的种子长成的。妮基决定在南瓜上画一副眼镜，再给它戴上假发（我们的橱窗陈列品里正好有一顶）。她向我保证，这南瓜头跟我像爆了。

寒冷、和煦的冬日。妮基一天都在继续整理诺里的书。

我泡完一杯茶走下旋转楼梯时，一对中年夫妇正在"苏格兰室"里看当地历史的书。他们叫住我，问我一本《苏格兰鬼怪故事》的价钱。那是本很寻常的便宜平装书，我说可以 2.50 镑卖给他们，这时候，那个女的说："当然，你知道这房子里有鬼。"我忙咳嗽了几下，不让自己表现出难以置信的样子——一个成年女性竟会相信这种事——但听她接下来的话，又让我有点吃惊："它在楼梯上。准确点说，是在过道上。刚才我感觉到它在那儿。"

虽然我对此持怀疑态度，坚信一切不过是巧合（那个过道就是乔伊斯之前告诉我"乔治"喜欢做些"鬼事"的地方），这已经是第三次有人提到店里的楼梯上有超自然活动发生。我还是不相信这一套，却有点没那么确定了。

我们又拍了一些《圣诞节前夜》的素材。妮基用黑羽毛给船长做了一对翅膀——她已经决定让他扮演死亡天使。

流水：142.50 镑

顾客人数：9

11 月 21 日，星期六

网店订单：2

找到的书：2

今天上午是妮基开门的。

一天下来，我们没怎么理会客人，主要在为各自的短片拍摄必要的素材，我们决定到时把成片放到"脸书"上，让关注书店的人选出更好的那一部。妮基在镜头前状态很棒——她不需要花力气，她的喜剧节奏把控从容自如，不用刻意为之。

到快下班的时候，妮基已在收银台上堆放了太多杂七杂八的东西（她拍片用的"道具"），根本没办法给客人结账。

晚上我在剪片子。

一年中最短的一天已过去一个月。我认识的大部分人讨厌一月份，但对我来说，九月到十二月之间的日子才是一年中最糟糕的：钓鱼季结束了，天气越来越寒冷潮湿，白昼日渐变短，有些天感觉根本就没有光照。一月份的缺点至少有变长的白昼弥补。

流水：264.49 镑

顾客人数：8

11 月 23 日，星期一

网店订单：4

找到的书：1

今天冻得要死。

上午，出于道义同养老金监管局通了个电话。在电话里，他们让我报邮箱地址：

我：M、A、I、L、@、T、H、E、杠、B、O、O、K、S、H、O、P、点、C、O、M。

她：好的，是 nail@the-bookshop.com。

我：不对，是 M、A、I、L。

她：嗯，所以是 nail@the-bookshop.com。

我：行，那就寄到 nail@the-bookshop.com 吧。反正我也不会看的。

把《圣诞节前夜》短片都上传到了"脸书"，配文让大家发一张照片，为喜欢的那一部投票。

今天店里只来了零星几个客人，但难得的是，他们都买书了。

网店订单：204.50 镑
顾客人数：9

11 月 24 日，星期二

网店订单：2
找到的书：1

上午 9 点一开店，门外就有客人等，这种情况难得一见，不过今天早上就有个男的在店门外焦躁地走来走去。他问我们有没有关于中东的书。这类书店里还是有一些的——两三百本吧，有些是古董书，有些是新出的。他在那儿看了两小时，最后什么也没买。

接近午饭时间，一个来自约克郡的老头拿着三本关于钓鱼的书来到柜台前。都是很稀见的书，总价 66 镑。听我报出价格，他让我开个"最优价"，于是我告诉他我的"最优价"是 100 镑。他妻子——显然习惯了他讨价还价——大笑起来："这下你该得到教训了，乔治。"我最后收了他 60 镑。

有人打电话来询问一本 BB 的《黑色河湾》。客人想知道书况的每一个细节，可网上的描述里已经写清楚"完好"。不得不这样解释一通实在乏味——没有，护封没有破损，书里没有题字，没有折页，没有褶皱，没有泛黄，书角没有磕碰，等等——因为"完好"一词已经包含了这些意思。五分钟后，他似乎对书况表示满意，问如果他直接从我们这里买，不通过Abe，能否享受折扣。那本书的价格是 8 镑。我说不行，没法给他打折。他挂了电话。

下午 4 点，我妈来了，同来的还有这星期主理"打开的书"的一对夫妇。他们是美国人：女的五十五岁上下，男的看起来年纪更老一点。他的右眼上方文了一只海豚。下班后，同他们一起去"庄稼人"喝了一杯。

妮基和我拍的圣诞节短片在"脸书"上被分享了很多次。

流水：69.50 镑
顾客人数：2

11 月 25 日，星期三

网店订单：5
找到的书：4

书店屈指可数的本地常客之一伊恩过来串门，他问我们能不能为他订两本特里·普拉切特的小说。他说他可以在亚马逊上买，但还是更想支持一下实体书店。我简直想拥抱他。

给建筑工约翰发了邮件，问他能不能来修烟囱。我们需要在真正入冬前把它修好，以免造成更多破坏。没有回复，我只好打电话给波兰建筑工瓦切克。

奶奶在"脸书"上给我发信："肖恩，你个臭杂种，为什么不给奶奶写信？我想念苏格兰，想念苏格兰的雨和羊。"回复说下个星期同她聊 Skype。

2 点钟，伊莎贝尔过来做账。她猛夸《圣诞节前夜》短片。

2 点 30 分，有个住在邓弗里斯附近的男人打来电话，说他有 2,000 本书要卖。我安排了周五去拜访他，因为如果我不先到一步，下周二"牛饥委"就要去把书运走了。

流水：73.49 镑

顾客人数：7

11 月 26 日，星期四

网店订单：2

找到的书：1

今天的订单里没找到的那本书是妮基上星期刚刊登的。但愿她明天能把书找出来。

有个达尔赖（距离此地 25 英里）的男的来电。他现受托处理 2005 年去世的野生动物画家唐纳德·沃森的藏书。我安排了星期六去见他。

2 点钟后就没来过客人，于是我提前半小时关了门，开始读娜恩·谢泼德[*]的《活山》。书很薄，是卡勒姆推荐的，他的读书趣味和我非常相似。

流水：144.50 镑

顾客人数：4

11 月 27 日，星期五

网店订单：3

找到的书：2

妮基拿着一袋压扁的威尔士小饼来上班了。她用上班的前十分钟狼吞虎咽地把它们吃光了。

上午 10 点，波兰建筑工瓦切克过来看了一眼烟囱的故障。他对我说修理费是 3,000 镑，一个星期内就能开工。

午饭后我开车去邓弗里斯附近的达尔斯温顿看那批书——星期三打来电话的那人说要是我不先到一步，书就归"牛饥委"了。卖书的人是位退休学者，他和他妻子住在一个漂亮的磨坊里，那是他们二十年前就改造好的。他们要搬去格拉斯哥西区一套两居室公寓了，不得不清理掉磨坊里的大部分物件，包括他的大约 2,000 本（暂时清点出的数量）藏书。他

---

[*] Nan Shepard（1893—1981），苏格兰作家、诗人，*The Living Mountain* 是她创作于 1940 年代的作品，但直到 1977 年才出版。

们很讨人喜欢，查看书之前我和他们喝了杯茶，聊了会儿天。大部分书都装在农业饲料麻袋里，比较值钱的那些则摆在客厅的桌子上，其中有本伯特兰·罗素的签名书。书一共装了四十麻袋，我翻了翻其中五个袋子，估定了一个均价（希望没看的那些价值差不多），给他们开了一张 1,300 镑的支票——这或许远远超过了我本该给出的价格。这下要花很久才能回本了。他们帮我一起把那几十麻袋书搬上了车。下午 4 点走的，5 点 30 分到家。

流水：56.28 镑
顾客人数：7

11 月 28 日，星期六

网店订单：4
找到的书：4

妮基当班。天气益发寒冷，店里的温度已经降到法律规定的工作环境标准之下，因此妮基再一次穿上了她那身黑色滑雪服。

我们从车上卸下那些麻袋，把它们扔在书店前屋的角落里。现在屋里乱得一塌糊涂，本就有十来箱待处理的新货和三十七箱要送去格拉斯哥的回收厂的废书，又来了四十袋天晓得是什么的书。

我让妮基优先整理箱子里的书，因为里面的货更值钱；暂时别动那些肥料袋，里面装的书价值比较低。她得意扬扬地告诉我，她发现她每年有权享受十一天带薪假。是她一个朋友告诉她的。我俩之前都不知道兼职员工有带薪休假的权利，不过好像确实有。她要我补足她过去四年的假期。

下午 2 点，我离开书店，冒着倾盆大雨开车去达尔赖看唐纳德·沃森的藏书。唐纳德·沃森是一位野生动物（主要是鸟类）画家，口碑很好。他写了很多书，也给许多书绘制插画，青年时代在阿切博尔德·索尔伯恩——二十世纪最著名的野生动物插画家之一——的激励下，走上职业道路。他一生大部分时间都住在威格敦，2005 年去世。我见到了他达尔赖主街上那处宅子里遗物的执行人，随后开车一起去了他家：那是镇上的一座漂亮小屋，但很破败了，又潮又脏。最好的书都已经被拿走捐给一家公立图书馆了。剩下的书装在十七个纸板箱里，题材很宽泛，大部分都没啥价值，品相还差劲。我用五个箱子装走了最好的一些，其中有本初版《彼得·潘》。

下午 4 点到家，发现妮基——跟我吩咐的恰恰相反——已经开始在细细翻检那些肥料袋了，箱子里的书却完全没管。

下班后，我把那本伯特兰·罗素的签名书挂到了 eBay 上，又读了一点《活山》。这本书着实写得很美；娜恩·谢泼德的描写能力让她的语言完全成了诗，而她对凯恩戈姆山脉的热爱——甚至是痴迷——表露无遗。她描写光线质感的笔墨，拿来描述威格敦同样贴切："苏格兰的光拥有一种我在别处都没有见过的特质。它灿烂，却不猛烈，轻轻松松一发力，就能穿透到渺远的地方。"

流水：212.40 镑

顾客人数：19

11 月 30 日，星期一

网店订单：3

找到的书：3

早上有雨，还很冷，不过中午前后有点放晴了。十一月的大部分日子，天气好像都是这副样子。

上午 10 点，一个大胡子男人走进店里，把雨水滴得满地都是。他说："我来自德文郡，在这儿工作了一个月了。住在我隔壁的女人写了一本童书。她自己出版了。写得不大好。你们店里愿意备几本吗？"

后来，我正在打扫地方志区域时，一个客人过来搭讪，说："我六个月前来过，当时你们有本关于 RAF 基地的书。那书还在吗？"我们大概有 600 本航空类图书。随后，他站在梯凳顶上时把一本书弄掉了，他说了声"哎哟"，并没去管地上的书。他找到了想要的那本标价 28.50 镑的书，来问我要折扣，接着，当刷卡机在结算付款的时候，他又来了句："哎呀，在这样一个落后的地方，你们显然不会装光纤。"我们都用了六个月极速宽带了。

　　我们店里有好几个梯凳，客人有需要，往往就会自行使用，偶尔会有人问一声可不可以用。曾经有一次我去柯尔库布里（距此地约 30 英里）的一栋宅子里清书，看到一个很小的螺旋形书房梯凳。我问要卖给我书的女人，这梯凳是不是给小孩用的（心想或许可以问一问，我能否把它买回去放在店里的儿童区），她回答这是为吉米·克里瑟罗——1960 年代活跃于广播和电视上的侏儒明星——定制的。吉米和他母亲双双去世后（他和母亲同住，母亲葬礼当天，他因服用过量安眠药意外离世），她和她丈夫一起帮忙清掉吉米母亲宅子里的物件。据说他们清理阁楼的时候在里面发现了几百只空威士忌酒瓶。我花了 20 镑，从她手里买下了吉米·克里瑟罗的书房梯凳。

流水：88.50 镑
顾客人数：5

十二月

一两个月前，一位爱丁堡当地名流让人送来了一板条箱要卖的书。他正在清掉他的一部分藏书。我们乐意买入，也开出了不错的价格。几天后，他打电话来确认支票已收到。"我只有一个要求，"他说，"那些书上每本都有我的藏书票。我想请你在卖书之前把它们全部揭掉*。"一共有八九十本书。

"抱歉，先生，"帕姆弗斯顿先生说，"我们不是公共洗衣房。"

"那你可以用锋利的工具把它们直接铲掉。"

"我们也不是理发店，"帕姆弗斯顿先生又说，"您在贴藏书票的时候，就应该想到有今天啊，先生。"

奥古斯塔斯·缪尔，《书商约翰·巴克斯特私语录》

二手书行业能给人带来无穷的趣味，藏书票是诸多原因之一。藏书票通常专属于书籍主人，但也有那种你能在卡片店之类的地方买到的大路货，上面印有加菲猫或者史努比，只写了"Ex Libris"，旁边留好让你署名的空格——等你署完名，剥开藏书票后面的胶粘带，把它贴到书的环衬上，这本书立刻就贬

---

* 此处"揭掉"的原文为 steam off，指"利用蒸汽将某物揭下"，故而后文帕姆弗斯顿先生回答说"我们不是公共洗衣房"。

值了。定制的藏书票则完全是另一码事。这种藏书票一般由富家或贵族委托制作，常常印有家族纹章，来自乡间别墅的藏书室。不过，爱书人偶尔也会请人设计一些别的内容，有时你会认出某位著名艺术家的手笔。几年前，我得到过一张杰西·M.金*的作品。藏书票贴在一本索尔伯恩的《英国鸟类》上，是为藏书的主人定制。那是件美物，远比书本身值钱。在贵族的藏书室，或者书主人拥有纹章的家庭，构成藏书票的经常是一幅铜版画，外加不管何种头衔的现任者名字，以此来表明书的归属。藏书票的目的，就跟你把名字直接写在书环衬上差不多，是要确保书在借出后顺利回到合法的主人手中，不过如今它们已成为一种独立的 objets d'art†。

　　藏书票一般不会折损书的价值，反倒常常能增加其价值，要看所有者是谁，参与设计的艺术家又是谁。然而，去掉藏书票会严重降低书的价值。哪怕是去除得很细致很巧妙，也会造成一定损伤。常常有客人来卖书前会先把书前的活动衬页去掉，以为上面写了名字会比撕下这一页更降低书的价值，其实不然。空白页上的墨水字人名对一本书价值的损害，就算有，也微乎其微，而且，跟环衬上的藏书票一样，某些人的名字能大大提升书的价值。关于藏书票的书有很多，甚至还有一家藏书票协会。我最喜欢的藏书票或许要数那一张——来自我从格拉斯哥一个叫罗宾·霍奇的人的女儿手里买到的一批藏书。画的是一

---

*　Jessie M. King（1875—1949），苏格兰插画家、设计师。

†　法语：艺术品。

个挥舞大棒的野人，下面是一行字："会还回来的，嗯？"[*]这幅图完美概括了藏书票最初的用途。

12 月 1 日，星期二

网店订单：1

找到的书：1

一整天都在下倾盆大雨。

今天早上，哈米什来了。他是位退休演员，也是店里的常客，住在附近的布拉德诺赫，大概在等沿街上去第三家的药房开方子，顺便来逛逛。他买了本关于兰开斯特式轰炸机的书。他对军事史有浓厚兴趣。

养老金监管局又打来一个电话：

养老金监管局：你好，是肖恩·白塞尔吗？

我：是的。

养老金监管局：你的店地址是威格敦北大街 17 号吗？

我：是的。

养老金监管局：我是养老金监管局的安。我们需要核一下你的符合性声明。

---

[*] 此句原文为 Gonna geezit back, eh? Geezit 为苏格兰俚语，此处相当于英语的 give it。

我：是吗？必须现在就做吗？什么时候到期？

养老金监管局：七个月前，所以是的，必须现在就做。

我：好的。你需要知道什么？

养老金监管局：首先，你的名字。

我：你刚还叫了我的名字。你知道我叫什么名字。你甚至连发音都是对的。

养老金监管局：是的，但你需要把你的名字告诉我。

我：肖恩·白塞尔。

养老金监管局：你的店的名字和地址呢？

我：这你也都知道了。你刚问过我，我的店是不是开在威格敦北大街17号。

当这段没完没了的对话终于画上句号，有位客人拿着一本书来到柜台——打开的第一页上有两个不同的标价："我其实不想买这本书，但书上有两个标价。哪一个才是正确的价格？"

下午3点，收到四箱三昧耶林寄来的书。

"文身控"桑迪和他朋友莉齐一起来了。他上次来，买了一本《盖勒韦的世袭法官》当作送她的圣诞礼物。今天莉齐偷偷来到柜台，说她想送桑迪圣诞礼物，问我能不能给他做一张购书积点的代金券。这或许是我今年做成的唯一一笔圣诞节生意。

打烊后，我拿了37箱不要的书去"打开的书"。我想把它们拿去回收利用，但费恩问我他们能不能留下这批书。

流水：40.55镑

顾客人数：7

12 月 2 日，星期三

网店订单：3

找到的书：2

今天有个订单是一本神学类区域里的书，但我拿不到，因为那些从达尔斯温顿弄回来的肥料袋挡住了道。

今天的第一个客人买走了一本60镑的关于驾车马历史的书。

整个下午，伊莎贝尔都在店里做账。

一个看起来很狂野的男子拿了一箱书来捐给书店。其中有《草*之书》《印度大麻选集》《LSD†》《解决问题的迷幻药》和《致幻药物》。

下班后读《活山》，翻到这样一段，很好地总结了土生土长的盖勒韦人性格里的一个特质：

> 这让我记起盖勒韦的一位老牧羊人，我曾经向他打听过去梅里克山应该走哪条山路。他望着我："你从没上去过？你明白自己在做什么吗？""还没去过，不过我已经走遍了凯恩戈姆山脉。""凯恩戈姆？真的吗？"他用手做了个类似合上吊桥的姿势，很明显没把我的话当回事儿。‡

---

* 根据语境判断，此处的"草"（grass）值的应该是大麻（grass weed）。

† 致幻药物麦角酸酰二乙胺（lysergic acid diethylamide）的缩写。

‡ 译文出自文汇出版社《活山》（2018 年，管啸尘译），地名译法稍有调整。

想了解如果当地人觉得你不自量力，他们拥有怎样一种让你狠狠跌回现实的能力，这是完美的例子。在许多方面，这是脚踏实地，避免了一个人过于自大，但同样，我也看到这一习惯常常贬低了人们真正的成绩。

娜恩·谢泼德想攀爬如今已被加上定冠词的梅里克山——苏格兰南部最高峰——或许是因为那座山同她挚爱的凯恩戈姆山脉有着同一个花岗岩岩基。由坚硬的火成岩矿物构成的盖勒韦山区——曾经锐利的边界，在冰河时代冰川退缩的不懈作用之下逐渐圆润——同她熟稔的迪赛德山脉中岩石丛生的群山多少有几分相似，或许正是因为这份亲切感，她才偏爱盖勒韦的山，而不是苏格兰西北部刘易斯的片麻岩山地那棱角分明、如月球表面一般的景色——大众眼里苏格兰的经典地貌。苏尔文、托里登、阿辛特——这些独特、绝美、激动人心的山峦只是这个国家很小的一个组成部分，却似乎不可抗拒地占据了到访之人的想象，以至于可以印在巧克力盒上代表整个国家在外人眼中的形象。比起山路崎岖的苏格兰西北部那些牙尖齿利的犬科动物，盖勒韦山区的植物和动物群或许会让娜恩·谢泼德更觉亲近。

有一年深冬，卡勒姆和我，还有一群朋友一起去爬凯恩戈姆山脉，我们选择走菲科山脊*这一条路线。我们在结冰、裸露的地面上小心翼翼向山顶行进，像被一纸"自杀合约"捆绑在了一起，却又处于"回头路比走到底更痛苦"的境地，那天我真的觉得我要死了。虽然高度令人害怕，一旦失足掉落必

---

* 地名原文为 Fiacaill Ridge。

死无疑，我们终究还是设法到达了山顶，而经过那一回在冰地上爬山，我发现了之前从来没认识到的那一部分自己。

流水：179.49 镑

顾客人数：7

12月3日，星期四

网店订单：5

找到的书：5

我找到了今天订单里的一本书：《插图邓弗里斯和盖勒韦消防队史》。书在自然史区域里，是妮基把它刊登完后放过去了。她准会一如既往给我来一段不讲理的解释，虽然我不确定下次见她是什么时候。她有二十二天[*]的假期——我们同意各让一步，她可以休今年和前一年的假——她说她打算"背靠背"休假。

上午9点，瓦切克带着他的建筑工人来了。他们开始给烟囱搭支架。

下午4点左右，夜色逐渐降临，这时一个客人问我："你的灯是从哪里买的？非常棒。"

---

* 原文为 twenty-two weeks，疑系作者笔误，根据前文（11月28日相关内容），此处似应为"二十二天"。

我：你说的是哪些灯？

客人：后面那些情绪感应灯。它们亮得真快。

我不确定"难以置信"算不算一种情绪，如果算，此刻那些灯应该已光芒万丈。

同奶奶聊 Skype。她说了一个多小时，我基本插不上嘴，她抱怨我从来不给她发信息。她显然很想念苏格兰，威胁说要回来。

流水：15 镑

顾客人数：2

12 月 4 日，星期五

网店订单：3

找到的书：3

诺里在。

在我俩整理怎么也理不完的一箱又一箱书时，我翻到了一本叫《英国游客在意大利》的书，其中收录了以下极其实用的语句：

你侄女的手臂真漂亮，她多大了？

这是谁的短裤？

你橘子吃太多了。

你家的猫真难看。

芙丽太太是个美人儿，不过她女儿很丑。

你和我儿子一样用功，但你没他聪明。

我生你气了。

11点钟，我离开书店，开车去霍伊克（三小时车程）附近的一处住宅，那户主人想卖掉一些书。那是一栋漂亮的乔治时代豪宅，看房子外观，你会期待里面藏的是古董书，但大部分都是现代书，没什么大意思，但勉强能让我不白跑一趟。我给那对（相对而言的）年轻夫妇写了一张310镑的支票。他们要搬家，想把尚未打包的书一并脱手，所以最后我既装走了想要的书，也装走了不想要的。

我递上支票的时候，那男的说："今天准是你一年里最赚的一天。"我猜他的意思是我占了他便宜——考虑到他们刚卖掉那栋恐怕值上百万的房子，这便宜占得有点大。

流水：2.50镑

顾客人数：1

12 月 5 日，星期六

网店订单：3

找到的书：2

又是狂风大作的雨天。

今早开店时没网了，只好先花了一个半钟头研究怎么修好。

上午，（我终于弄明白怎么重新联网后）亚马逊邮箱收到一封长邮件，询问一本叫《矛盾人》*的书的品相——那书标价6便士。格里姆斯比†的书商朋友伊恩说得没错。多年前，他预言随着亚马逊一发不可收拾地崛起和牺牲卖家利益来推行"顾客至上"，总有一天人们会期待花极少的钱就能买到品相完美的书。这本书放到十年前能卖10镑。

中午，"腰包戴夫"来了。我一时大意，让他跟我聊上了天。他没完没了地说着南美洲和那边的女人多么漂亮。他买了两本书，一边在他最大的腰包里找钱包，一边在柜台上摊满了各种各样看起来很恶心的东西，包括几张纸巾和一些皱巴巴的收据。

流水：159.55 镑

顾客人数：8

---

* *The Paradox Men*，美国科幻小说作家 Charles L. Harness 的作品，原名《飞向昨日》(*Flight into Yesterday*，1953)，1955 年出新版时改为现名。

† Grimsby，英国英格兰林肯郡港口城市。

12 月 7 日，星期一

网店订单：4

找到的书：1

10 点 30 分，卡勒姆来了。

相当冷清的一天。2 点钟左右，妮基和她朋友莫拉格过来奚落了我一番。他们明天要去探测金属，想借地窖里安娜的金属探测仪一用。

我在几箱书里发现了一本维多利亚时代的相簿，照片是全的。平时我翻到这类东西，照片通常都被拿走了，但今天这些多数是照相馆拍的人像照，或许能给相簿增加一点价值。

3 点钟瓦切克来了，对我说他已经修好我邻居的屋顶，安好烟囱。我问他，他们是如何把那块硕大的花岗石弄上去的，他说他们先把石头切割成三小块，然后抬到屋顶，再用砂浆砌合起来。能在今年冬天剩下的大雨和霜冻造成更多危害前修好这个，我松了一大口气。

流水：161.99 镑

顾客人数：7

12 月 8 日，星期二

网店订单：5

找到的书：4

经过仿佛持续了几个星期的暴风雨，终于迎来一个无风的晴天。

今天所有订单都来自亚马逊。我怀疑我们的账号又被 Abe 暂时冻结了。

RSPB 来了个叫克里斯的男的，他向我说起他在做的一本书。他在店里待了三个小时。那本书听起来很有意思：是一个博物学家关于 1890 年至 1935 年间他在威格敦所见鸟类的笔记。那位博物学家叫杰克·麦克哈菲·戈登，他祖父（在 1830 年代）曾是现在我书店这栋建筑的主人。

我爸理完发顺道来了一趟，我俩再次讨论了明年的钓鱼计划。

吃过午饭，我卸下了车上那几箱在霍伊克买的书。后来，我翻看着《英国游客在意大利》，发现了一些更加实用的句子：

> 我从来没见过像你这样贪婪的人。
>
> 你那些没教养的朋友把我院子里长熟的梨全摘下来带走了。
>
> 我没法吃这个面包，它太不新鲜了。
>
> 你是个粗鲁自私的人，这就是为什么他们受不了你。
>
> 那个苏格兰人非常年轻。

我们的国王比你们的总统好。

一整天只进来过一个客人。

瓦切克和他的工人拆掉了脚手架，转场去干下一个活了。

流水：25 镑

顾客人数：1

12 月 9 日，星期三

网店订单：2

找到的书：2

今天上午找订单里的书时——其中一本是《威廉·麦克斯韦尔致罗伯特·彭斯》（在苏格兰诗歌区域）——我发现若干本弥尔顿和雪莱的作品被归进了"苏格兰诗歌"。我感觉是妮基动的手脚，巧的是，上午我还收到她的邮件："发给你几张有用的'节日气氛'快照——希望你喜欢这只旅鸫！是特意为你摆的造型——这旅鸫就躺在我们探测金属的游乐场里，对了，我们探出了 6.76 镑！酷吧！"她说的那几张"节日气氛"快照上，一对空瓶子顶部躺着一具僵硬的旅鸫尸体，显然是昨天她和莫拉格外出时找到的。

跑去儿童游乐场探测金属这件事，当你想到他们收集的零钱可能是从孩子口袋里掉出来的，就有点令人不爽。

上午 11 点，货车送来了一批新锅炉用的颗粒燃料，正赶上我妈溜达过来问好。我试图向她说明我得给送货员搭把手卸东西，她听后回答："是啊，当然啦亲爱的。你去吧。"随后继续说了十分钟话，与此同时，司机和他助手却在费劲地把一袋袋燃料往下搬。

一个叫伊恩·基特的人给我来信，列了份他想卖掉的书的清单，我给他回了信，问他能不能把书带来。

流水：24.50 镑
顾客人数：1

12 月 10 日，星期四

网店订单：1
找到的书：1

今天早上开门时，发现店里的电脑——为了接单，需要一天二十四小时开机——锁死在"重启"模式，于是先花了一个小时研究如何让它重新运行。

那个抑郁的威尔士老太太打来电话，出人意料地问我们有没有温赖特 * 的旅行指南，而不是像往常那样要买古董神学

---

* 当是指 Alfred Wainwright（1907—1991），英国荒野远足者、旅行指南作者和插画家，代表作是七卷本《湖区山野插图版指南》（*Pictorial Guide to the Lakeland Fells*）。

书。我也报之以一个出人意料的回答，告诉她是的，温赖特写的湖区指南我们基本上都有。"噢，我能不能买最便宜的那本？"我找到一本标价 4.50 镑的，她给了我她的信用卡信息，我记下了她的姓名和地址。

今早查邮箱，看到一封"文洛克图书"的安娜发来的邮件，建议我们明年再办一次"读者休憩处"，这一次是在三月。我回复说我非常乐意。

伯特兰·罗素的签名本在 eBay 上卖了 103 镑。

一整天店里来过七个客人，其中两个离开书店时说了句他们应该戴眼镜来的。去逛书店却忘记戴眼镜，犯这种错好像有点离奇。

打烊后，我布置了一下大房间，为明天的节庆志愿者晚宴做好准备。每年，等节庆后遗症一消退，图书节办公室的正式员工就会为志愿者们办一场答谢宴。今年办在这儿，就在"作家休憩处"。

流水：47.50 镑
顾客人数：5

12月11日，星期五

网店订单：0

找到的书：0

阳光明媚的一天。

上午9点30分，玛丽亚拿来了给今天晚宴准备的各种餐盘用具，随后回家了。

今天没有订单，不过我寄掉了昨天在eBay上以103镑售出的那本伯特兰·罗素签名书。

中午，一个白发男人来到柜台前，问我们有没有一本关于附近的镇子莫克朗的书，作者是当地一位农民。我为客人找到了一本，让他自己在那儿看，一个小时后他要走了，说："谢谢你，不过这不是我要找的书。"

快打烊时，一个顾客在传记类区域旁边拦住我，说："这也许听起来是个疯狂的问题，不过［意味深长的停顿，然后压低声音］你们有没有德语书？"不瞒你说，比这更疯狂的问题我还是听过的。或许这是某种暗号吧。

下午6点，肖娜和玛丽亚过来准备圣诞晚宴。她们正忙着，艾略特提着衣箱来了，问我他能不能住一晚。他还是老样子，一进门就蹬掉了鞋子。

6点30分，我去参加了艾米莉圣诞画廊的开幕夜，买了一幅猪的画打算送给我妹妹。回家路上，大约有一百人聚在广场，为圣诞亮灯仪式唱起颂歌。志愿者的晚宴7点开始，直到凌晨1点才结束，共有二十一个人享受了玛丽亚的招待。酒喝完了，我只好去地窖又弄了一些上来。大半个晚上都在当酒保。

流水：54.49 镑
顾客人数：4

12 月 12 日，星期六

网店订单：2
找到的书：2

今天起得早，做了早餐。艾略特 11 点钟走的。

一个上了年纪的客人拿着 12 本相对而言很新的书来到柜台。总价 65 镑，我对他说给 60 镑就好。他没有表露出丝毫感谢之情，反而说："就给我这点折扣吗？ 5 镑？"

上午 11 点 30 分到下午 3 点 45 分之间完全没客人，然后五分钟之内来了九个。一个人都没有买东西。

花了一天整理箱子和袋子里的书。有那么一大堆要处理的东西，我却几乎没有进展。

下班后我生了火，读完了《活山》。这是本出色的作品，很动人，可惜在作者身后才得以出版。她笔下登山的危险与乐趣，因为加了后见之明的滤镜，让人感到特别亲切，特别有共鸣：

但我必须承认，我也知道一项与这种"异常狂乱"
相关的现象。躺在床上时，我常常想起自己曾轻轻松松走过的地方，彼时毫无恐惧，想起来却一阵后怕。我下定决心再也不会回到那些地方，恐惧攥住了我，使我变得怯懦。然而一旦真正走了回去，我又会被同一种激情裹挟。管他有没有上帝，反正我又变得"异常狂乱"了！*

她所说的"异常狂乱"，对许多跋涉、攀爬过苏格兰的丘陵和山岳的人来说并不稀奇；那是一种置身于一个与世隔绝的天地的感觉，既熟悉又陌生。

流水：158.99 镑

顾客人数：8

12 月 14 日，星期一

网店订单：5

找到的书：5

早上 9 点 30 分，玛丽亚过来取上星期五的志愿者晚宴之后留下的盘碟和餐具，还有打节庆开始就放在厨房里的冰箱。她前脚刚走，佩特拉后脚过来"杀时间"，因为她正好在等什么事情或者什么人（我忘记是谁了）。不知道那些来店里"杀时间"的人是否明白他们其实也在"杀"我的时间。

---

* 译文出自文汇出版社《活山》（2018 年，管啸尘译）。

一位客人在找适合送他患有失读症的侄子的圣诞礼物，后来他买了两本《高卢英雄传》*。

一个北爱尔兰客人拿着三本书来到柜台，他先把书野蛮地摆弄了一会儿，随后指着其中一本的价签，问道："真是 20 镑吗？"听我确认价格没错，他说："不行，这太贵了。"说完把书放回了架子上。一本书太贵是一回事，一个客人太小气†则是另一回事了。

流水：110.50 镑

顾客人数：8

12 月 15 日，星期二

网店订单：2

找到的书：1

上午 11 点，我爸妈过来聊天。我们讨论的都是我妈平时爱聊的话题：谁死了，谁快死了，谁得了痴呆。

一个女的过来替她朋友报名加入 RBC，算是圣诞礼物。但愿 RBC 的会员资格能成为热门的礼物。

后来，我正泡茶呢，却听到楼下传来叫喊声。是伊恩·基

---

* Asterix books，以高卢传奇英雄为题材创作的法国知名连环漫画。

† 原文 cheap，兼有"廉价、便宜"和"小气"之意。

特，那个上星期发来待售书清单的男人——这几天他一直写邮件询问这件事。他拿了六箱书来店里。过了没多久，一个和她丈夫一起从法国移居此地的女人上门了，她在几个星期内送了五箱书过来。我指了指她上次送来的书，对她说大部分我都不想要。她告诉我她车里放不下了，因为她又给我运来了七箱书。我只好打发她走，因为店里现在堆满了一箱箱书。

我整理了一遍伊恩·基特的几箱书。统统品相完好。我在网上查了一部分书的价格，给他开了一张 300 镑的支票。我觉得我快溺死在书海里了。

流水：76 镑

顾客人数：3

12 月 16 日，星期三

网店订单：5

找到的书：3

9 点 15 分，克里斯·米尔斯过来洗车——我的车脏得叫人难为情。我 2000 年就认识克里斯了，当时我在拍一部关于"索尔威收获者"号失事的纪录片。那是一艘扇贝捕捞船，那年 1 月 11 日在曼岛附近海域沉没。他兄弟戴维是船员之一。

上午我开始翻检昨天收进来的书。其中有一箱品相上佳的摄影集，于是我拍了几张书影给我朋友安妮，她专门收藏现代人像摄影集。

下午 5 点，我准备锁门，结果发现克里斯洗完车把我的车钥匙带走了。店门钥匙跟车钥匙串在一起，所以我把平时用来当制门器的冰壶移到没上锁的门背后，去和卡勒姆喝酒了。

流水：49 镑

顾客人数：4

12 月 17 日，星期四

网店订单：7

找到的书：7

早上 9 点，一个女的猛地推开门，冲进店里，她身上背满大包小包，里面分明是想出售的书。她一边高喊"有人吗"一边急急忙忙穿过店堂，全然不顾我的回应。最后她重新出现在书店前屋——柜台、收银机和店员显然只会设置在这个地方——带着些许惊讶说："噢，你在这里啊。"她又问我有没有兴趣收书。店里的每一个表面和空间都已被我近两周收到、未及处理的书和箱子覆盖，所以我告诉她除非书很特别，我是不会有兴趣收的。她开始从袋子里拿书，扔了一地，对我说这些都是非常特别的精装版"约翰·格里森姆、丹·布朗、詹姆斯·帕特森"。当我告诉她我不感兴趣时，她看起来是真的很惊讶。

之前因为读《活山》，《大师和玛格丽特》我暂时放了放。

今天下班后我又拿起此书，继续开读。奶奶是对的：这是本精彩绝伦的杰作。

流水：70.50 镑

顾客人数：6

12 月 18 日，星期五

网店订单：3

找到的书：1

今天有个订单是一套两卷本《盖勒韦的土地与土地所有人》，妮基在网上挂了 40 镑，比应该的价格低了约 100 镑。

把过去几日订单里的书送去了邮局。进门的时候，我看到橱窗里用来贴近期葬礼通知的区域完全满了。卡罗尔-安的妈妈艾丽森以前常说，随着十二月一天天过去，每一周都会有更多人去世，到圣诞节当天，已经没有地方贴讣告了。

今天我在黑板上写了一首俳句：

圣诞节太糟。
一头扎进书店；
一切都会好。

流水：85.48 镑

顾客人数：8

12月19日，星期六

网店订单：7

找到的书：7

一本我昨天刚刊登的书今天有人下单了，找书的时候，我发现妮基把一个叫"美国河流"的系列里的四本书归入了哲学类别。

今天的订单中，有两本书是这周早些时候花300镑买入的那批书里的。目前为止，我刊登到网上的若干本书里已经售出了价值210镑的货。去掉亚马逊的抽成，我大概能拿到150镑，这样的回本情况算是又快又好了。但愿能一直如此。

下午我给书店布置了一面圣诞展示橱窗：一堆书摆成圣诞树形状，再围上一圈彩色小灯。这是我布置圣诞节橱窗最卖力的一次。

流水：236镑
顾客人数：8

12月21日，星期一

网店订单：14

找到的书：12

下雨又刮风，天气一塌糊涂，但今天是一年中白昼最短的一天，所以一过今天——至少从我的心理上来说——会出现新一轮的乐观情绪。但这一情绪将很快被浇灭：妮基抱着一只五斗橱和四袋书来了。她带着一丝欣喜对我说，她不会再回来为我工作了。我不知道究竟哪个更令我难过：是听到她不准备回来的消息，还是看到她即将离开一份她曾那样明白无误地热爱着的工作时她那么高兴的样子。书店的一个黄金时代要结束了。

中午之前只来了一个客人，他在店里走来走去，一路喘着粗气。不过最后他挽回了自己的面子，不但消费了 50 镑，还对我——至少我没听出来他有讽刺的意思——说起一家康沃尔的书店，那里的柜台上贴了一张大大的告示，写着："拒绝趣闻轶事。"

我在给"开卷随缘俱乐部"的书贴标签的时候，一个操着德国口音的男子问我们有没有《我的奋斗》。

流水：174.98 镑

顾客人数：11

12 月 22 日，星期二

网店订单：3

找到的书：3

今天的邮件里有个寄自意大利的包裹。我打开一看，里面有各种各样的美食——腊肉、佩克里诺干酪、萨拉米香肠和一瓶巴罗洛葡萄酒——还附有一张奶奶写的便条："给你圣诞节吃，你个操蛋的臭杂种。"

赶在邮局关门午休前，我把邮件拿去了维尔玛那儿，顺便问她能不能给我换价值 100 镑的硬币。她压低嗓子说，如果让邮局老板威廉发现了，他会气疯掉。随后，等威廉一走出大门，她立马把硬币从玻璃下面推过来，叫我晚点回去给她兑换的纸币。

我又从上周花 300 镑收的那批书里拿了一些出来上架，这时我发现——纯粹是巧合——我们所有的苏格兰登山类书都放在"苏格兰室"的 K2 架上。

流水：135.99 镑

顾客人数：14

12 月 23 日，星期三

网店订单：3

找到的书：3

10 点 30 分，牧师杰夫来访。进入隆冬后，他再次回归了坐巴士的出行方式。他在神学书那里待了一会儿，想从中找寻一些创作圣诞布道文的灵感。长老会好像很想让他从现在的牧师住宅搬走，那是他从几十年前就职起住到现在的地方。我问他要搬去哪里，他回答："我不知道。我就像亚伯拉罕，站在山顶高喊'Ur'。"我听不懂他在说什么，不过我可以确定，不管他的话是什么意思，对某些人而言是有意义的。

今早的邮件里有两张圣诞贺卡，一张的收信人是"国王虾"，另一张则是"颐指气使的肖恩·白塞尔"。

上午 11 点，我上楼给自己泡茶，顺便躲进相对还算有点温度的厨房里暖暖身子。下楼回书店时，我惊讶地看到"鼹鼠人"正在第一个楼梯过道上的艺术书区域里专注地翻阅。我经过他身旁时他甚至没有抬头看我，完全沉浸在一本丢勒木刻画集子中。估计他是想给自己买一个圣诞礼物。

我花了一下午给书标价、上架，在"铁路室"里忙了好一阵出来，看到"鼹鼠人"站在柜台前那熟悉的位置，不过这一次，我是从另一个角度看到他的。我仔细看了看他买的那堆书，其中包括两本关于登山的（我不觉得他像是喜欢户外运动的人，不过我的感觉可能不准），两本关于木材保存的，一本葡萄牙历史，前面他在看的那本丢勒木刻画集子，还有一本关于西约克郡地质情况的。最后一本书让我质疑起初次见他时就做的一个假设来："鼹鼠人"是苏格兰人。由于我从未听他讲过话，我不知道这究竟是不是事实。他若果真来自约克郡，那他就属于那个地方的人里从不还价的珍稀一脉。也许是因为他总用苏格兰镑付款，我才下意识有了这样的想法，抑或别的什么事情让我认为他是苏格兰人。

他离开书店的时候我都有点觉得看到他笑了一下，不过也可能是胃胀气。

流水：40 镑
顾客人数：5

12月24日，星期四

网店订单：0

找到的书：0

今天收到一张贺卡，收信人是"肖恩·白塞尔，好斗的书商"。

亚马逊收件箱里来了封邮件：

> 抱歉，我得说我对这一单书很失望。书的品相描述是"二手——非常好"。没有提及这其实是本馆藏书。卷首插图被裁掉了，后面一页和书口上都打了"作废"印，书肮脏不堪，一股霉味。这本书是要当圣诞礼物送人的，得到这样一本绝版书，收礼的人或许依然会很高兴。但我实在觉得你们对书的品相描述是不准确的。
>
> 期待你的答复。

邮件提到的书售价2镑，于是我给了她全额退款。啊，圣诞节的情绪荡涤了每一个人。

圣诞夜店里往往很热闹，因为人来疯的农民着急给妻子买礼物，要确保圣诞树下不空着，过节期间走亲戚的人也经常早早来了，不过后者完全取决于圣诞节当日是一星期中的哪一天：如果圣诞节碰上周一或周四，那额外休几天假可能相当于休假一整周。我估计今年到威格敦走亲访友的上班族会在今天陆续驱车前来。也许圣诞节和新年之间的那段时间生意会好些。

流水：86.94 镑

顾客人数：10

12 月 25 日，星期五

网店订单：

找到的书：

　　今日闭店。

　　醒来发现最近猫喜欢在里面睡觉的那个空房间门紧闭着，但我一向是给那只大胖捣蛋鬼留着门的。那间是顶楼过道上与我卧室相邻的卧室，店里呼啸而过的诡异穿堂风并不能波及这里。我非常肯定，昨晚我上床睡觉时门是开着的。今天早上，我一打开隔壁卧室的门，船长就犹如一个服了通便剂的奥运会短跑选手一样向厕所飞奔而去。

　　中午，我骑车 5 英里去我父母家和他们的朋友比尔和苔丝吃饭。比尔九十多岁了，是我最喜欢的人之一，苔丝的毒舌也很精彩，美酒和欢笑让我借着昏黄灯光骑车回家的一路上都劲头十足。

　　回到家，把《新忏悔录》剩余的部分差不多读完。此书渐渐读起来有点像写作《凡人之心》前的练笔了。书本身极好，研究深入，富有见地，但欠缺几分后一本书的温情。

12 月 26 日，星期六

网店订单：5

找到的书：5

上午 10 点开店。第一个客人是 2 点 45 分出现的，他来退一本价值 3 镑的企鹅绿皮系列西默农小说，那是圣诞夜我卖给一个慌张的农民当礼物送他妻子的。结果正如他担心的那样，她已经读过此书了。整个冬天最忙碌的一星期来了，这算不上是很吉利的开端。

我找出客人下单的书，打包好送去邮局。我打开门，迎面碰上威廉，便问他邮局有没有开。他对我咕哝了一声"没开"，又转身去继续做他原本在做的事了，连半句客套话都没有。

我又在黑板上写了一首俳句：

节礼日*来临。
逃进一家旧书店：
躲开假欢欣。

别的客人只来了一个。她对我说，她只是进来"避避雨"。总之，现在花时间开店不值得。附近往来的人是有，但

---

* Boxing Day，圣诞节次日或圣诞节后的第一个星期日，英联邦部分地区庆祝的节日。

他们说不定以为我们没开门。

流水：44.30 镑

顾客人数：6

12 月 28 日，星期一

网店订单：7

找到的书：5

打包好待发货的书，送去邮局，结果又没开门。

上午 10 点，有个客人打来电话，说要找一本关于当地历史的书：

客人：我在找一本叫《博尔格学院》的书，作者是亚当·格雷。

我：好的，我们有三本这个书。

客人：我来告诉你我为什么要找这本书。下星期我们会去新西兰，我们要去拜访的那个人的父亲是当地人，我们觉得最好……

我不知道为什么人们觉得有必要主动向你长篇大论解释他们为何要找某些特定的书——这又完全不能改变我们店里是否有那本书的事实，但他们好像就是要说。

直到 11 点 30 分，店里都一片死寂，这时候，突然拥进来二十一个人，是个子孙满堂的犹太人家庭。大部分人都买了东西，包括几本《关于火箭，你该了解的三件事》。

四个以前的雇员约好了一起来找我，我们商定要在店里办一场圣诞派对，于是我也邀请了我妹妹和她丈夫。凯瑟琳——二月份她参加过"读者休憩处"——从高地过完圣诞南归，带着她儿子迈尔斯顺道来访。那一对主理"打开的书"的西班牙人也来了。通常来说，圣诞假期这种时候大家都在休息，我却休不成。事实上，这段日子我常比平时工作更久，往往一个人待着，所以被以前的雇员逼着在家里举办派对，迎来各种不期而至的人，倒是让这个地方有了一股欢乐的气氛，而我则好几年来第一次感受到了一丝圣诞佳节的心绪。不过并不强烈。

凌晨 3 点 30 分上床的。

流水：101.48 镑

顾客人数：9

12 月 29 日，星期二

网店订单：3

找到的书：2

上午 10 点，我带着宿醉开了店，不过让我高兴的是，昨晚的欢庆后，大家把屋子打扫干净了。我不知道他们是什么时候干的，但下楼看到厨房干干净净，我长舒一口气。

今天的邮件里有封规划部门寄来的信，通知我他们已经批准了我提交的混凝土"书螺旋"规划申请。我宽了心，几乎连身体都放松了：看明白这则通知后，我不得不坐下缓了缓。11点钟，一个客人来店里说要找"宗教书"，我指了指神学书区域，让他去那里看看。大约一分钟后，他回到柜台前，问道："你家的书有没有清单，还是说我只能盯着书硬找？"

正午前后，凯瑟琳和迈尔斯离开了。

一个年轻女人买了本《爱经》，自荐说要读一段给我们发"脸书"。我想还是婉拒为好。

更冷的寒冬天气要来了；天气预报说，今晚和明天弗兰克风暴将带来大雨和强风。

夜半，狂风怒号，大雨倾盆，伴着风雨拍打前屋的声音，读完了《大师和玛格丽特》。这本书完全超出了我的预想，也跟我读过的其他书都不同。这是部非凡的作品，对超自然力量的运用手法在我的阅读经历中堪称最为巧妙，最为精彩形象，虽然细细想来，霍格*的《清白罪人忏悔录》或许略胜一筹。

流水：132.99镑
顾客人数：13

---

* James Hogg (1770—1835)，苏格兰诗人、小说家，其代表作 *Confessions of a Justified Sinner* 匿名出版于 1824 年。

12 月 30 日，星期三

网店订单：5

找到的书：4

托弗兰克风暴的福，暴雨下了一整夜，今天早上还在下。据说纽顿·斯图尔特（距此地 7 英里）淹得一塌糊涂，好几百人从家里被疏散了出来，暂居在麦克米伦厅。

卡勒姆来给棚舍的厨房和浴室贴瓷砖。

午饭时候，玛雅·托尔斯泰过来问好。她母亲玛姬住在威格敦的"老车站宅第"，是个很好的老太太，慷慨到过分，才智出众。我几年前在玛姬家见到玛雅，同她成了朋友。她——像她母亲一样——极其聪慧、迷人。她住纽约，但会尽量经常来看望父母。这时候，父母也住在当地的杰斯·皮姆也冒出来打了个招呼，接着汤姆和维勒克也出现了，来讨论除夕的安排。在一年的这个时间，书店很容易变成离群的盖勒韦人的社交中心。我本想独自待一个晚上，但他们坚持要所有人一起活动。对于一个收入基本全靠客流支撑的店主来说，圣诞假期是非常奇特的一段时间。每个人都在放假，想好好放松一下，但于我，书店必须开着，所以我并不能真正参与进去。想来有这么一个避免社交的理由，也正适合我厌恶人类的脾性。几天前的派对是例外。

波拉（主理"打开的书"的那对西班牙女人中的一个）来问我能否扫描一张海报，再打印几份。她做海报是要邀请全镇的人明天下午 4 点来店里吃葡萄，一起感受西班牙的新年传统。

下午 1 点 01 分，整个半岛的互联网和移动通信网络都断了，我只好去邮局打听是怎么回事。因为发大水，他们切断了纽顿·斯图尔特变电所的供电。

3点钟，我看到店里的灯上有只蝴蝶。它到处飞了一会儿，引来客人阵阵惊奇，随后消失了。也许该死的猫把它吃掉了。他特别喜欢蝴蝶。书店打烊后，我去联合超市买面包，却发现因为大水，大家正在抢购东西（我们已正式处于隔绝状态），架子全部空了，于是我回家在碗橱里乱翻了一通，找到面粉和酵母，试着自己做一个面包。弄出来的东西极其稠密，我不禁怀疑自己创造了一种全新的元素。元素周期表，给 Bythellium*留个位置吧。

下班后读完了《新忏悔录》。非常喜欢。在另一个超出他控制的不公事例中，托德成了麦卡锡"猎巫行动"的受害者。书的结尾我肯定要细细品味，虽然其余的部分可能被我糟蹋了。注定失败的人际关系、在高雅文化圈中的混迹、灾难——此书确实是《凡人之心》的样板。

流水：185.50 镑
顾客人数：11

---

* 作者根据金属元素的构词形式（如锂 – lithium，钠 – natrium）用自己的姓氏生造的词语。

12 月 31 日，星期四

网店订单：

找到的书：

　　6 点 30 分醒来，听说纽顿·斯图尔特的洪灾已经严重到成为全国新闻了。克里河的河堤决口了，整条王子街[*]都淹了。

　　因为大水，网依然不通，我没法查看网店订单。

　　10 点，牧师杰夫过来消磨了十五分钟等公交车的时间。他看到我柜台上的《凡人之心》，向我说起他有多么喜欢《一个好人在非洲》[†]。我们饶有兴致地聊了一会儿当代小说。他眼下正在读乔纳森·弗兰岑，我倒是从来没读过这位作家的东西。

　　去邮局寄掉了包裹。威尔玛修改了圣诞期间邮局开放时间的通知。也许在"我们"和"在此"之间加一个"不"字会更准确。[‡]

---

* Princes Street，爱丁堡最热闹的商业街和交通干线。

† *A Good Man in Africa*，William Boyd 的第一部小说，出版于 1981 年。

‡ 即下图通知上的 we're 和 here 之间加一个 not。

上午 11 点，手机信号恢复了，但还是连不上网。这给我带来的一丝沮丧在如下事实面前根本不值一提：由于我既无法处理订单也无法上网刊登新书，除了读书我别无选择，实在是难得的享受。于是我开始读另一本戏仿自传《乡绅奥古斯塔斯·卡尔普自述》[*]，书我从来没听说过，不过是安娜在爱丁堡一家书店发现的，她觉得我会喜欢。这样仿佛回到了互联网暴政来临前的旧日时光；捧着《奥古斯塔斯·卡尔普》读上一整天，偶尔才中断一下，我感到莫大的快乐。此书果真是我很久以来读到的最好笑的书之一。奥古斯塔斯自述一生行迹，他极度自命不凡、自以为是，是个彻头彻尾的伪善者。他和《笨蛋联盟》[†]中的伊格内修斯·赖利颇多共通之处，不知道约翰·肯尼迪·图尔下笔前有没有读过此书。

一个朋友索菲·迪克森——第一次见她已经是十年前了——顺道过来喝了杯咖啡，聊了会儿天，她正要去找几位我俩共同的朋友过除夕。他们一片好意邀请我同去，但我已经答应了今晚要跟汤姆和维勒克、卡勒姆，还有"打开的书"的那两个西班牙女人一起过。

一个老太太和一个大胖中年男人来到店里。她介绍他（带着浓重的泰恩塞德口音）是她儿子。"他是从伦敦来的。他每次来总要逛这家店。他可喜欢你们店了。"两小时后，他们要走了，她说了句"这是他第一次空手离开"——这种话保管能

---

[*]　*Augustus Carp, Esq., by Himself*，1924 年匿名出版的幽默讽刺作品，作者实为英国医生 Sir Henry Howarth Bashford（1880—1961）。

[†]　*A Confederacy of Dunces*，美国小说家 John Kennedy Toole 的作品，身后才得出版（1980）。

叫你质疑自己的商品质量。

5点30分，我们又能联网了，但已经来不及拣货包货，赶在邮局取件前把包裹送过去，只能等星期二再寄出了。

打烊后，我同汤姆、维勒克、卡勒姆、西格丽德和那对西班牙女人一起去了酒吧。气氛很闷，我们待了大概一小时就都回来了。热了好几份比萨，喝酒喝到凌晨1点钟光景。他们都留下过夜了，只有那对西班牙女人回"打开的书"睡。有好几年我都是同二十来个朋友去马里湖酒店庆祝除夕的，我们会订上一星期房（酒店冬天不开门，但我们设法说服老板给了我们钥匙）。那一直是一年里的高光时刻，更常有落满白雪的高地风景为伴。不过最近几年，除夕已变得愈发冷清，常常是我一个人过，所以能和朋友们一起辞旧迎新还是很开心的。

流水：202.49镑
顾客人数：17

尾 声

店里现在比我写下这一年的日记时更忙了，部分原因——我觉得——是人们开始认识到线上交易严重影响到商业街的生存。如今有五成以上的零售商品都是在网上完成购买的，这一趋势再也不可能扭转，但没人想生活在这样一个地方：身边的店统统倒闭，却没有东西能来填补这一真空。连政府也终于开始认识到商业街正在衰亡，而网店巨头们的税务是成问题的，这会对人们的生活造成负面影响。

就我所知，妮基在12英里外开心地管理着一片林地。

奶奶往返于威格敦和意大利之间，不过好像已经决定定居盖勒韦，在这里，她那些在一个更加传统的地方不受包容的怪癖能得到认同。她的视力更差了，她的信心却在以相同的速度上升，而她那张老成的意大利脸——一度与整个镇子的景观那么格格不入——已经被吸纳进了这片土地，乃至成了小镇肌理的一部分。现在她一旦不在，就像曾经她的外貌一样，让人难以忽视。

安娜和我还是朋友，我希望我们永远是朋友。

船长又长了不少肉，却没有涨智商，不过还是每天都深受客人喜爱。

译后记

文 / 顾真

相信大部分人都尝试过写日记，能长期坚持的却不多，十八世纪文坛巨子约翰生博士也不例外。詹姆斯·鲍斯威尔《约翰生传》（*Life of Samuel Johnson*）中，记下过博士这样一段话：

> 约翰生博士对我说，写日记这件事，他曾尝试过十二三次，却始终无法坚持。他建议我写写日记。你笔下重要的［他说］是你的心理状态；你应当写下你记忆所及的一切内容，因为一开始你无法判断它们是好是坏；而且要趁印象还鲜明立刻动笔，因为一星期后最初的印象就变了。一个人喜欢重温自己的想法：这就是日记或者日志的用处。

"一个人喜欢重温自己的想法"（a man loves to review his own mind），这的确是我们爱写日记的一大原因，但记忆从来不可靠，如果不趁热用文字记录下来，之后难免用想象去填补空白。肖恩·白塞尔大学毕业后在布里斯托尔从事电视制片工作，2001 年回到家乡威格敦买下一家书店，从此扎根。操持生意经年，肖恩接待了或者说遭遇了形形色色的顾客，阅历一多，对行业本身自然生出了独到的看法，不吐不快。2014 年起，他开始写日记，详细记下每日的订单、客流、流水和新鲜事，穿插以缤纷的感想与犀利的吐槽；给肖恩以灵感的，一是乔治·奥威尔的随笔名篇《书店回忆》（"Bookshop Memories"），一是珍·坎贝尔的幽默作品《书店怪问》（*Weird Things Customers Say in Bookshops*），而杰西卡·A. 福克斯（即肖恩日记中的安娜）出版于 2013 年的《关于火箭，你该了解的三件事》（*Three Things You Need to Know about Rockets*）则激励了他公开发表这些文字。他将日记发给了文学节上认识的一位版权代理。2017 年，《书店日记》（*The Diary of a Bookseller*）出版。

封面讨喜、内容有趣的《书店日记》很快成了畅销书，连在肖恩屡屡激烈抨击的亚马逊网站上，此书也杀进了热门榜单。不过，他向出版方提出的两项建议——先在实体书店上架一个月，再让亚马逊销售；不出 Kindle 版本——均未获采纳，因为出版方同亚马逊有约在先。亚马逊推重"顾客至上"，肖恩却在书中对他们冷嘲热讽，终于得罪了一部分常客，比如"腰包戴夫"（Bum-bag Dave）。《书店日记》在英语世界走红后，各国译本陆续上市，据说俄文版卖得尤其不错，有采访者问肖恩："说俄语的你是不是更凶了？"他回答："或许是吧，吼起人来更厉害了。"信笔写成的日记大家热情捧场，肖恩信心大增，《书店日记》推出两年后的 2019 年，续集出版，书名 *Confessions of a Bookseller*，直译"书商自白"，形式沿用前作，风趣、毒舌依旧，新人物登场，新故事上演，旋即再次赢得读者欢心。

《书店日记》每个月正文开始前摘取奥威尔《书店回忆》一文精华段落，新作保持这一特色，不过这次贯穿全书引用的是一部偏门书：《书商约翰·巴克斯特私语录》(*The Intimate Thoughts of John Baxter, Bookseller*)。此书是苏格兰作家缪尔 (Augustus Muir) 假托编者身份创作的小说，不光有编辑手记，还煞有介事请人撰写了导读，游戏笔墨，几乎乱真。读罢书中撷取的十二小段，尚觉不太过瘾，在旧书网上寻觅多时，终于买到一本，三四个晚上追读完。叙述者巴克斯特在爱丁堡一家旧书店服务多年，自叹屈才，虽然年近半百，仍一心想去伦敦闯荡，不负雄心壮志。书店老板帕姆弗斯顿先生 (Mr. Pumpherston) 是优秀书商的代表，知识渊博，勤勉守信，既洞悉顾客心理，又怀有珍贵的职业荣誉感：

> 如今的新书店为了生存，很可能得冒险把自己打造成高档百货，让商品从钢笔尖到相框一应俱全。这是可悲的下坡路，也是时代的征象。不知道会不会有那么一天，二手书商必须同时经营一家你可以买到止咳片、阿司匹林和腌菜的百货商店？但愿不会。我们讲自尊。帕姆弗斯顿先生从来不用"二手"一词；他说这会让他想起旧

衣服店。他家店门上方的字告诉人们，他是位古董书商。不知门口的"六便士书摊"上那几本破烂书抬头看到这行字，会作何感想。也许它们会挺起衣衫褴褛的胸膛，感怀书之将死，毕竟有几分高贵存焉。

在肖恩看来，缪尔写于1942年的这段话完全没有过时，如今的新书店依然被迫顺应时代，售卖其他商品，"这种看法似乎非常具有先见之明，直指在亚马逊的冷酷压迫下新书和二手书行业遭受的毁灭性改变，简直像是几年前刚刚写下的"。《书商约翰·巴克斯特私语录》中有一章专门谈光顾书店的各种怪人，并给出了对付不同客人的办法，笔调尖刻，充满不温和的调侃，肖恩从此章中摘出了好几段，想必大有共鸣。同巴克斯特一样，肖恩严加防范的也是"话痨型"顾客（it is the talkers I guard against），毕竟开店多年，他已深受其害：

> 巴克斯特对顾客行为的描述异常准确。他笔下那种爱说话的客人如今还是会常来书店，我不知道还有没有别的行业受惠于他们如此冗长的高妙见解。很难解释为何我们这些在书店工作的人会成为这类人的受害者。在某些情况下，听一个人聊上四十五分钟核反应是颇有意思的，但当你忙于工作，当你看着周围有待清理的一箱箱书和还未标价、上架的书，或者成堆尚需放上网店的书，或者其他需要你帮助的客人，这种种时候，并不属于"某些情况"。

面对这类客人的叨扰，肖恩无奈感叹道："我想以后我得根据他在工作日浪费掉我的时间量按分钟向他收取费用。"

书海浮沉二十载，肖恩见证二手书行业由盛转衰——老一辈书商枯叶凋零、电子阅读星火燎原、网络销售巨兽压境——原本利润尚属可观的买卖逐步陷入困顿。局外人可能很难想象，一本2005年可以卖10镑的书到了2015年在网上的售价只有6便士，而即便如此，顾客依然会挑剔品相。造成这种局面的祸首是肖恩一再谴责的电商巨头，"顾客至上"的背后是对卖家利益的严酷剥削。细心的读者或许会发现，在日记始于2015年1月的新作中，书店的营业额较之前作似乎变少了，当时肖恩尚未出书，一来缺少版税，二来书店名气局限，经营压力不小。肖恩感兴趣的异代书商不止约翰·巴克斯特，在两部日记中，他还几次提及另一本书，《破产书商》(*The Bankrupt Bookseller*)，作者达令 (Will Y. Darling) 也是苏格兰作家，后来做到爱丁堡市长。"破产书商"是他虚构出来的人物，开店之余写下拉杂随感，三分幽默，七分酸涩。这可怜人受过战争创伤，性格孤僻又不善经营，最后负债破产，只好开煤气自我了断。威格敦书店的境况当然要好得多，但肖恩常爱翻看此书，多少带着点自况与自嘲吧。

新的一年，肖恩的生活经历着改变。安娜决定同他分手，搬回美国；店里的多年兼职员工妮基也离开了岗位，用肖恩的话来说，这标志着"书店的一个黄金时代要结束了"。后半部日记中，戏份最多的是一个名叫"伊曼纽埃拉"的意大利女人。她高度近视，热爱读书，虽然才二十五岁，却像老年人一样体弱多病，内心也很老成，所以肖恩给她起了个绰号：奶奶。她的英语带着浓重口音，刚来书店上班时肖恩和顾客都听不懂她在说什么。不过她慢慢融入了威格敦，从一开始显得非常突兀，到最后"被吸纳进了这片土地，乃至成了小镇肌理的一部分"。在日记的最后，"奶奶"返回了意大利，可后来又开始在两地间往返，并且最终下决心定居盖勒韦。

城市更新带来了更整洁的界面，却也让许多小店失去了生存空间。随着那些商店逐渐消失而日益稀薄的，还有曾经的社区感与人情味。威格敦这座小镇之所以特别令人向往，或许正是因为这种浸透着人情物理的社区氛围。当然，还有包容性。在这座偏远小镇，没人要求你做一个"正常人"。镇上的各种店铺与社区互相滋养，形成了一股磁场，吸引着在别处——哪怕是自己的祖国——格格不入的"怪人"来旅行，来居住，而当你真正与小镇彼此认同后，哪怕有天你会离开，这分别也是暂时的，就像安娜和伊曼纽埃拉，威格敦已然成为她们精神上的故乡。

法郎士写过一部小说叫《波纳尔之罪》(*Le crime de Sylvestre Bonnard*)，主人公波纳尔是个老书虫，终生未婚，埋头钻研古老文献，他与现实生活格格不入，虽然身在十九世纪，灵魂却在十四世纪流连。他与一位女管家同住，在她面前毫无主人的威仪；他养一只跟迦太基统帅哈米尔卡同名的猫咪。拉伯雷《巨人传》中写到一个修道院叫"泰莱姆"，那里不设钟表，修士享有充分自由，无须在意时间流逝。波纳尔不允许自己那样，"我仔细地把表上好发条，人只有把时间分成时、分、秒，也就是分成与人寿命的短促相称的小块，才能成为时间的主人"（郝运译）。个体户肖恩有权任性，不必按时开店闭店，甚至可以离店好几天外出游玩，但同时他又会精确记录每件事发生的时刻。在新日记的后半，他时常流露出伤感，因为不管如何力求做"时间的主人"，都无法阻止自己的老去，而身边的人也在不断提醒他这一点：朋友纷纷结婚生子，过上安定家庭生活，镇上的父母辈则逐渐衰老乃至去世，连他已经钓了四十年鱼的父亲也开始犹豫"明年他还要不要去卢斯河试一把"。

约翰·巴克斯特爱读斯蒂文森（Robert Louis Stevenson）的诗，有首他格外偏爱，大意是多亏上帝妙手造就变换的日子与季节，人的一生才不会在一成不变中黯淡。他说，所谓"理想的一天"，大概要阳光明媚，惠风和畅，傍晚有美好的落日，夜间的空气湿润万物，但若是日日如此，我们会无聊死。四季轮替，周而复始，何妨让我们的欢欣与悲伤都做无常世事的注脚。日记结尾，暴风雨引发洪灾，威格敦断网断电，工作彻底停滞，肖恩却说这一切不便根本不值一提，因为"除了读书我别无选择，实在是难得的享受"，"仿佛回到了互联网暴政来临前的旧时光"。这一幕想想就很动人。编辑雷韵说书名翻成"书商自白"固然准确，却嫌呆板，欠缺几分时光流转的意味，建议了一个新名字。我相信她的判断，也欣赏她的创意。最后，希望大家喜欢威格敦书店老板肖恩·白塞尔的新作：《书店四季》。

CONFESSIONS OF A BOOKSELLER by Shaun Bythell
Copyright © 2019 by Shaun Bythell
Copyright licensed by Profile Books Limited
arranged with Andrew Nurnberg Associates International Limited
Simplified Chinese edition copyright © 2021 Beijing Imaginist Time Culture Co., Ltd.
All rights reserved.

北京出版外国图书合同登记号：01-2021-3912

图书在版编目 (CIP) 数据

书店四季：书店日记.2 /（英）肖恩·白塞尔著；
顾真译 . ——北京：北京日报出版社，2021.8（2021.9 重印）
ISBN 978-7-5477-3992-1

Ⅰ. ①书… Ⅱ. ①肖… ②顾… Ⅲ. ①日记－作品集－
英国－现代 Ⅳ. ① I561.65

中国版本图书馆 CIP 数据核字 (2021) 第 112619 号

特约编辑：雷　韵　李恒嘉
责任编辑：卢丹丹
封面设计：Bill Bragg　少　少
封面插图：Bill Bragg
内文制作：陈基胜

出版发行：北京日报出版社
地　　址：北京市东城区东单三条 8-16 号东方广场东配楼四层
邮　　编：100005
电　　话：发行部：（010）65255876
　　　　　总编室：（010）65252135
印　　刷：山东韵杰文化科技有限公司
经　　销：各地新华书店
版　　次：2021 年 8 月第 1 版
　　　　　2021 年 9 月第 2 次印刷
开　　本：1230 毫米 ×880 毫米　1/32
印　　张：14.5
字　　数：290 千字
定　　价：79.00 元